女王乔安

张晓晗 著

天津出版传媒集团
天津人民出版社

序一

爱江山的美人

文 / 八月长安

大概几十年前，日本动漫届的女神一度是《风之谷》中的娜乌西卡——善良、温柔、勇敢、坚定，既能拯救世界又能娶回家带孩子；不知怎么后来就变成了无口无心无表情的三无少女凌波丽，全程只讲一句台词：“……”中国影视界对女性的审美也有过类似的变化轨迹，同样是几十年前，《渴望》中的刘慧芳纯朴善良又隐忍，被欺负死都不会反抗，只负责坐在桌边默默流泪等待老天开眼，让人一度分不清温柔与懦弱的区别；后来又转向了霹雳少女，让人更加分不清活泼可爱和缺心眼的区别……

但是再后来，我们有了女王乔安。

无比明确的女王乔安。

要我怎么形容呢？如果人生是一档选秀节目，A 姑娘说能站在这里我已经很满足，B 姑娘说我不想离开这个舞台我要继续追寻我的梦想，C 姑娘说我从小家里就很穷而音乐是我的一切……然后乔安上台。

她唱完一首令人惊叹的歌，冷冰冰地说：我？我只是想红。

很久以后，说能站在这里就已经很满足的姑娘开出了天价代言价格，说音乐是一切的姑娘跑去演偶像剧女三号，乔安却承担了最多的责难。

这是一个裹着糖衣的时代，她却是一颗炮弹。

幸而，别人怎么说，乔安应该是不在乎的。

不在乎，所以不解释。

落难千金翻身的戏码并不新鲜，但大多有着一肚子苦水，放不下身段又没资格再端起架子，只剩浮华旧梦被颠来倒去的咂摸。这类姑娘永远逃不脱顾影自怜的牢笼，她的身世，她的目的，她的一举一动都来回解释和衡量，没来由地让人心烦。

但乔安是特别的。她不认命，却懂得认输。

因为不认命，所以依旧在红尘扑腾，冷得下心肠，耍得了手段；又因为懂得认输，所以迅速打扫残局，低下头重新谋算，从不解释。

我自己是缺乏这种本事的。我常会觉得被误解，总奢求能有一杆放之四海皆准的秤，随时还我一个公道。即使犯了蠢，输了栽了，也总要讲清楚我的本意。说白了，无非是找个面子，卖个好，不肯承认段数不如人罢了。

所以我格外羡慕乔安。沉默不语地重新开始是多么可贵的品质，又多么罕见。我不认为这是因为她疲于奔命无暇后顾，实际上这恰恰证明了乔安是不贪心的——即使世界认为她贪财图名，至少，她不奢求欲盖弥彰的好名声和从天而降的理解与同情。

总有些姑娘嘴上说着“这不是我想要的”却得到了一切，我们和乔安都不是其中的幸运儿。但乔安最令我喜爱的地方在于，她和我们不一样。

因为她并不羡慕她们。

乔安的谋划和手段总会让看客杞人忧天地认为她终将是凄凉的，我倒觉得这种同情于她是一种侮辱。女人的幸福未必在于老公孩子热炕头，即使无数人武断地说“到底还是需要一个归宿的”。幸福本身是一个求仁得仁、各得其所的过程，有女孩需要一个巢，也有的女孩，可以在天空一直飞。

所以我祝福第一种女孩得遇“爱江山更爱美人”的男人，而我祝福乔安，能够坐拥万里江山。

序二

I have nothing to offer but blood

文 / 小饭

要写一本大家都喜欢的作品实在不是一件容易的事情，至少我自己从没做到过。以这些年的观察，绝大部分的作者都有强烈的自我人格，万事以我为主，只写自己喜欢的作品。他们把自我设定为标准读者，然后进行自爽的创作。其中有一部分满足自我的同时还满足了别人，换句话说他们写出了很多人包括他们自己也喜欢的作品——张晓晗就是这一种。

《女王乔安》（短篇）首发在“一个”，这样一篇几乎每句话都很活泼调皮的小说，读完真是让人欣喜，忍不住想认识作者——如果恰巧已经认识了就会倍感庆幸。我就觉得很庆幸。作为编辑认识张晓晗是lucky（如果自吹也可以说是本职工作的成就），作为朋友认识她则是“I have nothing to offer but blood”——以这种态度去交朋友也很难失败吧。就应该去交你喜欢的人做朋友。事实上《女王乔安》发表后引起的反响也是之前所有刊发作品都没有过的，“一个”App的后台反馈不再是关于技术故障的而是关于文章读后感的，绝大多数是关于乔安这样一个“传奇”。乔安确实极具戏剧性，又让你觉得很可能就是身边某个人。作者的功力让笔下的人物又“好看”又亲近。

如前所述，张晓晗讨人喜欢的地方就在于她满足自己的同时还常常满足其他人，在读者和编辑的共同要求下，她兴高采烈如歌如诉续写了乔安的故事，把乔安和倪好的世界在短短半年内完全建造了起来。这个以张晓晗为上帝的世界没有那么美好没有那么糟，纯粹又“好看”又亲近。那就是这本书。

在这里除了推荐这本佳作外还想说的可能是一些题外的话。很多朋友曾有这样的疑惑：咦，这帮编辑怎么跟这帮作者关系这么好？原来发表稿子都是人情世故，走后门的。这个逻辑看上去还蛮自洽，但因果错位了。事实是：因为作者写得好，编辑发现了作者这个好，然后一起交流工作，日久生情，因缘巧合可能就情比金坚。人与人之间的关系多数如此，遇见你，认识你，跟你好，好到死。

Q

♠

目

录

Q

♠

chapter 1
女王归来

关于女王乔安的故事有很多版本，她复杂的家庭背景，和那个装着巨型电视的大房子。大家说她曾经是个公主。但我不愿相信。在我心里，乔安生下来就顶着皇冠，不用交每月十元的会费，照样是所向披靡的人生VIP。

我以为她这次肯定是回不来了。

连去她葬礼的衣服都准备好了，认真写悼词，心里揣满虚情假意的悲伤，每天抽空就对着镜子练哭，控制眼泪滑落的速度，甚至花重金买了一块名牌手帕，万事俱备只差她死。

但没想到，她还是回来了，而且是异常风光地回来了。她坐在丝绒沙发中央，周围的朋友簇拥着她，瞪大着眼听她说故事，身后的落地窗外是滚滚江水和闪着光芒的大厦。我站在门口停顿了两秒，她抬头时发现了我，向我这个方向招招手，仿佛昨天还见过。我热情迎上去，紧紧拥抱她，“亲爱的，你终于回来了。”

你们也明白，女人之间不免会有这种违心的对白。拿着礼物说我好喜欢，心里其实想着，我到底要还你什么才算两不相欠；失恋时跟她说着如果你想，可以在我家住一辈子，心里其实想着，什么时候才能有个缺心眼儿的男人带你走；当着她男友的面，看她用门牙细嚼慢咽说着她的胃真的很小，从来都吃这么少，心里其实想着，别以为老娘没见过你对着肯德基的全家桶狼吞虎咽。

当我说着，你终于回来了，其实心想着，这个贱人，生命力也顽强得太离谱。

1

高中时我是乔安的同桌兼“剥虾员”。你们知道“剥虾员”这种工作吗？就和麦兜里“Cappuccino吹泡员”、“泡椒鸡爪去骨员”差不多的高尚职业。

乔安不吃学校的午饭，每天中午都有一个神秘人给她送饭，打开还是热乎乎的。有次送来的是油焖大虾，她直接把饭盒推到我面前，说，一起吃吧。我感恩戴德，但是吃了一只后发现她坐在旁边面无表情地看着我，不动手也不吭声。我问她怎么了，她说，我不会剥虾。从那以后我便成为她的专业“剥虾员”，比例是她吃三只我吃一只，而且是在保证她能持续吃虾的情况下。

后来我因为快手剥虾这项技能俘获过不少少男的“芳心”。不信你们可以试试看。

2

乔安从入学时就是全校的名人，成绩好，背景优，长得像高圆圆。完美并不可怕，可怕的是随时随地都能保持完美，就算不小心踩上一枚钉子，也能面不改色地跑个八百米，这些都还勉强可以接受。可最令人讨厌的就是她身上那股氟利昂气息，冷其实也没什么，重要的是这恰恰击中了高中男生贱贱的心。很多男生让我传纸条给她，包括我暗恋的那个，虽然到我手上的都被扔到垃圾桶了，但也无法阻止痴情少男们的热情。轮到我们班执勤，她去巡视做广播体操，走到哪儿，她身边的那一坨男生做起动作就特别奋力，一场操做下来，医务室塞满了现今最流行的歪脖少男。

全校女生都对她很客气，但我知道她们都讨厌她，和我一样。“嫉妒”这种感情非常奇怪，必然掺杂着百分之四十的欣赏——因为她拥有的一切，我们实在太想拥有了。

乔安的身世神秘，据说有一个爸爸、一个妈妈、一个弟弟、一个爷爷、一个奶奶，但是上述的所有人，我都没见过，我只见过一个来路不明的叔叔。高中时我去她家做作业，迈进大门，突然间就理解了杉菜站在道明寺家门口的感觉，她的房间没有布娃娃，没有摆放“抱着柳树扭一扭”照片的相框，没有周杰伦的海报，摆的都是一些我闻所未闻的高档电子产品。我们两个趴在桌上抄喜欢她的男生塞给她的作业，抄到一半，她问我想不想看电视。我说想。但扫视客厅一周，根本没有看到电视机这种东西。她拿起遥控器按下按钮。瞬间，我面前的整面墙活了起来，劈里啪啦地开始说话。

那是唯一一次，我看电视的目的，真的是在看电视。我对着面前的巨型电视默默发誓，一定要当好她的“剥虾员”，学着她的样子，成为一个自带背光的女生，并且，找合适的时机偷偷杀了她——为民除害。

3

没想到在我行动之前，就已有勇士挺身而出。

我们高中是全市少有的几个可以有校长直推名额的学校，只要连续两次模拟考到年级第一，便可以拿到校长直推到名校的推荐信，坐直升机飞过高考这座独木桥。

模拟考，乔安连续两次获得第一。数学是她的弱项，导致她常年徘徊在年级第十名左右，但这两次，她的数学考卷全都扣不到五分。这件事引起了全年级的轩然大波，有人在体育课时偷偷翻阅她的手机短信，果然找到了秘密，拍照后寄给校长。后来，就有了当时轰动全区的师生恋导致泄题的事件。担任数学老师的年级组长引咎辞职，走的时候，怀孕七个月的太太来和他一起收拾办公室，甚至有学生看到老师离开的背影，在他的口袋里塞鼓励的纸条，之后退回几步站在走廊里哭。他原本是全校最受欢迎的老师，可是最后离开时只留了一个哀哀戚戚的背影，甚至没资格出现在毕业照的第一排，露出一脸土气的笑容可掬。

所有人都在想，女王乔安这下死定了。就算是老师们也信誓旦旦地说，这个女孩十有八九玩儿完了。她消失了三天，第四天早读时，我接到她的电话，吓得心跳都漏了半拍。

对话简单明了，意思是，她在学校门口，但是执勤的同学拦着她不让进，让我去接她。我现在想来也很奇怪，这明明是报复她的好机会，但那时我连一秒都没犹豫。乔安站在门口，五个执勤同学把她围在中间，三个男生，两个女生，其中一个男生还让我给她递过小纸条。他们对乔安说，你个臭婊子还是滚吧，来了影响我们学习，你不高考我们还要高考。乔安戴着耳机，面无表情地站在风中，几缕头发逃过橡皮筋，被风吹到脸上，她回头看到我。那一瞬间，她特别像《颐和园》里的于红，开始我以为那是高圆圆，后来到大学看了《恋爱的犀牛》才知道那是郝蕾。

那时离高考还不到两个月，乔安从全校的女神变成瘟神。她成了班上的隐形人，她时刻戴着耳机，上课睡觉，下课看书。她本来话就少，和人保持着距离，事后每天只说四句话“麻烦，让一下”、“陪我上厕所”、“陪我去吃饭”、“帮我把这个交给老师”。而且，全部是说给我一个人的。

我的职务从“剥虾员”变成“陪尿员”，帮她把着门，防止她被群殴。很多朋友问我，为什么要帮她，我无奈笑笑，说是老师关照过的。

其实没有任何人要求我这么做，哪怕是乔安。

4

后来我也问过乔安，为什么不怀疑是我给校长写的匿名信呢？

她耸耸肩说，就算是你又怎样呢？

我们的对话就到这戛然而止。多希望她继续问下去。

5

虽然没有拿到推荐信，乔安还是去了一所不错的大学，我们没有因为毕业而失去联系。我一直记得自己对着电视机发的誓言，记得从乔安那儿学来一些伎俩，知道当别人夸你漂亮时，千万别说不要，要说谢谢，当别人攻击你时，最好的回击就是我不在乎。离开乔安后，我朝着身后有背光这个方向不懈努力着。但是，每当她出现在我身边，我立马被打回原形，变成蓬头垢面的“剥虾少女”。

这些埋在心里的嫉妒，我从没跟别人讲过，觉得讲出来显得自己特别小气龌龊。有天我实在忍不住了，跟暧昧了很久的男生说起这些，说着说着竟然哭起来了。他吓了一跳，抽了好几张纸巾往我脸上糊，“别哭了！她太有城府了，男生不喜欢的。”我哭得更厉害了，“放屁，她的城府男生根本看不出来。”他急得都出汗了，“不是的，比如说我吧，我就喜欢你，不喜欢她。”

虽然，他不是金城武，不是李嘉诚，不是爱因斯坦，只是一枚最普通不过的纯良男屌丝，但因为他的投票，我终于愿意暂时妥协——略过身上的所有不完美。贱贱的人类啊，就是因为被爱才觉得自己与众不同。

也可能是恰巧那时乔安遇到感情危机。

6

乔安知道自己的模特男友劈腿后，第一件事是去联系三三，带着她吃饭，逛街，看电影，喝下午茶。每次还要找几个我这样的群众演员杵在旁边，制造出顺其自然的效果。她拉着乔安的小手，感慨世界上怎么还有这么好的人。乔安笑着把手抽开，说，你知道我是谁吗？我就是那谁的女朋友。三三顿时晴天霹雳。乔安接着微笑，“我知道你不知道他有女朋友，你也是受害者。我出国交流了一年，他是耐不住寂寞来找的你，现在我回来了，所以他跟你玩失踪，明白了吗？一会儿我就带你去找他。”三三估计没见过这种场面，当场崩溃。

模特男友还在家热火朝天地帮乔安准备晚饭，看到她和三三出现，吓得扔了锅铲就跑了。乔安说，别着急，这是他家，早晚得回来，现在先把大闸蟹吃了，别放凉了。她把剩下的菜炒了，带领着发懵的三三把菜一道道吃掉，边吃边说出了她的经典台词：“咱们看电视吧。”她帮三三擦干眼泪，倒上红酒，自己静坐在沙发上，看她最喜欢的美剧《复仇》，等待模特男友回来。后半夜，模特男友以为两个人走了，悄悄溜回来。一进门看到乔安和已经哭傻了的三三坐在沙发上，掉头又想跑，乔安站起来拉住他，“别跑了。也没什么大事，就是希望你以后想到这一幕时再也硬不起来。”

乔安说完，拎着包走了，把少年Pi和孟加拉虎锁在房间里。下楼时拉黑模特男友的电话号码。他们恋爱一年半，就这样过去了。

7

乔安在朋友圈消失了一段时间，听说她是跟了一个大款去香港。再后来，又听说那个大款拿走乔安身上所有钱，把她一个人扔在了澳门赌场。

大家又开始抱着看女王如何灭亡的心情，等待落魄的乔安出现。在准备参加她葬礼的同时，我也保持着电话二十四小时开机。我总觉得，她会找我，就像高中时一样，需要我，并且没有理由地信任我。

我梦到过她：女巫递给她一只毒苹果，乔安慢条斯理地把苹果皮削掉，走到女巫面前告诉她，下次记得带火龙果来，之后狠狠把苹果塞到女巫嘴里。我作为名叫“七个”的小矮人旁观着，大笑，使劲鼓掌。最后把自己吵醒了。

她为什么从来不会哭呢？我这种连想到她都能愤恨到流泪的“剥虾少女”，真的很难明白。

关于女王乔安的故事有很多版本，她复杂的家庭背景，和那个装着巨型电视的大房子。大家说她曾经是个公主。

但我不愿相信。在我心里，乔安生下来就顶着皇冠，不用交每月十元的会费，照样是所向披靡的人生VIP。

8

后来大家都喝醉了。乔安越过几个横在沙发上的人，从脖子上摘下项链送给我，她说她记得我喜欢这款，这是她赢了之后买的。我突然很感动，觉得她活着也挺好的。乔安凑在我耳边笑，“我拿了他剩在房间的最后一点筹码下楼去赌，你猜怎么着，我因为四张Q，赢了桌上的所有人。”

于是，女王乔安就回来了。

chapter 2
当你流泪的时候

以前听别人说，在这座城市里生活的每个女孩都有两个灵魂，一个是女王，用来在白天与别人厮杀；一个是婴儿，用来在深夜小声宣泄。但是乔安，只有一个灵魂，天大的事儿只会让她分心，变成午夜出租车里的半分钟走神。

我死在沙发上，电视里放的是“春节联欢晚会”。乔安把唱片机放在餐桌上，旋转的黑胶唱片放着萧邦的《离别曲》。我警告过她，年三十听这个太不吉利了。

乔安慢条斯理地把意面从沸水里捞出来，嘴里振振有词：“辞旧迎新，同样是离别。”我懒得废话，把行李一股脑扔在地上，踢开脚边的塑料袋，啤酒罐滚出来，一头撞在电视柜上。我像个断电的小人，陷在沙发里。

实在太累了。

春节联欢晚会，窗外此起彼伏的鞭炮声，不停震动的手机，厨房里装腔作势的乔安，滚动的啤酒罐。

这一切都让我感觉，整个人在全民狂欢中被消耗，变成一个只会伤心的空壳。

1

小时候总觉得，到过年就好像被打了一针兴奋剂，从心里喷出好多源头不明的快乐。晴天开心，下雪也开心，吃饺子开心，拿红包也开心，哪怕出去放鞭炮被调皮男生炸坏了新买的羽绒服，伴随着二踢脚满天飞羽毛，抬眼看着坏笑的洗剪吹男生，瞬间觉得自己活进了时髦的韩国MV里，这事儿必然天长地久。

长大后明白，过年只是一枚放大镜，无限扩张原本藏在心里的细微情绪，快乐的人更加快乐，痛苦的人更加痛苦。

今天在小区门口，我拖着旅行箱，挎着大包小包，手指上绕着塑料袋，装着便利店里买回来的啤酒和泡面。越走越觉得自己傻，眼泪扑簌扑簌往下掉。不过是和魏冬回趟老家，为什么带上自己全部家当，现在狼狈得像拎着一扁担嫁妆硬要入赘高老庄的女版八戒，还是被高老庄二少爷从飞机场赶回来的八戒。我正心碎着，突然一个极其豪华的飞天炮掉进我羽绒服的帽子里，像是一颗小行星砸中了我。我大叫着乱跑，反应过来，赶快拉过帽子看，羽绒服帽子被烧了个小洞。

我怒火中烧，抬头看向面前站着的男生，只见他嘴里还叼着点火用的烟，发现炸到我也显得有些手足无措。嗯，身材不错，发型凌乱，嘴唇也足够性感，衣服是狂野硬汉路线，初步判断是个直的，改到几年前，我绝对嘴角一扬留个电话这事就算漫长偶像剧的狗血开端吧。但当时我摸着花光年终奖买来耀武扬威的春节战衣，从地上捡起烟花筒往他身上扔，怒吼道："我这是Prada的羽绒服！你丫赔得起么！"

我吼完后，他倒笑了，走到我跟前，特别真诚地看着我，说："你，鼻涕流出来了。"

曾经的我要是不慎在时光错乱中看到几年后的我会过成这副小市民的贱德行，一定立马找棵歪脖子树吊死自己。实在太俗了，被时间摧残得连点文艺女青年的遗迹都不剩。但成长的遗憾在于，要是没死对时候，就只能硬着头皮活下去了。早些时候在机场看到魏冬手机里的暧昧短信时我也是这么想的。

十六岁时，沉迷于宫斗小说，幻想过无数次如何做一名坚毅狡黠的小主，用智慧、勇气和鹤顶红打败那些小三四五六七。我在机场握着他的手机，终于明白，幻想无执行的根本是，我不是小主啊，我只是一个越来越俗气的严重超龄少女，成天担心拿不着年终奖的职场小人物，发现上司男友出轨还死皮赖脸陪他回家过年来挽回感情的爱情失败者。我当时心平气和地对自己说，倪好，现在即将进入新的一年了，你又大了一岁，可不能再像那些看多韩剧的小姑娘似的不冷静哟。为了几条短信抛弃一年半的感情是极其不成熟的做法哟。没了魏冬你立马变成工作没着落房租没着落爱情没着落的三无人士哟。说分手你就输了，起码把年过完，说不定他的想法也会变，现在打道回府乔安会笑死的，大过年的杀个人可不好哟。我正想着，他甩手从洗手间里走回来，我手里还握着手机，傻乎乎地抬头，使劲挤出一个特别不自然但竭力灿烂的微笑。丫一句话没说，从我手里拿过手机，皱起眉，“偷看我手机？”

我连忙解释：“不是不是，刚才响个不停，我就拿起来……”不等我说完，魏冬打断我：“都看到了？”当时他脸上露出奇怪的表情，平静到都不能用平静形容。

“我没看清……”

他坐在我旁边，深深叹了口气。把原本放在座位上的包放到我身上，坐到我旁边，他看着我，像一只鸡路过烤箱，看见香喷喷的亲哥那种欲言又止的悲痛眼神。我心想，完了，这是他平时要开除员工前进行思想教育的样子。但被甩比被炒更加悲伤，因为没人会赔偿你三个月的工资，更不会再白白爱你三个月作为心碎的补偿。所以我在他开口前，垂死挣扎：“我真没看清！”

魏冬拍拍我的肩膀：“别再自己骗自己了。”

耳边“轰”一声，像是机场里所有飞机一起起飞发出的巨响。我彻底傻了，他的意思到底是骗自己没看清，还是自欺欺人他依然爱我。魏冬接着说：“别跟我回去了，对你不公平，咱们给对方一点时间想清楚好吗？”

“那怎么交待？”我活生生咽下几口老血，故作镇定地问他。

“你放心，我家里那边会理解的，也谢谢你……”他话还没说完，我把手边的两大袋子黄金搭档砸到他脸上。

“我没他妈问跟你妈怎么交待，我他妈是问跟我妈怎么交待！”

说完，我硬撑着一张刘胡兰大义凛然的脸，把散在地上，碎得不成样儿的小心脏和自尊心随便捡了几片，磕磕绊绊跑开。

虽然我很不想承认，但是走出候机厅，余光看了他最后一眼，我多么希望能看到点留恋，哪怕是同情、可怜，可是我却看清了他的奇怪表情，是松懈。

跑了一万米后躺在地上气喘吁吁的松懈。解脱后的松懈。

2

自从乔安回来，我已经在年末遭遇了各种倒霉无极限。特别是她住进我家后，每天穿着真丝睡衣跟二姨太似的游荡在家中，阴森森地摆弄各种高档玩意儿，唱片机、高尔夫球杆、红酒、雪茄，把我的阳气都吸没了。我对她把所有钱用于投资这些钓凯神器，却没钱交房租大摇大摆入驻我家这一举动表示万分不满。碍于多年情面也不能直接赶她走，好歹熬到了新年，我和魏冬回去见家长，想她终于能走了吧，客气地问，要不要帮你订票回家过年。没想到她冷冷回道，没家，不走。说这话时她面前摆了一排高脚杯，装着各种红酒，她拿起一杯递给我。乔安轻轻扬起下巴，眼睛带笑，喝下一大口。她曾经教过我，喝红酒的时候千万别低头看杯子，很容易翻白眼，而且要喝大口，嘴唇微张，让味蕾充分打开，才能品出味道。我如法炮制，却永远喝不出它们纷繁的味道也摆不出乔安风而不骚的姿态。喝完她放下杯子说，这瓶的葡萄是赤霞珠，感受到动物皮毛味说明有些年份。然后她靠近我，扑扇着睫毛，“你见过赤霞珠么？我以前一直以为赤霞珠是嘴唇的颜色，大学去法国交流，去了葡萄酒庄园才知道，原来是我眼睛的颜色，而且它的幼叶是橙色心脏形状，怪不得连富兰克林都说：‘好的葡萄酒，证明上帝希望我们幸福。’”乔安手指顺着耳朵的轮廓轻轻撩起自己的头发，百媚千娇。

我倒抽一口冷气，想她不会力求把我掰弯来免除房租吧。她的情绪戛然而止，抽身，迅速和我拉开距离，换上冷淡的表情，问我怎么样。我不解。

“如果你是个男的，感觉我刚才的表现怎么样？”

我中肯地点点头：“很好，十分做作！再穿一件V领低胸，十男九跪。”

听过马屁，乔安并无喜色，拿起面前的红酒，用备战的表情认真研究，“明天就这样吧。”她起身离开沙发，回头扫我一眼，“放心，年后就有房租了。晚安。”

剩我一个人呆呆愣在沙发上，仿佛她才是这个房间的主人，我不过是充手机费送来的小丫鬟。

3

有件事我很气愤，她说赤霞珠时为了保持性感朦胧语调，我一直听成蜘蛛侠，开始还挺疑惑的，红酒里面放蜘蛛这么恶心啊，后来想想可能和中国药酒一个道理，它们的“蜘蛛侠”估计等同于中国的“蝎子王”，加之后来乔安还说酒里面有动物皮毛的味道，更确信了我听到的的确是“蜘蛛侠”。

这导致了我某次兴起，想如法炮制她这招。那天在倍儿高档一酒店，我在一桌子人的面前特认真地感慨道，“酒体浓烈，有动物皮毛的香味，真是有年份的‘蜘蛛侠’！”

这段恐怖故事以后再讲。

4

乔安一回来就进入某知名奢侈品品牌，担任公关。虽然她法语专业，成绩不错，相貌姣好，但这家品牌几乎是所有相关行业女生的梦想，几乎是用高跟鞋踩穿别人脑瓜也得挤进去的盘丝洞。她没有全职工作的经验，之前也无任何成功案例，她的入职使得广大少女拍碎八仙桌，仰天长啸，“她凭什么啊！”她能进入这家公司，是有一位神秘怪叔叔给她写的Offer。各位少女也不必因为愤慨忙着胸口碎大石，因为她的顶头上司冯缈缈也是这么想的，进公司门就给了她一个下马威，对着盘丝洞的所有姑娘们说，Joanna是卢总“特别”推荐来的，希望她能比Tiffany表现得更好，带来新的惊喜。冯缈缈话音未落，盘丝洞的姑娘们已经开始心照不宣地交换眼神。后来她才知道，怪叔叔之前也介绍过姑娘来这，冯缈缈口中的Tiffany是其中之一，她也仅仅是之一。

冯缈缈自作主张给乔安起个了英文名“Joanna”，问都没问，名片到手就是这名字。乔安这又不是出家，师傅给法号，况且她觉得这个俗名立刻给自己降了身价。拿名片去问冯缈缈，她打起马虎眼，反问她，“难道你不叫Joanna吗？我记错了？Anyway，别在乎那么多，新人有名片就不错了，我当年……”

5

如果你也是职场新人，请切记，每一个领导都有无数个“我当年”。怎么破？切记要露出虔诚眼神，做出恨不得拿个小本子记下来的样子，不怕苦不怕累狠狠听仨小时，依旧表示不够不够，再来五块钱的。但千万别把他们当年的峥嵘岁月当成职场圣经，想想看连脆皮甜筒的价格都一年几个样，何况那些不靠谱的经验。

冯缈缈大专毕业，当年只是柜姐，用了七年时间，穿着高跟鞋踏爆了各路海归研究生、千金白富美、职场白骨精的脑袋奋斗成了公关部经理，每年两次高层圆桌会议的座上宾。派对圈都流传着一句话：“老上海滩有冯程程，新上海滩有冯缈缈。”

在她眼里，乔安不过是靠着卖胸上位，如同Tiffany之流的过眼云烟，自己才是这里真正的女王。她指派乔安跟进品牌葡萄酒的推广工作，重点是，这是一个主推箱包服饰和配件的品牌，根本没人知道也没人在乎品牌下的两家酒庄，乔安的工作就相当于去推广麦当劳的餐巾纸。当然，乔安也绝非冯缈缈眼里那种卖胸上位的善良妹子，她拿到客户资料之后，仔细研究了每个“总”的性取向、喜好、惯常出没地，希望借此榨出一些卖酒以外的附加价值。于是，某个月黑风高的夜晚，我正和魏冬鱼水之欢，她孑然一身站在我家门口，我迅速捂住魏冬的眼睛。

乔安说把所有钱都拿去买高尔夫球用品和报高尔夫球班了，所以要在我家住几天。没等我开口就走进来，坐在沙发上，懒懒抬眼指挥着我们："你们继续啊。"我捂着魏冬的眼睛，惊慌移步回房间。

6

因为乔安为达目的不择手段的精神，所以她不管学什么都特别认真。去学了一个礼拜高尔夫，假装偶遇陈总的时候已可以进行深入交流，在广阔草坪上意思意思挥了两杆，身材来个总体亮相。接着一下午全用来散步交流战术，恨不得俩人拿个风筝你追我赶一番。陈总意犹未尽，准备晚饭接着交流，乔安客气地摆摆手，递上请柬，"陈太是我们今年排名前十的VIP，邀请您带太太一起来参加我们的新年酒会，到时候我们再交流。"陈总想这死丫头片子还挺厉害，意味深长地点点头。

乔安自己背着球杆往休息室走，陈总立马指使手下球僮："帮乔小姐背回去。"她转身对陈总微笑致谢，差点想跟他要块大白兔。乔安说，陈总竟然完全不记得她，其实她六岁时他们就见过，在人民公园，放了一只长长的蜈蚣风筝。当时陈总是她爸爸的合作伙伴，每次见到他都能从他口袋里摸出一把大白兔奶糖。不过心无城府就能吃上糖的日子，也仅仅维持到了小学五年级。

乔安在各种高档会所基本搞定了几位重要客户后，回去和团队一起筹备新年酒会，不同其他新人，她不着急显山露水，只妥当地完成自己的份内事。至于那些没搞定的客户，她起码也在他们面前露了一脸，让大家知道，现在行业里有乔安这号人。她不像其他盘丝洞的美少女，有一沓英日德法俄文名，她每次这样介绍自己，"您好，我叫乔安，周瑜的小乔，唐宋的平安。”

她站在高中的讲台上也是这样介绍自己，不知道为什么，每次听她这么说，都感觉她眼睛最深最深的地方藏着秘密，从三国乱世穿越而来，为了打乱我们这个无聊和平年代的秩序。

7

《离别曲》终于停了。将近十二点，乔安端着两盘奶油海鲜意面从厨房里出来，放一盘在我面前，压根没问我一句和魏冬的事，让我感觉自己白哭了几个小时。她让我把冰桶里的香槟打开。

“怎么不包饺子，不是皮和馅儿都帮你买好了吗？”我问她。

“不会包，我只会做那些土豪眼里感觉高级的食物。”她打开香槟，“其实都不好吃，但很好看。”

我强撑微笑。她帮我们两个面前的杯子倒上香槟。

我问：“这香槟有什么讲头？”

她摇摇头：“超市买的，一百一瓶。”

我惊呼：“你的东西不都很高级吗？！”

“都是酒精，一百的和一千的也没什么区别。况且我现在也没钱买一千的。”她很是平静，用叉子卷起面条。

“为什么没钱，不是客户和晚会都搞定了吗？”忧国忧民的我担心起房租。

“嗯，是都搞定了，全被冯缈缈拿去冲年终业绩了，说我是刚入职的员工，没资格去晚会。”

我盯着乔安看，她盯着电视看。我小心翼翼地问：“那你之前不是白干了？心里不难受啊？”她还是盯着电视，没回头看我，“当然不是白干，但的确有点难受，只不过不会像你一样带着眼妆和隐形眼镜哭得像个傻逼。”

“是啊，我特别好奇，你为什么永远不哭啊，还是，你其实是个太阳能的充气娃娃，没有流泪这个功能？”

她终于转头看着我，“我也想哭过，但我妈告诫我哭的时候先摘隐形眼镜，摘完隐形眼镜就不自觉想要做个面膜，做完面膜涂好眼霜，我想辛辛苦苦保养好何苦再哭坏这一切，闭上眼，第二天又能开始战斗了。”她向我举举酒杯，把杯里的香槟一饮而尽。

以前听别人说，在这座城市里生活的每个女孩都有两个灵魂，一个是女王，用来在白天与别人厮杀；一个是婴儿，用来在深夜小声宣泄。但是乔安，只有一个灵魂，天大的事儿只会让她分心，变成午夜出租车里的半分钟走神。

当我终于忍不住好奇，想在钟声敲响时探听乔安的秘密，刚准备开口，门铃响了。我心怦怦直跳，一定是魏冬，他一定也感觉到异常痛苦，想来挽回我们的感情。我光速闪到门边，什么都不说我要在第一时间拥抱他这个人渣。我做出饿狼扑食状打开门，站着的却是楼下放炮的男生。

他下意识一闪，撑着墙嘲笑我，“哟，炸坏件衣服哭得跟傻逼一样？刚才跑个屁啊，敲了整栋楼的门才找到你。”他递我一只红包，“赔你那件衣服的。”

“齐飞？”乔安举着刚刚倒满香槟的酒杯，看向门外，两人表情都显出久别重逢后的惊慌。

“恭喜发财！”在强大信息量下，我语无伦次，伴随着整点钟声再次不争气地流下鼻涕。

chapter 3
骗局人间

很多像她一样的女孩，坐在高档餐厅里用叉子玩弄一盘恺撒沙拉，但是乔安像只躲在角落里伺机行动的野兽，用她的叉子，搅拌整个森林的树木、草丛、花和小溪。她不吃恺撒沙拉，她是恺撒。

不知道你们听没听过一个传说，说是如果一个人死了，却没人发现他的尸体，他的灵魂会一直游荡在人间，有身体没心跳，有记忆没血液，有感情没呼吸。直到勤劳的人民警察在荒山野岭挖出尸体，死人的灵魂才会烟消云散。

我从各种扯犊子电影电视剧里看过这个情节，每一刻我都在提心吊胆，比害怕游魂更担心死讯降临。死了的人欺骗着活人，活着的人欺骗着自己。

我们因为恐惧所以常常逃避，编出了漂亮的谎话、精密的骗局，用来逃避我们不想承认的事实。可是，我们到底要摸着自己的胸口，面不改色地说出多少谎言，才能巧妙地度过一生呢?

1

魏冬拍拍我的脸，“宝贝快起床，要迟到了。”我其实醒了，但故意张张嘴，让口水流出来，公然装睡示威。我想，反正他扣了我奖金，照样得帮我交房租，买零食，请我看电影吃爆米花，再说他舍不得扣我奖金，因为他知道我对那件驼色呢大衣多么望眼欲穿，每次下班时路过橱窗，鞋底就被焊在了地上。魏冬曾嘲笑我，“店里好像没举办‘看满一千眼，大衣属于你’的酬宾活动吧。”

我听到他在我耳边轻微的笑声，气息绕过鼻腔停在我的脸上，之后他站起来，数落着我，手里却没停下，穿衬衫，打领带，拉开窗帘。我的身体被照亮了大半，于是我翻了个身。五分钟后，飘来咖啡掺杂着煎蛋的香气。不过我是个内心坚强的人，抵制住了种种诱惑。

每个早上，我都会凭着自己小干部家属的身份，享受多睡十分钟这项福利，多甜蜜的无耻。

魏冬穿着浅灰色西装、白色衬衫，系着我情人节送给他的深蓝色领带，站在门口对我说，娘子，快点起来吧，今天薛公公来查岗，夫君也保不住你啊。他说完，我一个激灵从床上坐起来，抽起枕头狠狠砸向门口，“你怎么不早告诉我薛公公查岗啊！”

我睁开眼看清的第一个画面，是枕头落在穿着套装正在看文件的乔安身上。她抖抖手中的文件，看着我，我没反应过来，嘴边还带着哈喇子，看着她，十秒钟后我再也没脸对视下去了，用被子蒙住脑袋遁形。她的确也当我隐身了，三分钟后我听到关门的声音，但过了半个小时，我即将被淹死前，才把湿漉漉的被子从脑袋上扯下来。

在这半个小时里，我反复后悔，像是个撞破自己死亡秘密的倒霉游魂。如果早起那么十分钟，是不是一切都会不一样。不会和魏冬分手，不会从公司辞职，那件驼色呢大衣也不会穿在新来的那个实习生身上。

就这样，通过每天积攒起来的十分钟，我终于和魏冬拥有了刘翔也跨不过去的时差。

2

这一年的春天，我变成一条被万能胶粘在证券交易所看板上的绿线。像七八点钟散完步的老太，平稳安宁地踱步下山，没有丝毫反弹趋势，不断跌停跌停跌停却始终无法摘牌。

整个春节假期我和魏冬互不联系，我每天看几十次手机，连他群发的“万事如意”都没收到，但我依旧固执地认为我们还有转机，只是需要一点空间。上班那天，我特意早起了俩钟头，洗澡敷面膜涂磨砂膏化妆弄头发，当我昂首挺胸地横穿办公室，一路上男同事眼睛里射出猎豹的光芒，甚至耳边已经响起“Gee Gee Gee Gee baby baby baby……”

他背对着我坐在椅子上，我看着他露出一半的脑袋，心想，他一定也很受伤，要不怎么会染这么个蜡黄的头发，而且想我想得人都变矮了呢。我脸上堆起自认为温婉可人的笑容，走到他的桌边，伸出手，想轻轻拍拍他脑袋，我们之前一直这样调戏对方，他会回头用京剧腔叫一声“娘子——”，我相信他一定会的。就在我的手停留在他头顶时，椅子“嗖”地转过来。

椅子上坐着的是实习生喵喵。她眯着眼，假睫毛滑过我的指尖，手里拿着扎红色蝴蝶结的礼物，穿着那件我看了一千眼的驼色呢大衣，“魏冬欧巴，I want you！”

去你大爷啊。

我的嘚瑟指数瞬间跌到地下停车场。

对于扯实习生头发、摔魏冬电话、辞职我都不后悔。最后悔的是当时指甲削得不够尖，否则小狐狸精一转身，能直接毁她容。

3

开年后乔安忙着和冯缈缈斗智斗勇，对我的所有失恋症状漠不关心。当然，她对除了钱以外的东西向来漠不关心。

但是对于我贸然辞职这件事还是由衷发出一声嗤笑。我使劲拍着桌子，反问她，要是你，能整天看着潘金莲和西门庆在你眼皮子底下偷鸡摸狗吗?

“当然不能，因为我不是武大郎，不会让事情发展到这个地步。但是，如果到了这个地步，必然要在那个早上坚持下去，哪怕多端十分钟，等到魏冬来上班，说不定第一件事就是用你的迟到记录来开你，然后你净赚三个月工资。现在呢？”她坐在沙发上，一边说，一边卷下自己的丝袜。乔安的部门现在全都忙着三个月后的大秀，但是乔安每天的主要工作是去国际小学接冯缈缈二年级的儿子，即便是面对一个八岁的小男生，乔安依旧用面对重要客户的规格，高跟鞋套装香水，缺一不可，兢兢业业。

“生活就是这么浅薄残忍，冬天你怕冷，所以穿着秋裤的你就会输给那些穿丝袜的女孩；走路你怕累，所以穿运动鞋的你就会输给那些踩高跟鞋的女孩；早上你赖床，所以每天多睡十分钟的你就会输给那些早起十分钟的女孩。总之，倪好，现在是你寄人篱下了，两个月内你必须找到工作和我平摊房租，否则……”

“咱们一起流落街头？”我挑起眉毛，看着无情无义的乔安。

“否则，我看你流落街头。”乔安用手揉了揉咯吱作响的脖子，拎起手袋和文件夹，绕过所有她从鞋柜里扔出来的我的鞋子，走回自己的房间。

一瞬间，我又被她打回高中时代的“剥虾员”，变得特别卑微无力，想找机会杀了她。我不明白，为什么男生眼都瞎，不喜欢无毒无公害的我，都喜欢刻薄爱算计的她。和我对打实况足球的齐飞回答如下：“没为什么，光看阳台上晾着的罩杯，你就输了。”

你看，深受打击的我都忘了今天的故事应该从“恭喜发财”讲起。

4

年三十，齐飞的眼神越过流鼻涕的我，停在乔安身上时，那种感觉，仿佛他整个人在一秒钟内被里里外外拆分又重组起来。还没等他开口，乔安已经优雅地走到他面前，左手轻轻环住他的腰，右手捂住他的嘴巴，下巴垫在他的肩膀上，侧脸在他耳边说，“江齐飞，见到你真高兴。”齐飞从极大的震惊中反应过来，狠狠抱住乔安，那样子，就像一个因为丢失小熊所以无法长大的男孩，终于在二十四岁时再次见到了自己的小熊。

窗外此起彼伏的爆竹声把我龙年的最后一次幻想也炸得粉碎，我的偶像剧开场，也要变成她的久别重逢。

我看着他们，强装着尽了最后一次地主之谊，“你们聊，我玩电脑去。”之后躲回房间里，把齐飞给的赔偿金数了大概几十遍。这是我能想到彼时彼刻可以做的最开心的一件事了。

5

青黄不接的日子里，我每天中午醒来，玩Temple Run2直到膀胱酸痛才会从床上滚下来。草草投几份简历后就算用完了全天的正能量份额，之后上楼找齐飞。因为“双失”后，在这栋公寓里，只有他和我一样在过着纽约时间。

在没认识齐飞之前，我总是对那些报纸上形容二世祖的文字将信将疑，并心存幻想，世界上一定存在韩剧里那种德智体美劳全面发展的痴情大款。齐飞的出现让我彻底地认识到现实残酷。他高中开始就在英国读书，但英文水平仅停留在和洋妞一夜情时需要用到的，嗯嗯啊啊，Good，Come on，Nice girl之类的。连约会词汇都捉襟见肘。好在他老子看他从英国回来后一身喜气洋洋的英伦打扮，便认定儿子已经学有所成，于是把自己的几间会所交给他打理。

齐飞和乔安从六岁开始做同学，直到初二乔安人间蒸发。那时候乔安不叫乔安，她叫林恣甄，齐飞说的，他小学时最佩服的就是乔安，她竟然能写出这么复杂的名字。齐飞也不叫江齐飞的，他叫江麒飞，直到小学二年级他所有作业连同名字都是乔安帮他写的，但一到考试，他的名字就变成江〇飞。老师实在受不了，请来他爸，在办公室被一顿暴打后，他的名字变成了江齐飞。开学后，他告诉乔安，自己改名了，乔安点点头，“我喜欢你的新名字。”之后在作业本上写下了“江齐飞”三个字。齐飞瞬间忘记被暴打的事，也喜欢上了他的新名字，之后用江齐飞这个名字帮乔安打过很多架，喜欢乔安很多年。

6

齐飞说，乔安当时在学校门口的汽水店和他告别，天气特别热。他刚和同学从网吧回来，准备翻墙回寄宿学校。乔安拿着玻璃瓶，叼着吸管从身后小声说，“等一下。”

齐飞这才发现身后有人，一松手，从墙上掉下来。

乔安看着齐飞从地上爬起来，像每次看着他和别人打完架躺在地上大口呼吸一样平静，“我明天要转学了。”

齐飞差点又摔倒，为什么？！

父母离婚了，我要和妈妈走。

不用啊，我父母也离婚了，你让你妈和我爸结婚，就不用走了。

乔安愣了两秒，看着害怕她离开的齐飞连眼神里都带着不敢挽留的小心翼翼，突然间心里也有点酸。她大笑起来，“笨蛋。”再也没有一个夏天有过那么好的黄昏，她笑得云彩都裂了一条小缝。

齐飞说再次看到乔安感觉像昨天告别，今天再见。我补充，这几年你也没闲着啊。齐飞又说，我觉得乔安对我也有感觉。我补充，你是高跟鞋吗？她不对人类有感觉。

“她对我一定和对别人不一样，她给别人写过两年名字吗？她告诉过别人不是韦小宝打赢的雅克萨之战吗？”

我补充，“一般人也不会有以上疑惑。”

他反复解释着自己对乔安的感觉。他说，以前所有男生都在拼了老命吃小浣熊干脆面，就是为了收集水浒好汉卡，他曾经为了林冲卡连续暴揍隔壁班强子一个礼拜，更牛逼的是，强子宁死不屈，最终也没给他。直到一个礼拜后，他买了两箱干脆面回家，终于找到林冲。后来，学校门口小卖部有活动，集齐所有卡可以换一个好汉徽章，他把整整齐齐的一本卡片拿过去，换了徽章的第一件事就是把它送给乔安。像一路杀来的骑士，终于找到了公主。

我竟然有点感动，“然后呢？”

然后乔安戴着徽章去班长苏佳妮面前走了一圈，就是她打小报告说乔安帮我做作业的。

再然后呢？

再然后苏佳妮脸都绿了，乔安又把徽章还回来。我把它保存到现在，乔安就是我的水浒三国志徽章。

我是真的很感动，但依旧忍不住补充，“拜托，虽然他们都曾出现在一种方便面里，但‘三国’和‘水浒’不是一本书。”

大都会里每天都有恶魔童话上演，如果不是为了泡隔壁大学里表演系的女生，齐飞也不会租在这里，如果不租在这里他也不会炸坏我的战袍，如果不炸坏我的战袍他也不会遇到乔安。所有都是过程，终点就是为了再次遇到乔安，自乔安从学校里消失的那天起，他就这样告诉自己。单纯的人比较容易好梦成真。他说他就是喜欢乔安的处心积虑，明知道自己漂亮，但从不仗着漂亮让智商放任自流。

7

的确，我认识她多年，总有一股神秘的欲望牵引着她，让她漠然的外壳里藏着一枚充斥野心的小灵魂。很多像她一样的女孩，坐在高档餐厅里用叉子玩弄一盘恺撒沙拉，但是乔安像只躲在角落里伺机行动的野兽，用她的叉子，搅拌整个森林的树木、草丛、花和小溪。她不吃恺撒沙拉，她是恺撒。

8

乔安哄骗小孩还是很有一套的。就像六岁时征服齐飞那么轻而易举，她征服了她年龄最小的客户——冯缈缈的儿子。

乔安开车，和坐在副驾驶的小朋友聊天，“Allen，今天过得开心吗？”

冯缈缈到底是多浮夸的一个女人啊！自己明明是一劳苦大众出身，却让儿子从小浸泡在资本主义香风臭气中成长，全身穿着我春节才舍得一买的大牌不说，还起了英文法号。现在的家长也特别奇怪，以前我们的小名都是什么妞妞、甜甜、园园，现在养孩子和养狗都跟国际接轨，一水儿的Angel、Ruby、Allen。

“不开心。”Allen眉头紧锁，“今天作业都来不及做，晚上还要去上小提琴课。”

乔安瞥了一眼后座的琴箱，跟Allen差不多高。

乔安点点头，“没关系，我帮你做作业。”

Allen两眼放光，好像看到了奥特曼显灵，“真的？！”

“当然，世界上有很多比做作业和拉琴有趣的事，对吧。”我去，乔安真是一招鲜吃遍天，“一会儿你就用iPad看动画片，你的功课都交给我，绝对帮你在小提琴课之前写完。”

“你是精灵国的仙女吗？！”哎，又一个无辜的小男生上钩了。

乔安打了个左转，车驶向车库，“我不是仙女，所以，作为帮你做作业的答谢，你也要帮我一个小忙。”

Allen突然坐直，紧张起来，“不会是要我背英语课文吧？”

乔安停好车，笑着从后座拿起iPad递给Allen，而后把一支唇膏似的录音笔放在他的针织衫的口袋里，“这可是对姐姐来说很重要的东西，你要好好保管，不要动，不要拿出来给别人，到时候，我们以物换物。”

“这么简单？”Allen再度惊喜。

“就这么简单，如果Allen表现好，一会儿在会议室里一声不吭，戴着耳机悄悄看动画片，不给妈妈捣乱，姐姐明天就带Allen去买零食吃。”

"仙女姐姐万岁！"

乔安领着Allen上楼，冯缈缈正在主持大秀的宣传策划会。乔安透过透明玻璃向冯缈缈挥挥文件夹，示意自己有事要忙，无暇分身。之后冯缈缈让桌边的一个美少女开后门，让Allen进去。

乔安和Allen对看一眼，心照不宣。

9

乔安把冯缈缈的会议录音反复听了一个晚上，一边听一边查资料。我每次经过都觉得她那德行，和国民党的女特务一模一样啊。我说，你们的工作不就是吃吃喝喝笑笑吗？至于搞得跟拯救全中国一样吗？

"真庆幸。"乔安按下了暂停键，"世界上大多数都是你这种只会节衣缩食买奢侈品，但根本不知道奢侈品是怎么骗钱这回事的无知少女。"

我还是问，这和你录音有什么关系呢。乔安无奈地点开播放，继续她的敌特工作。

果然，她真的有所斩获。

这个收获叫陆远扬。看乔安听到他名字的时候，全身过电似的抖了一下，十分短暂。凭我很不灵敏的直觉，都能感觉到，她的猎物出现了。但是直觉极其不敏感、脑子也缺了一块的齐飞还在乔安旁边喋喋不休问她要不要出去吃饭。

据说陆远扬拥有金手指，成功操办了几个国内大秀，让几个都快退出国内市场的大牌重整旗鼓。这都是录音里冯缈缈说的。明天公关部就要主攻这个金手指。显然，没有乔安发挥的份儿——在乔安没录音的前提下。

10

乔安接了Allen，坐在公司大楼对面的咖啡馆里喝下午茶。他们吃到第三个蓝莓派时，陆远扬从大楼里出来。一点不像时尚圈的人，穿着得体、保守。还没齐飞像时尚人士。

他没有进地下车库，直接走进咖啡馆隔壁的城市超市。乔安一把拉起Allen，满面笑容，告诉他昨天表现得很好，以后还要好好表现，现在带他去买零食。Allen已然爽上天，娘也不要了，为乔安做牛做马也在所不辞。乔安让Allen坐在购物车里，瘦瘦高高的乔安推着他在超市里兜兜转转。窥视一个人在超市里选购的商品，是最容易了解他的方式。当陆远扬在冰柜货架上拿起果汁时，坐在购物车里的Allen使劲捏住番茄酱。果不其然，番茄酱溅了陆远扬一身。真得感谢时代飞速发展，当齐飞还不会写自己名字时，Allen已能胜任乔安的作恶好搭档。

“Allen！”站在五米开外的乔安皱着眉头呵斥他，然后满脸歉意地走到陆远扬面前。

是的，精致套装，高跟鞋，恰到好处的香气，终于明白她为何要每时每刻样样俱全。乔安从包里拿出手帕递给陆远扬，脸上带着《花与爱丽丝》里苍井一样的羞怯笑容。但心里面，她比岩井俊二还要清楚，自己必然会在结尾时登上杂志封面，带着一脸无辜的漫不经心。

谁也没教给我们，我们与生俱来就会，聪明的人欺骗别人，笨蛋欺骗自己，总之，我们编织着谎言的网，开启了骗局人间。

chapter 4
野兽派回忆

他看着得意洋洋的乔安，缓缓打开的长睫毛，像是小恶魔刚刚苏醒，温柔地展开翅膀。
乔安推开门，“还有，大胸长腿是赏心悦目的，我可从来不用它们威胁别人。”

有时候我会想，我们到底是更怕离别还是更怕回忆。

当Party散场时，离开硝烟弥漫的房间，氢气球瘪了，彩旗从墙上掉下来，满地的酒瓶子和爆米花碎屑，放浪的时光总显匆忙，我们反复拥抱告别，不想回家。可是我们又没谁要远赴战场保家卫国，我们随时都可以再次狂欢。我们是害怕喧嚣过后的落寞，我们害怕自己的记忆力，害怕忘不掉刚才留在脑门上的那个吻，害怕吻我们的人走进出租车后再也不打电话给自己。不仅人类，连建筑物都在害怕着。

1

当一个喧闹的场所在颜色很深的夜晚关灯清空，它会突然变得比城市里任何大楼都寂寞。

乔安蜷缩在白色的大衣柜里，看着从门缝钻进来的月光，想到了十二岁那年搬家前，几乎是相同的动作，下巴搁在膝盖上。那年和那年之前，她也有一个白色大衣柜，里面装着好多漂亮的衣服，每个隔层里都睡着穿不同装束的芭比，每一个都是她对未来的幻想。十二岁时乔安已经是个亭亭玉立的小少女，虽然几年来父亲生意逐渐低迷，但她的生活质量从未下降，哪怕是在小公主聚集的全日制学校，她依旧是第一个穿上当季新款裙子的那个。

那天回到家她发现妈妈坐在沙发上打电话，全家贴满封条，虽然她对这一天早有准备，但还是慌张冲上楼，她看到自己未能幸免的白色衣柜。那么装在里面的裙子呢？芭比呢？准备参加毕业典礼的洋装呢？难道一样都不能带走吗？不过这些事在她躲在衣柜里的几个小时里，已经想通。反正，之前的人生也都不属于我了，还在乎这些干什么。妈妈在楼下喊她，“什么都不要带，我们走。”

——衣柜门被打开，陆远扬的袖口垄断了月光，蓝宝石色的袖扣一闪一闪的。乔安回过神来。

“看不出，你还挺执著。”陆远扬哭笑不得地看着乔安。

乔安拎起手边的高跟鞋，从自己的十二岁里钻出来，“是啊，一般人也看不出，您半夜睡家具城，还挺变态的。”她穿上高跟鞋，站在陆远扬面前，脸上又挂起女公关的官方微笑。除了大窗外的霓虹和月光，整个样板房大厅再也找不到其他光源。乔安从包里抽出一份薄荷绿色的塑料文件夹，用手机照亮，递到陆远扬面前，“您考虑好了吗？”

看着乔安认真的样子，陆远扬却怎么也无法把目光从粘在乔安身上那张“本月特惠799”的黄色标签上移开，想大笑却又担心警卫发现，捂住嘴巴忍俊不禁。

2

乔安在钓男人上钩这方面素来所向披靡，就像她轻而易举征服了陈总、齐飞、Allen老中青三代。但唯有陆先生丝毫不吃她那一套。

在超市里的冷藏柜边，乔安迈着长腿，扭着细腰，挺着大胸，毕恭毕敬地呈上手帕，“先生对不起，要么这样，这家商场地下一层有个干洗店……”

陆远扬听到乔安这么说，迅速后退一步，把西装外套脱下来，递到她面前。乔安一愣，赶快接过西装。接着他拿出名片，轻巧地放进西装口袋里，“干洗好快递到公司。”

乔安的垂钓史上从来没遇过这茬儿，一时措手不及。

陆远扬看出乔安的疑惑，扬起眉毛，“还有别的问题吗？”

乔安再度挤出市价八千块的公关笑容，“这家干洗可以加急，你看，要不我们先……”

“哦。”陆远扬仿佛又想到什么，再次打断乔安。乔安心中得意，他也不过如此。他在乔安的注视下把领带解开，扔在乔安抱着的西装上面，“顺便把领带也洗了吧，记得拿收据，快递用EMS，到付，谢谢，再见。”

看到这一幕，别说是乔安了，就连Allen都震惊得挤了自己一脸番茄酱。

“陆叔叔怎么能这样？”Allen悲伤地看着女神受挫。

乔安吃惊地回头，“Allen，你认识他？”Allen无辜地点点头，“陆叔叔和妈妈认识，还和我一起吃过蛋糕。”乔安明白过来，双手抱在胸前，怪不得出师不利。

女王的臣民们，心中那七亿多杯绕着地球跑的香飘飘瞬间拉起了小手，欢快地跳起夏威夷草裙舞。终于，能火眼金睛看清乔安一身白骨的孙悟空还是出现了。

乔安牵着Allen回办公室，心不在焉，一路都在谋划下一步计划。她不能退缩，虽然冯缈缈一直让她游离在这次大秀的外围，但是她必须搞定陆远扬，最好能成为他的直接接洽人，做出点成绩给大老板看看。否则她根本过不了试用期。

这个职位那么多人虎视眈眈地看着，想要在基本全是小受和女孩的地方站住脚不比在后宫混容易。即便你可以把香奈儿用纯正的法语说成“傻奶啦”，即便你愿意帮同事买最新款的精致甜点和几十块钱一杯的咖啡，即便你在街角吸烟区聊天时能爆出最猛的八卦，你还是不可能在这间办公室里交到真正的朋友。这里没有利益集团，因为每人都是一个利益个体，只有一个办法可以使大家团结，那就是共同的敌人。

比如说乔安。

乔安和Allen刚走进办公室，远处草原上就传来一声殷切到都能听出颤音的呼喊，“哟，Allen来了啊！”韩铭磊绕过好几个隔间，走到Allen面前蹲下，推推框架眼镜，双手扶住他的肩膀，“Allen今天好帅，Lawrence哥哥带你去找妈咪好不好？”

乔安冷笑，纯正的TVB腔又来了。

刚开春，冯缈缈招进一个新人，正是蹲在地上的韩铭磊，英国留学回来，读书的时候在某奢侈品牌总部实习过。肌肉紧绷，腰上系着他打一个月工不吃不喝才买得起的腰带，Logo能砸碎小核桃的那种。戴黑框眼镜，自我介绍结合了台湾腔和伦敦腔，两只手自始至终各种握拳，挥舞，展望未来状，让大家叫他Lawrence。乔安当时在影印文件，背对着他听介绍，没忍住笑出来。想到当时英语课老师要大家给自己起英文名，齐飞第二天带着家教起好的名字来，在英语课上大声喊，“My name is Lawrence Jiang.”坐下故作淡定地和乔安补充说明，“我爸说这个名字听起来像个贵族。”乔安笑喷，说你干脆叫劳斯莱斯好了，听起来更贵一筹。

冯缈缈分别找了韩铭磊和乔安谈话，谈话内容大概是，你们一定要表现出自己最好的一面，为公司做出贡献。意思很明显，最后只能留下一个。

乔安知道，冯缈缈也在想方设法逼她走。她不喜欢她，是很直接粗暴的讨厌，像老鼠讨厌猫似的讨厌。那么就更不能走了，从十二岁时，她就坚强固执得像一枚钉子，刺伤所有想拔走她的人。

韩铭磊请所有女同事喝过咖啡，有一次借喝咖啡的机会，单独找到乔安。倒也是个开门见山的人。

“乔安，我知道你。”只剩下两个人的茶水间，他先开口。

乔安客套地惊讶，“是吗？我们见过？”

“没见过，但我高中的时候听过你的新闻，保送考试的事。”韩铭磊似笑非笑。

这句话一下让乔安陷入尴尬境地，但她努力维持平静，均匀搅拌咖啡。

韩铭磊说，“我是华振一中的，当时你的事传遍全区，你知道我心里是怎么想的吗？”

“不妨直说。”乔安回应。

“我觉得你受到的惩罚根本不够。”乔安背脊一冷，他接着说，“你凭这种下三滥的手段博取保送的机会，会毁灭多少辛苦读书学生的梦想。如果当时你的事不被发现，你们学校的保送名额也不可能流到我们学校，那么，我也就没有机会了。”

“感谢公正之神救了你。”她故作云淡风轻，起身离开。

“我特别讨厌你，和你共事我都觉得恶心。”韩铭磊在乔安身后说。乔安站住，不知该用何种表情面对他。“不过你放心，既然大家要一起工作一段时间，我会装作对平常人一样对你的。”

“谢谢。”乔安转身，“我也特别讨厌你，但不好意思，我不会装。”

她说完走出门，表情变得紧绷严肃，但心里却比今天任何一个假笑的时候都放松。能说出这种日本热血动漫台词的正义人物，是最好对付的。

3

随着天气变暖，我们欢天喜地脱下羽绒服换上长靴和风衣。乔安也变得更加忙碌，仿佛一夜之间回到高考前。每天我无所事事地看电视剧，刷微博，Temple Run2几乎打到了可以代表国家队出征奥运的水平。而乔安呢，不是在家对着电脑查资料，做PPT、Excel，就是想方设法和陆远扬周旋。我像是一个已经放弃高考准备出去卖麻辣烫的堕落女青年，却不小心和冲刺北大的尖子生住进了同一个寝室。

齐飞几次杵在门边看乔安工作，都不无怜惜地回头对我说，哎，得买点脑白金给她补补。我抱着电脑，戴着近视眼镜，胡乱绑了个头发，脑门上还带着早上新出炉的粉刺，回头呵呵应付一声。齐飞摇头，倪好，快把头转回去吧，我下楼是来赏心悦目的，不是来看恐怖片的。我心里也挺难受的，可是自甘堕落这东西和奋发图强一样，一旦开始了，就很难刹住车。

我爸妈每次打电话来问，我就变身步步高复读机。和魏冬怎么样？挺好的。工作怎么样？挺好的。人际关系怎么样？挺好的。我爸接着说，和大家搞好关系十分重要，这个社会最重要的就是人脉，我在报纸上看到一篇文章说公司最重要的人就是后勤……我很理解我爸，他知道自己其他技能要么过时了，要么跟我专业也不对口，但是“搞好关系”这点是恒久不变的万金油。令人心酸的是，就这么一点我都做不好，光顾着搞，忽略了关系。

这样混下去也不是个办法，毕竟我爸还没告诉我家里那个神秘金矿在哪儿，我身为都市时尚女性，求生本能在吃完最后一碗泡面的凌晨两点迸发出来。我跑到乔安房间，绕着她的桌子走了好几圈，绕得我都晕圈儿了，她依旧能稳坐桌边视而不见。最后只得拉下脸来，很不好意思地问，“乔安，你们公司最近招不招什么文秘、助理之类的。”她讽刺地回答我，“我们公司最近招董事长。”我大概是防腐剂吃多了，脑子也不好使了，两眼放光，“真的？”

她眼神凌厉地瞪我一眼，“我觉得董事长这个职务不太适合你，你要不去附近居委会看看有没有适合你的工作，说不定还管吃住。记住，月底拿不出房租你要么去傍个大款，要么自行了断。现在请消失，记得关门，谢谢。”

她说完又开始对着电脑忙碌，我默默退出她的房间，悄悄关上门。我站在门口握着拳头对自己说，“嗯，倪好，今天你已经迈出第一步了，虽然结果不佳，但是连诸葛亮都说过‘自古风云多变幻，不以成败论英雄’，还是先找齐飞打两局游戏，明天接着努力吧。”

就这样，我又稳步下滑了一天。

4

我缩在沙发里炯炯有神地看美剧，穿着浮夸暗红丝绒西装的齐飞在房间里来回踱步打手机。“我说你别转了，我眼晕。”我扶额。齐飞火急火燎，“乔安还不接电话，不会是被绑架了吧。”

“除了你以外没人想绑架她。”我耸耸肩，“人家在忙事业，你当谁都和你一样闲得蛋疼。”

齐飞不屑，“你也闲得蛋疼啊。”

“呵呵，我没蛋。”唉，堕落到没蛋这种便宜都要占。

齐飞终于转得自己也晕圈儿了，坐到我旁边，“你说我是不是也得拿出一点积极工作的样子，给乔安看看。”我假装深思熟虑一番后，深沉道：“我觉得这个方法靠谱。”

“那我也去加个班好了。”齐飞紧了紧领带。

“去哪儿加？”

“我的会所啊。”

我瞬间被雷劈了似的，灵光闪现，对啊，流动金矿江齐飞还有好几个会所呢！我做出温婉可人小媳妇状，含情脉脉地看向他，他被我吓得连连后退直到沙发边缘，“你说，我去你会所上班怎么样？”

齐飞先看我脸，摇摇头，又看我胸，摇摇头，再看我腿，无奈叹气，“不太行。”

“哪不行？我改！”我着急地站起来，使劲儿昂首挺胸。

“挺难的，得去韩国改。”

我像泄了气的皮球，随着一声谁也听不到的“咻——”又缩回沙发，估计他心底快要发霉的良知让他滋生出那么一丁点儿对于天涯沦落人的怜悯之心，“要不你和我一块去加个班？”

我瞬间原地满血复活，“好好好！等我换衣服。江老板，你别对我失望，我挤挤还是有的！”

5

下午六点，乔安抱着陆远扬的西装坐在“奥里斯”的接待室里。扣子都绷开两个的前台姑娘俯身递上茶水，她摆摆手，“不用客气了。”前台姑娘像是没听见似的，直勾勾看着她的脸，发出啧啧赞叹，一开口是标准的京腔，“嘿，您皮肤可真好哎！”

被她这么冷不丁一夸，乔安笑着点头，“谢谢。”

“你平时用什么面膜儿啊？”姑娘激动地凑上来，她看出乔安的茫然，“哦，我叫Fiona，这个月刚刚来公司实习。”

“你好，我叫乔安。”乔安和Fiona握手，“你皮肤也很好，用不着面膜。”

Fiona爽朗地笑起来，“咳，都是粉底，我可容易长痘儿呢，我同学都说过了二十岁必须用面膜儿，我再不用都来不及啦！”

“你平时总对着电脑，多用一点补水产品就行。”乔安赶紧趁热打铁，“对了Fiona，你们陆总好像不常在办公室待着？”

“是啊，我们陆总可忙呢！不过他不在也好，他在我容易紧张，有一次我迟到了，他竟然让我下楼去跑圈，你说丫变不变态，丫其实挺帅一人，就是倍儿严厉！”

乔安听后虎躯一震，果然一代更比一代强，现在大学生俨然已经推翻统治阶级的架势，这跟说她对门大哥似的，哪像在说老总，真那么严厉，她还能混到今天？乔安接话，“严师出高徒，那他最近忙什么呢？你应该挺关心时尚的吧，没听说陆总和哪个大牌合作办秀的消息吗？”

“是吗？！”Fiona睁大眼睛，“他忙的事儿倍儿多，这我还真不知道。”

说到这里，有个年轻的男生敲敲接待室的玻璃门，指指门口。Fiona“嗖”地从沙发上站起来，都来不及和乔安打招呼就呼呼往门口跑，过了半分钟，见她迎着陆远扬走过来，他皱着眉头看向玻璃房里的乔安。乔安起身，拿着西装，向着陆远扬挥挥手。

乔安跟着他一路走到办公室。陈列简洁明朗，黑色的皮沙发，极具线条感的细长脖子落地灯，这一切竟让乔安有点宾至如归，太像她高中时代的家，那种高档酒店似的，随时拎包走了也不会有半点留恋的地方。房间里唯一的亮点大概就是角落里那个陈旧的黑胶唱片机，和整个摩登房间格格不入，像从遥远时空逃难来的孤儿。

“不是让你快递来吗？”陆远扬看着玻璃墙外大家投来好奇的目光，用遥控器把百叶窗关了，“还是怕我不给你钱。”

“没这个意思。”乔安态度比起上次的殷勤，多了点强势，“是想和你谈谈。”

陆远扬从钱包里掏出三百块钱，甩给乔安，抽过她抱着的西装，“我和一超市偶遇的姑娘能谈什么？”

“您知道我们不是偶遇的。”乔安长驱直入。

陆远扬笑起来，“你既然知道我知道，还在这耗着干吗？”他翻找西装，“领带呢？”

“包里。”乔安冷冷回答，“能不能抽五分钟时间看看我的策划案？”

“我还没决定和贵公司合作，请回吧。”

“我不代表公司，代表我个人。”

“那你更没理由了，我这又不是达人秀，为你实现梦想。”陆远扬伸手，“领带给我。”

“我需要这个机会，我希望能成为您的对接人，不仅这次大秀，以后也是。”

他不可置信地看着乔安，“吃错药了吧，别仗着自己腿长胸大就威胁人，公司里漂亮姑娘多了去，我不吃你这一套。领带给我。”

“给我五分钟讲完策划案，领带就给你。”乔安自顾自地开始说，“这次主推的是夏季新品，以黑白为主，主推棉麻镂空的抹胸长裙，并且准备重新复兴90年代中期的垫肩外套和夸张的彼得潘领……”

陆远扬完全不顾乔安说什么，伸手抢装着自己领带的、乔安不断举向身后的信封手包。乔安面不改色地背诵着策划案，就在陆远扬几乎要碰到手包的瞬间，乔安突然屏息，轻轻松手，拉住陆远扬的领带，和信封手包同时落地的瞬间，两个人一起倒在地上。陆远扬惊慌中双手撑着地板，乔安紧紧抓住他的领带。

“你疯了吧。”陆远扬瞪着乔安。

她面无表情，一只手拉着领带，另外一只手晕开自己的口红，抓乱自己的头发，小声倒数，“三，二，一。”

果不其然，Fiona像嗑药小兔似的带着EMS快递员，蹦蹦跳跳推门进来，“陆总，这有一份需要您亲自签收的快递……”话没说完，Fiona和快递员同时抬头，眼前是俯卧撑状的陆先生，和眼神慌张的乔安，再看看沙发上的三百块，Fiona吓得腿都软了。

她战战兢兢地闭上眼睛，小步向后退，“对，对不起陆总，我，我下次一定敲门，什么都没看到，我，我下楼跑圈儿去。”听到一声撞墙的巨响后，Fiona还是不敢睁眼，摸索着转弯移开。

陆远扬窘迫起身，领带扫过乔安微泛狡黠的眼睛。他匆匆签收快递，打发走意犹未尽的快递员，回头乔安已经站起来。

“我可是按照您说的，EMS，货到付款。”乔安整理着头发。

“你可以啊，业务不怎么样，旁门左道倒是挺多的。”陆远扬看着乔安，撕开快递，里面静静躺着自己干洗好的领带。

“你没和我合作过为什么说我业务不怎么样？”

“你知道吗？我绝对不会和你这么年轻的姑娘合作，你们这个年纪，仗着年轻漂亮自我感觉良好的太多了，我没空一一发现，我也不想给你这个机会，慢走不送。”

“是啊，您这个年纪，老奸巨猾的，都觉得我们不行，也没人愿意和我们合作，连个机会都不给就一棒子打死，我们不学点旁门左道怎么混啊？”乔安轻巧地扎起头发，“行吧，就算Fiona迫于你的压力不敢作证，但是那个快递员的工号和电话我都记得清清楚楚哦。”

乔安走到站在门边的陆远扬面前，“所以，陆总还是仔细考虑一下和我的合作吧。”

他看着得意洋洋的乔安，缓缓打开的长睫毛，像是小恶魔刚刚苏醒，温柔地展开翅膀。

乔安推开门，“还有，大胸长腿是赏心悦目的，我可从来不用它们威胁别人。”

陆远扬手里拿着那条深烟灰色的领带目送乔安离开，不知道为什么，他像是被时光捅了一刀，三秒钟的怅然若失里，想到了闫涵，想到她帮他系上这条领带的画面。他坐在刚买来的二手电脑桌上，她站着帮他打领带。在他眼里，她的每一个动作都被无限拉长，是一组足以填充日后所有无聊时光的慢镜头。闫涵说，“我可没有绑住你的意思。”手却狠狠把领带结推向他的喉咙。

6

我穿了一件特漂亮的衣服，至少我这么觉得，兴致勃勃地跟着齐飞去加班。他穿得挺人模狗样，上衣口袋里还像帅气的韩国小伙儿一样塞了坨花里胡哨的高级手帕，露出一个边，进门的气势逼人，呼哧呼哧得好像背后有个鼓风机。保安什么的看到他也点头哈腰，爱戴有加，让跟在身后的我都感觉到上流社会的荣光，心想，以前大概误会他了，说不定纨绔子弟只是他用来掩护自己深刻灵魂的表象呢。但是一进入“加班”的真正内容，他韩剧男主角的形象瞬间崩塌。

他跟扫黄大队长似的，毫不犹豫地推开一扇扇包厢的门，热情洋溢地大喝一声，“大家吃好喝好，玩得开心啊！来，来，‘云水间’送个果盘。”再来一遍英文，“All people eat happy drink happy，enioy yourself, have a good night!”在里面各种偷鸡摸狗的顾客还没反应过来，他已宛若风一样的男子去残害下一个包厢了。

后来我都没脸跟着他溜达了，特别是他英文播报的那段，我恨不得找半个西瓜皮套住自己的脸。我只能在“云水间”门口，假装体力不支，说要坐在公共区域的太妃椅上歇会儿。齐飞嫌弃地看我一眼，“怪不得没工作呢，先天不足，后天还不努力，唉！”之后他特失望地扭头，勇敢地推开了“滚石崖”的门。

刚目送齐飞进了“滚石崖”，松了口气，突然传来特别熟悉的一声，“你不能喝就别逞强。”

听到这句话，我站在原地动弹不得，感觉心脏被梅超风的手捏了一把。这句话上次听到，是去年年会上，魏冬扶着我，晃晃悠悠走出KTV，我像树袋熊似的挂在他身上，其实冷风一吹我已经清醒了，但身体告诉我，就这么挂着他吧，放下所有的戒心、防备，和对爱的质疑，你作为一只树袋熊找到了森林里最可靠的那棵桉树，倪好，你是多么幸福的小妞儿啊。

我站在“云水间”门口，机械似的扭动身体的每一个关节，用了一个世纪那么漫长的时间，才得以转身。那棵我曾经决定依赖终身并死在上面的桉树走了过来，还有树上住着的新客人。

7

白骨精乔安和孙悟空陆远扬选择相安无事地发了一会儿呆。他们并排坐在落地窗边的大沙发上，安静地看着窗外的万家灯火。十一点钟，从体育场涌出听完演唱会的人，戴着各种颜色的小恶魔角，手里拿着长长短短的荧光棒，像是属于大地的，有生命的星星。

“‘关上灯之后才能体会到的温馨。’这句话作新一季卧室系列的广告语，你觉得怎样？”陆远扬问。

乔安看着闪光的大楼、闪光的人群，目光最后停留在他陷于黑暗的脸上，“我觉得‘关上灯之后才能体会到的温度’更好。” 即便是女王性格的乔安，也被这些黑夜中的小亮光打动了，“他们说得对。”

“对什么？”陆远扬不解。

“他们说你是广告狂人，你现在还能自己出来踩点，我挺意外的，我跟你过来，还以为你是找姑娘约会的。”

陆远扬大笑，他靠近乔安，“现在不是变成和姑娘约会了吗？那你呢？跟踪狂人？从公司，到餐厅，再到这里。”

“其实你没那么抵触我吧。”乔安回头，陆远扬被问愣，两个人只间隔一个拳头的距离，“如果从一开始就铁了心不想和我合作，就不会把那么重要的领带交给我吧。”

还好是黑暗中，否则他的心慌一定被一览无余，“你说什么？”

“你的领带。”乔安瞥向他的深烟灰色领带，这是很老款的Burberry，早已绝迹于各大专柜，乔安记得她爸爸也有一条这样的，“网上所有你签约，或者关于公司重大活动的照片，你都戴着它，是你的护身符吧。”乔安通过他的呼气就能明白，大闹天宫的陆远扬已经被紧箍咒勒得说不出话，“怎么样，陆先生，决定和我合作了吗？你不是相信我，你要相信自己的眼光，我知道你觉得我不一样，那么你就试试看，我是不是真的不一样。”

陆远扬漫长岁月所筑起的堤坝终于被汹涌而来的记忆洪水冲垮，他感觉自己快不行了，要被淹死了。看，我们都不过如此，就算向全世界宣布伤口已经愈合，成长，不再为小事动情，可以爱得轻松自如，但你永远无法阻挡那段像是定时炸弹的野兽派回忆，随时爆炸，让你的心脏停拍，全部坚强顷刻阵亡。

chapter 5
搏击俱乐部

亲爱的女王，当你正站在拳击场上，准备搏斗时，你又怎么能让自己分心呢，你尚未看清对手。你怎么会像搏击老手陆远扬那样知己知彼。其实，搏击里的防守，才是真正的进攻。

我和好多人一起看过《搏击俱乐部》，我觉得演《搏击俱乐部》时，是布拉德·皮特最好的时候，比《燃情岁月》时还要好。纵然之后无数电影里他再英俊潇洒，性感迷人，也比不上那张满是伤痕汗迹斑斑的脏脸说出一串反人类反社会狗屎哲理的样子。

“工作不能代表你，银行存款不能代表你，你开的车不能代表你，皮夹里的东西不能代表你，衣服也不能代表你，你只是平凡众生中的其中一个。”

当初和魏冬看，他拉住我的手，说末日那天也要和我一起看世界毁灭。现在齐飞坐在我旁边，看完之后“噌”一声从沙发上站起来，摔门出去，一个小时后跑回来，左手拎着汽油右手拎着一大桶果粒橙，抹了把汗跟我说，“倪好，咱们下楼造炸弹去吧。”

1

魏冬扶着喵喵跌跌撞撞往我这边走，喵喵醉得像只小猫，胳膊绕着魏冬的脖子，整个人都焊在他身上。

我看着他们从走廊尽头走来，就像看着一个曾经属于我的平行空间。我当时鼻子猛泛酸，特别想跑，双脚却像被地里长出的无形大手牢牢抓住，越是难受，越是想看下去，想让自己一次难受个够，精疲力竭死了拉倒。只有死了才能重生，才能让我的每次呼吸、难过、会心微笑都不再为了他。

魏冬抬头看见我，刚才看着喵喵充满怜惜的眼神瞬间灰飞烟灭，变成无处遁形的尴尬。钩着他脖子狂亲的喵喵还不知道发生了什么，对着他的脸亲了一口又一口，亲着亲着，看魏冬面如土灰，疑惑地问，“看到鬼了？”喵喵顺着魏冬的目光看过来，变成了看到鬼的表情。

他俩比我还手足无措。

一瞬间我脑海中蒙太奇错乱，闪出无数画面，比如原子弹爆炸，戈尔巴乔夫宣布苏联解体，9·11飞机撞上五角大楼，升旗仪式上校长批斗一群被打得血肉模糊的帅男生，我把隔壁班王小红借给我的那支新钢笔掉进了厕所里，魏冬说拿了年终奖一定帮我买那件驼色的呢大衣，诸如此类，最终我脑海中突然浮现出我爷爷书桌前挂的那幅骨灰级海报，上面是一个身穿军装的帅小伙和一个头裹白毛巾手拿小红本的大叔，带着开坦克般的坚毅神情，在一片金灿灿的麦田里开着拖拉机，下面写了一行字——“一面学习，一面生产，克服困难，敌人丧胆。”

多亏主席给我壮了胆，我迎着他们走过去。是啊，明明你们一对狗男女，老娘怕个什么啊，况且，我今天穿得还挺好看的。我学着平时乔安英勇杀敌的样子，像是穿了三件背背佳，喝了好几盒静心口服液，雄赳赳气昂昂。

“真巧啊，你们也在这？”我面带微笑，用不屑的目光扫过他俩。

魏冬不自觉地心虚，拉开喵喵还绕在他脖子上的胳膊，咧咧嘴，“是啊，李总生日。”

“哦。”词穷，我刚才光顾着强装气势，压根没想过要说点什么。

“倪好姐也是和朋友来玩的？”喵喵嗲声嗲气，但明显是用厚厚的糖浆包裹了十几根大头针扔过来。

我看着喵喵，头顶上的怒火跟燃气灶的灶眼似的三百六十度绕圈燃烧，为平军心，我深吸了一口气，就凭着你叫我姐，也得给你点颜色看看，“不算是吧，会所是我男朋友家开的，我和他过来看看，对了，你们哪个房间？我帮你们打个折，送个果盘。”我心中的呐喊是，我就是跟大款吃饱了饭来家里的后花园遛个弯，你们理解到这个意思了吗？

在我眼中，两个人那表情，跟错吃了大便还得佯装吃了布朗尼似的。是吧，根本想不到我能混得这么好吧，我也想不到。我得意地看着他们，心里却在打鼓，余光老是往齐飞刚进去的那个包厢瞥，生怕他兴高采烈跑出来，麻利说段英文播报，揭穿我的谎言。

看他俩愣着，我说：“你们玩开心，我去找男朋友了。”

说完，我转了倍儿华丽一身，当年霸王别姬的背影也不过如此吧。虽然我并不快乐，但好在这段感情里我挽回了一点尊严，一点得到爱情的人根本不稀罕的尊严。

“倪好，瞎转悠什么呢？”齐飞从“滚石崖”里走出来，冲着我喊。

我虎躯一震，假装镇定，对齐飞置若罔闻，大步流星向前走，心想眼一闭走出魏冬和喵喵的视野范围就算突围了。最终我还是没过“猪一样的队友”这一关，齐飞跑了两步，在我即将突围的边缘一把拉住我胳膊，“喂，聋啊？叫你听不见啊。”

被齐飞拦下那一刻，我真想自己把舌头嚼吧嚼吧吃进去，在人生仅有的高潮未被拆穿前，结束自己短暂而倒霉的一生。我用无助的眼神看着齐飞，希望他能从中参透出什么，他疑惑地看着我，“怎么了？摆什么无辜脸啊，这是要晕倒还是怎么着，走这么两步累得您低血糖了？”

喵喵仿佛看出什么端倪，借酒装疯，推开魏冬顺着墙边扭过来，凑在我和齐飞跟前，“倪好姐，男朋友挺帅啊，怎么不给我们介绍一下。”

“喵喵，回来！”魏冬攥着拳头，站在原地。

她权当没听见，逼近齐飞，“你好呀，我叫喵喵，您就是倪好姐的男朋友吧？”

我都能看出齐飞脑袋上冒出的那个硕大的隐形问号，那时我的感觉绝对不亚于高考前一夜。我坐在书桌前，把藏在房间里各个地方的助睡眠药片都找出来，仔细数了一遍。都是我妈为了帮助我睡眠给买的补药，每天只在睡前给我两颗，我只吃一颗，把另一颗藏起来。我把它们装进一个方形的玻璃罐里，藏在抽屉最深的地方，外面塞了厚厚两摞杂志，之后关上抽屉，上锁，跑去客厅吃饭。像是完成了一个秘密又神圣的仪式。

我这个人虽然吊儿郎当，像惯性流产似的惯性失误。但好歹小时候也是因为熟背《刘胡兰》和《狼牙山五壮士》当上语文课代表的人，学来一身没用的革命骨气。总在为自己的一败涂地做准备，力求在失败后来个大无畏的华丽转身。如果我考不上大学，就回来把那瓶药吞了，能不能死成另当别论，但起码给我爸妈表个态，让他们知道，我尽管失败了，但在备考过程中绝对带着“不成功便成仁”的严肃态度和视死如归的革命精神。现在的心情就像当初，百分之九十的紧张和百分之十的诡异释怀。

在思考如何回答喵喵这短暂的五秒里，我们用眼神进行了如下交流：

齐飞：这算哪出？

我：求你，帮我这一次必将涌泉相报。

齐飞：有没有什么好处？

我：帮你实时监控乔安。

齐飞：这我也能，还有什么其他好处吗？

我：……擦掉一切陪你睡？

齐飞：滚！滚！滚！

“谁是她男朋友？”我们的目光交流戛然而止，齐飞扭头，对着喵喵冷不丁抛出一句。听完后我整个人都碎了，散了一地的我都不敢用最后一口气抬头看看这百年一遇的经典场面，无论魏冬是尴尬还是愉悦，是自责还是欣喜，我都不再敢面对，只想快点来个服务员把我扫走。

齐飞的手顺着我胳膊向下一滑，拉住我的手，愤怒地瞪着我，“你就这么嫌弃我吗？我堂堂江齐飞还配不上你啊！”说着他举起我的左手，从口袋里摸出一枚戒指直接往我中指上套，尺寸挺不合适的，但他还是快准狠地套住我的中指给塞了进去，“戒指忘带也就算了，咱们都订婚了还说我是你男朋友。怎么着，你是不是对广阔森林还怀有最后一丝留恋啊。我江齐飞都为你金盆洗手了还不满意吗？”

我呆看着齐飞，咽了口吐沫，脑子空白一片，口不择言，“啊？那什么……不是因为这个……”

齐飞恍然大悟状，“那你就是因为蜜月去希腊，我偷偷订好酒店行程不是想给你个惊喜吗，你就生气了？那你直接跟我说啊，你想去哪咱去哪，不行咱们直接希腊飞迪拜，迪拜飞巴黎，巴黎再飞意大利，咱们像玩地球仪似的把世界玩个遍。倪好，你不能仗着我非你不娶就这么欺负我！以后不准跟别人介绍说我是男朋友，我是你未婚夫，Fiance！知道吗？”说这话时齐飞入戏太深，眼泪在眼眶里打转，简直让我都有种错觉，仿佛时光倒回到我十六岁那年，我被男生用烟花炸坏了羽绒服，飞了半操场的羽毛。让我觉得自己真就这么稀里糊涂嫁了一个特别特别对的人。

喵喵被齐飞奥斯卡级别的演技震慑住了，看看我，再看看齐飞，张开嘴又闭上，半个标点符号都吐不出来。魏冬上来扶她，目光躲躲闪闪，最后还是停在我脸上，小声说了句，“要结婚了？为你高兴。”

喵喵一拳捶在魏冬的肩上，他拉住她胳膊，她就用另一只手捶，扯着哭腔，“她嫁谁关你什么事儿？！”

“别闹了！”魏冬拉住无理取闹的喵喵。

“看你握手也不方便，放心吧，倪好跟我肯定比跟你开心。”齐飞一副爱搭不理的样子，挥挥手招呼住路过的服务生，“来帮一把，这位小姐喝多了，都是我朋友，他们那间免单。”

服务生点头哈腰地应下来。

我的灵魂都还飘荡在异次元，齐飞搂住我的肩膀，“你们好好玩，我们回见。”我跟个牵线木偶似的被齐飞拖着往外走，他恨不得在我耳边喊着“一二一”我才能迈对步子，直到坐进车里，我才后知后觉。

“戒指。”齐飞不耐烦地把手伸到我面前，看我没反应，甩来一个大白眼，“还带上瘾了？”

“哦！”我如梦初醒，使劲把中指上的戒指往下撸，真不知道他刚才哪来那么大神力给我套进去的。

齐飞看我拔不下来，“算了，回家涂点凡士林再摘吧。”

我好奇地问，“你为什么会随身戴戒指啊？”

齐飞不屑一笑，“出来行走江湖不带点装备怎么行。”

后来我才知道，那个戒指是给乔安准备的，那段让他变身马景涛的话也是。人生就是这么可笑，总有些片刻，磁带会卡带，电影会跳帧，人也会坐错位置，让“剥虾员”占了女王的便宜。

2

至于安眠药那件事。我上了大学后跟我妈讲起来，她目不转睛地盯着正在看的电视剧，啃下一口苹果，云淡风轻地说：“你全吃了也没事，反正都是维C片，我就给你个心理暗示，你真当那是安眠药吗？呵呵。”

看，我们靠着伪装生存，连忠厚无害的维生素C都可以伪装成狡猾的佐匹克隆。

3

我俩听着电台往回开，谁都没说话，齐飞特别平静，像往常，骂着周围超他车的所有司机，之后再一脚油门超过他们，超完之后爽得像拿了个F1冠军。真不知道齐飞怎么总能因为这么点鸡毛蒜皮事儿雀跃不已。

我焦躁不安，心怦怦直跳，脑子里反复回放刚才的画面，魏冬的尴尬，喵喵的愤怒，以及齐飞的见义勇为。

“谢谢你。”

“欠我一次，以后还我就行。”他漫不经心，跟着电台哼李宗盛的

《我终于失去了你》，“哥演技好吧，奥斯卡最佳男主角没问题吧。”

“哎，其实你刚才不用那样的。”这话一出口我都想给自己俩大嘴巴，倪好，你丫还会得寸进尺了，人家帮都帮你了你还在这里瞎哔哔。其实我想说的是，作为一个“剥虾员”的难过和尊严，从来没被这么重视过。

“哪样？难道把你撂那儿，看他俩耀武扬威？这样的话，我脸上都过不去。”齐飞转动方向盘，“好歹你也是我的人。”

当时我仿佛全身过电，活生生把嗓子眼里的小心脏吞进胃里，“……你的人？”

“是啊，乔安是朕的皇后，你又是乔安的丫鬟，都算是我的人吧。”齐飞边说边脑补，忍不住得意大笑，“哈哈，在古代丫鬟都是陪嫁的一部分吧，朕以后不会亏待你的。”

后来乔安说，在齐飞心里，世界上一共只有两种人，一种他的人，一种他不要的人。

对于齐飞，我只不过是个乐高小人，被熊孩子像扔炮仗似的扔进齐飞的王国，恰好微服私访的皇上想学学雷锋，顺便帮了我一把。即便如此，我的眼泪还是喷涌而出，在我都意外的情况下，两朵迷路的乌云撞在一起，让天空下了场大雨。

齐飞被我突如其来的哭声吓了一跳，“用不着这么感动吧，解决你这种小破事，是我这种社会精英回报社会的好机会！举手之劳，举手之劳。”

“可还是好感动啊！”

“好好，姑奶奶别感动了，看到前面交警了吗？炯炯有神地盯着我们车，再哭他保证上来开我罚单。回家给哥泡个面这恩就算报了，别哭了昂。”

我抽了两大坨餐巾纸，捂住整张脸。那是一种压抑已久的释放，关于不爱后的失落和深爱过的委屈。魏冬和我，怎么说也是认认真真爱过的两个人，最后竟然遭遇如此狗血的结局。却又好在是这种结局，让他扔掉了为我准备的愧疚，我捡起来变得可怜巴巴的自尊。

电台里的李宗盛唱到了高潮，恰如其分地应景：

我终于失去了你，在拥挤的人群中。
我终于失去了你，当我的人生第一次感到光荣。

4

回到家后我和乔安一起躺沙发上，仰着脸做面膜。说起今天的事，乔安干笑了两声，说齐飞就这个德性。

乔安拍着脸蛋，娓娓道来。

他有次去公司找老爸，正好一姑娘被开了。是人事部的一个小助理，抱着箱子直哭，流下来的眼泪泡着眼线，都是黑的。齐飞正好和她一趟电梯下来，看她从三十八层旁若无人地哭到一层，样子楚楚可怜。他把领带扯下来，递给姑娘让她把眼泪擦擦。姑娘接过齐飞的杰尼亚领带，也没含糊，立马擤了一把鼻涕。齐飞打量这姑娘，虽然有点土气，身上的过季套装又让她显得死板，但底子还是不错的，皮肤晶莹剔透，带着两个红脸蛋，让人想到了春天的田野，一股清新味儿扑面而来。齐飞那点皇室贵族悲天悯人的同情心一时间喷涌而出，对姑娘说，我请你喝个咖啡吧，你现在这样神情恍惚地到处乱跑，我也不放心啊。说着他从口袋里掏出名片，我也是这公司的人。姑娘接过名片一看，什么什么艺术总监，虽然从来没见过这号人，但领带面料不错，应该来头不小，心一横，跟他坐进了星巴克。

姑娘说起自己的经历，多么倒霉，自己是全村唯一一个大学生，村里人凑钱把她送来上海读大学的，兢兢业业工作着就想着怎么报答父老乡亲，因为频频加班和男朋友分手，现在只是因为打印错文件，就被上司炒了，怎么哭都没用，真不知道过年回家怎么交代。说着说着无限惆怅地看了一眼窗外，说自己来上海打拼那么多年，甚至连东方明珠都没上去过。齐飞听到这，一拍桌子，跟地主爷似的，捏住姑娘的下巴说，上个东方明珠有什么难的，哥现在就带你去。

于是江少爷开着小跑带姑娘去了东方明珠。姑娘站在360度全透明三轨观光电梯里，肾上腺素噌噌直飙，脸蛋更红了，样子特别像《我的父亲母亲》里的章子怡。姑娘满眼激动，无限温柔，对着齐飞那张美少年的脸就亲了上去。齐飞想，这姑娘是淳朴啊，一般泡妞起码得送个包才能有这待遇吧，现在带姑娘上了个旅游景点她就感动成这样，齐飞看着夕阳无限好也感动起来。

既然姑娘都表态了，齐飞也一不做二不休，带姑娘登完东方明珠，接着拎了几箱脑白金，开车送姑娘回家过年。姑娘果然来自田野，路特别难开，齐飞说，去了那才知道歌里唱的山路十八弯水路九连环都是真的，车好不容易绕过山路开进去，又被人群堵住了。一个村的小孩都跟在车后面跑，光着脚跑，跑得可快了，鼻涕顺着脏兮兮的脸蛋往脑袋后面飞，微服私访的江少爷看了真心疼。以前光看电视，以为那些握着铅笔头大眼泪珠子吧嗒吧嗒往下掉的小孩都是小银星艺术团的演员，原来还真有这种过年才舍得杀头猪的地方。全家人轮着喝齐飞带来的脑白金，伴着春节联欢晚会，每人抿一小口，姑娘的爸爸最后喝，瓶子都空了，加了点水涮涮，喝白酒似的喝上一口，带着无限满足的表情。之后把剩下的脑白金全都束之高阁，和家里最宝贝的棉袄、凤凰花纹的棉被还有几坛腌大白菜放在一起。

齐飞天天跟着女孩家吃清炒小白菜，他问姑娘，你从小到大就吃这个，姑娘笑呵呵说，是啊，你是不是吃不饱，我让我爸帮你去邻居家把那头猪杀了，我们家的猪今年卖出去了，不好意思。

齐飞听了眼泪差点掉下来，无肉不欢的他硬生生扯了个谎，说那个什么我吃素。姑娘也没再吭声点点头，但是第二天桌上还是出现了猪头肉，女孩全家看着齐飞吃，笑得一脸憨厚。

临走时齐飞把身上带来的三万块钱现金全给村里的小学校长了，全村感动得握着齐飞手不放，恨不得给他立 碑。

齐飞说，立碑就不用了，之后他腼腆害羞地低下头，能再杀只鸡给我吃吗，我饿得腿软。

据说姑娘隔壁村的青梅竹马听说姑娘回来了，连夜跑来看姑娘，在村头就被乡里乡亲团团围住，说了齐飞的事迹，吓得青梅竹马又连夜跑回去了。齐飞春节来完七日农家乐后，又把姑娘风风光光带回了上海。

在东方明珠站过的姑娘，高度的确会有所不同，眼界跟着电梯一起升上去了。回到上海后，开始学会化大浓妆，换上齐飞送她的高档礼服，里里外外的电子产品全从金立换成了苹果。

有天鱼水之欢后，姑娘眨巴着那双贴着大长假睫毛的眼睛，对齐飞说了句，你这么能耐给我找份工作吧，轻松点，别太累的。齐飞眉头一皱，现在不是挺好的吗？姑娘寻思一会儿，不找工作也行，咱们结婚吧。齐飞倒吸一口冷气，跟姑娘说，行，我想想再说，先睡吧。

趁姑娘熟睡，齐飞像青梅竹马一样连夜潜逃了。姑娘疯了似的找他，最后好不容易买了外地号打通他的电话，姑娘声嘶力竭地咆哮了半天，最后哭到晕厥似的问他，“你说！！！你说你为什么不联系我！！！”

齐飞淡淡回答：“大爱无言。”

齐飞每次说起这件事，都不无悔恨，说本身就喜欢姑娘身上那股乡土气息，没想到去趟东方明珠就俗了。“哎，上海果真是个大染缸，如果她一辈子在乡下该多好，多淳朴。”

男生往往这么不切实际，他们不明白，缺乏安全感才是全世界最普遍的妇科病。他们不明白，处心积虑爱算计才是全世界妇女的不治之症。所有的漫不经心，都藏着小心翼翼的精心策划，坐着床边阳光正好洒在漂亮的左边脸，初夏夜晚风微微吹起散发着洗发水香味的头发，在无数个场合的偶遇，时常抹着眼泪说句我很开心呀，随口说出自己的优秀，无意的提问，每一个自然而然的瞬间。

是的，当我们喜欢上一个人，就是这么可怕，这么辛苦，变成一个做作的，随时会看着花流泪，拿着书吐血的病人。别说你能爱得轻松自如，谁也没能幸免，能幸免的那不是爱。

如果姑娘不努力考上大学，千里迢迢来到这里，在该忍住眼泪的时候梨花带雨，该痛苦的时候咬牙坚强，又怎么可能从芸芸众生中脱颖而出俘获他的“芳心”。

乔安说，可是他们都不明白，没有一个男孩会明白。

乔安跟我讲完这个故事，我笑得海藻面膜都从脸上裂开了，心里却非常不舒服。乔安作为我闺蜜，她犯了一忌。

当你以为自己生命中那个救你于水火的骑士出现了，你最好的朋友却跳出来云淡风轻地来一句，他这人就一活雷锋，千万别随便动真情。你面子上特别挂不住，只能大笑，说谁会喜欢他啊，心酸地掐灭平淡生活中那点唯一能让你会心一笑的小幻觉。

齐飞喜欢的就是那种被人仰视的感觉，而他爱的那个，是能让他仰视的人。齐飞跟我说过，他喜欢乔安这事说白了就是贱，觉得别人都要在他身上图点什么，所以对他谄媚，对他百依百顺，为他把自己装扮得像个公主，其实呢，他把卡一停，就像咒语失灵，她们马上就会被打回原形，歇斯底里地拿着水晶鞋敲门，她们全都以为自己是灰姑娘，在齐飞眼里，再动情的姑娘，也不过是为了穿进水晶鞋切断脚趾的大姐二姐。而乔安呢，她理所应当地仗义相助，也理所应当地接受你给予她的一切，她挥霍起来不眨眼，就算你为他死，她也不会掉一滴眼泪。因为她觉得自己受得起。这就是平起平坐，势均力敌。

这样的爱人值得尊重。

我们总是喜欢和自己搞不定的人扎堆，比如说，乔安和陆先生。

5

乔安走进奥里斯的大门，Fiona看到乔安进来，热情地迎接上去。

“乔姐来了啊！”语调故意上扬。

乔安微笑着，把手中的纸袋放在Fiona面前，“上次你说想要的面膜，我帮你带了一盒。”Fiona开心得忍不住欢呼，意识到自己身在办公室，压低音量，“乔安姐，您真有心，多少钱，我给您。”

“不用了，没多少钱。”说完乔安和Fiona挥挥手，向办公室里走去。

“找我们陆总吗？陆总刚去楼下买咖啡了。”Fiona在乔安身后喊。

乔安停住，调头回来。Fiona殷切地跟在乔安身后，小声说：“您和我们陆总到底怎么回事？”

乔安只是笑，不作答。

Fiona帮乔安按下电梯按钮，神秘兮兮地凑到乔安跟前，“乔安姐，上次你问我大秀的事儿我帮你留心了，陆总说了，是要操办一个奢侈品品牌的大秀，上次他还派了几个人出去选址。”

乔安来了精神，脸上却故作平静，“我已经知道了，谢谢。”

电梯门关上前，Fiona使劲对着乔安挥手作别。直到电梯门关上，乔安微笑淡然的表情才变成戒备状态，立马拿出手机开始查资料，看最近几个热门的展览场所哪个已经被预定掉。

乔安就这么一路查着资料，打电话联系着线人，不知不觉走进楼下咖啡厅。陆远扬果然在，坐在角落里，财经类报纸挡住半张脸。乔安走过去，心想这什么年代了还装福尔摩斯，她顺势坐在陆远扬对面，敲敲桌子。

报纸后悠悠传出一句，“你跟这么紧，是不是想泡我啊？要不晚上赏脸和你吃个饭？”

乔安冷笑一声，“吃饭可以，泡你就免了，陆先生，合作的事考虑得如何？”

陆远扬放下报纸，“我倒是宁愿你泡我，这样咱们关系单纯一点。”

“我听说您已经和我们公司开始合作了。”乔安不接陆远扬的话茬，“那为什么不考虑我做您的对接？”

“能别每次都叫我陆先生么？像演《色戒》似的。”

“好的，陆总。”

陆远扬撑着下巴，扬起一边的眉毛，打量乔安，“为什么和你合作？你能提供点什么别人不能提供的东西吗？”

乔安也双手放在桌上，稍稍靠近，小声说：“原来您是这种人。”

陆先生嘴角露出诡异笑容，“我这人很识趣，对什么人说什么话。我看过你的履历，你毕业到现在，这是第一份工作，可是之前的户头几十万进出都算是小数目吧。”

乔安警觉起来，谁也看不到她藏在桌子下面的手抖了一下，全身像过电似的抖了一下，但是脸上还是僵着笑容。

“是啊，我得生存吧。”她本来想说，我得生活吧，顺其自然地脱口而出，生活就变成了生存。

把活着说成生活，的确太看得起自己了。

“那你以前不是活得挺好吗？干吗现在和那些真正努力的女孩抢饭碗。”

乔安轻微仰着下巴，“我能坐在这，只能证明我比她们更努力，也比她们更豁得出去。”

6

陆先生没和乔安说过，他第一次见她是在她还姓林的时候，在他们家的大房子里，经历了他这辈子最卑微的一天。那时候陆先生和乔安现在这么大，乔安还是背双肩书包穿棉质衬衫的小女孩。他在院子里看到乔安，她随手翻着一本小说，陆先生记得她看的是简·奥斯汀的《傲慢与偏见》。

那天他的状况危急，走进院子后每一步都小心翼翼的，本不应该留意这些细节，但是还是很难不被吸引。你能想象一个十岁出头的女孩，在自己家的院子里端了本《傲慢与偏见》吗？这得是多做作的一个画面。我们不喜欢承认，但这是一个事实，往往越做作的越美丽，那是一种显而易见的美丽。

那天他花了仅有的积蓄买了两盒茶叶，要去乔安家恳求她爸爸原谅自己工作的疏忽。他以为这是最后一次看到乔安，很快，他出来自立门户，然后就是乔安爸爸跑路，本来两个人不过是投入茫茫人海的两颗砂砾，没想到他们是两颗带着磁性的石头，隔着万里空气，还是能闻着相投的臭味吸引对方。

前两年，陆先生的一个爱和小明星手拉手跳圆圈舞的客户过生日，包了某个挺有名的夜总会一层楼开派对。他不喜欢应酬，几乎是出于惯性，尽管已经磨练出了毒辣心肠可他还是愿意显示谦卑，他不愿意放过每个机会，他领了一众拍过几只广告的小模特去给客户庆祝。模特送到后，他看客户High起来了，在适当的时候随口找个理由离开，让客户大可放心享受。他刚走出夜总会大门，看到乔安在车里，坐在驾驶座里撑着脑袋，听着广播，对着镜子整理头发。虽然十年没见，但他还是能一眼认出这个女孩，她就像是颗完整的星球，悬挂在浩渺宇宙的最中心，周围的星辰围绕她旋转，可是她不在乎这些，不在乎星空太阳空气水，她只在乎自己。

后来他看着别人把一个穿着Dior西装、白色衬衫上洒了一大片红酒的男生扶出来，比身上红酒更红的是他意犹未尽的脸色。这样的男孩陆先生见过太多，是人们最喜欢下手的突破口，因为他们看上去一言九鼎对人呼来喝去，其实是这个社会体系中最软弱最容易攻破的，能用漂亮姑娘搞定的一群人，在陆先生眼里，不知道单纯到哪里去。他们从小养尊处优，锦衣玉食，不知东西精贵，他们根本不懂欣赏，也不愿意欣赏，只懂得消耗。消耗漂亮姑娘的青春，也消耗自己的青春，用最昂贵的红酒浇到她们的身体上，泡在浴缸里，一颗钻石耳钉就这样顺着女孩的脖子滑下来，他们绝不会伸手去捞，他们忙着抚摸姑娘们的肌肤、头发、湿润的眼睫毛，在她们耳边轻轻说，明天再给你买一颗，更大的。那颗缠绕着女孩诡计的超A假钻石就顺着红酒流进了下水道里，女孩心中雀跃起来。

乔安下车出来接上那个男孩，把他塞进副驾驶，熟练地帮他系上安全带，之后回到驾驶座，踩油门开走。既没有接到宝贝的喜悦，也没有对恋人失态的憎恨，不知道的人，一定以为她只是一个代驾。

陆先生其实在很偶尔的时候想象过，林总跑路之后，那个看《傲慢与偏见》的女孩会怎么样，他没想到她会改名换姓出现在自己面前，学着笑得亲切，但是他一眼就看破了她完美笑容的僵硬，这太标准了，像是书写工整的暑期作业，却没做对一道题。

陆先生面对乔安，好奇地想拿起遥控器快进，他实在想知道，混世的姑娘到底要怎么洗白人生。

7

“那不打扰您了，我先走了。”乔安打断了陆先生的杂乱思绪。

“你为什么要来找我？”陆先生问她，“你其实可以找别人的。”

“直觉吧。”说完乔安客气地点了点头，示意告别，转身离开。

她心里想的是，这不是废话吗，现在就你是广告界有头有脸我又能摸得着的人物，不找你我找谁。乔安不会承认，她对陆先生有欣赏。

“把你们公关部关于大秀的详尽策划案给我一份。”陆先生在乔安身后说。

乔安故意绷紧的脸露出喜色，转身跟陆先生说："您也知道，没签合同之前是不可以外泄的。"

"想入伙的话，先拿出东西给我看。"

乔安看着陆先生，没吭声，睁大眼睛看着他。

"你害怕我？"

"是，我害怕你。"

他为她突如其来的坦诚语塞两秒，之后摸摸鼻子笑起来，"如果害怕就不要选择和我合作，给你一条职场经验，别和信不过的人合作。你自己选。"

"如果我把策划案给您了，是不是签约后我就是您的对接人，以后也得是。"乔安眼神坚定，"我需要这个机会。"

当女孩想要一件东西，总会精心布局，选择最圆滑温婉的语言，绕八百个弯到达终点，乔安在陆先生面前没有这样，她用眼睛看着你，理直气壮地说，我想要，你必须给我。

陆先生举起报纸，继续看起来，"在'如果'成立的前提下，我们才能商量其他事。"

"好，给我点时间考虑，我会尽快答复您。"乔安冷冷回应，"我也给您一条我的经验，没什么人是信得过的，我只相信利益。我相信您就是能给我带来利益的人，你是吗？"

"你别问我，你不是相信直觉吗。"陆先生抖抖报纸，没抬头。

说完乔安起身离开。

在乔安的生命中，有什么能信得过？逃跑的父亲？抛弃她的陈公子？即便是她用尽手段捞钱时斥责她没有底线的模特男友，最后也背叛了她。

大学时候乔安拼命混圈子，去二手店里租包和礼服，佯装着和那些二世祖一样。又因为她英语好，还精通意大利语和法语，用尽各种方法帮她们代购赚钱。她在国外交流的那一年里，淘宝店已经升成皇冠，这就是乔安的第一桶金。她们以为这只不过是一个白富美的顺手之举，谁又知道她天天早上拿着三明治和课本站在奢侈品店门口排队的样子，冻得瑟瑟发抖，都不舍得离开队伍去买杯咖啡。

8

讲讲关于乔安和陈公子的故事。

乔安大学时修了一个二专，十分成功。乔安就读的大学里，很多女孩修“二专”，而这个“二专”的名字叫“傍大款”。当时女生寝室楼下时不时会停来几辆小跑，不知道的以为这是超跑俱乐部据点。女孩们常常结对出去轰趴，酒会，俱乐部。那次乔安和几个朋友一块出去玩，其中一个朋友认识酒肉圈里挺有名的小开，大家叫他陈公子。喝完了之后陈公子说，这太吵都没好好认识大家，不如我请客一起宵夜吧。鬼混过的男孩女孩都知道，酒后必夜宵，看清对方长什么样，大概就各就各位了。

去的是挺高档的一个火锅店，说里面的牛肉薄得都能当宣纸写毛笔字。吃饭过程中，大多女孩急于表现自己，说自己学的什么什么语，小开们起哄说来一段啊，然后她们就叽里呱啦表演一段。乔安吃饭过程中一句话没说，也不玩手机，就安静地看，默默吃宣纸牛肉。

后来要结账了，陈公子伸手招呼服务员，服务员拿来账单，他也没看，就开始摸裤子口袋。接着是摸上衣口袋，通过嘴形判断他说了句粗口，当然只是一闪而过，除了静观其变的乔安谁都没看出来。之后他挥挥手，服务员走到一边去。这时乔安起身去洗手间，回来时服务员跟在后面拿着信用卡账单到陈公子身边，让他签单。陈公子有点茫然，看了看账单，抬头扫过一桌，目光停在乔安身上欲言又止。乔安没看陈公子，正专心听着旁边别人讲笑话。从店里出来后姑娘们还不肯回去，喊着再去哪玩。陈公子谁也没理，走到乔安面前跟她说，送你回去？乔安点点头说好。

离开大部队后，陈公子特别惭愧地感谢乔安，说自己钱包大概忘在刚才喝酒的地方了，本来想还好是这熟客能签单，你竟然给结了，多不好意思。乔安说，那要不要回去找。陈公子连忙摆手，不用，也没什么重要东西，我欠你一次，你说怎么还吧。乔安问他身上有多少钱。陈公子摸遍全身，就交停车费剩下的五十多。乔安指指身后的便利店，那你给我买个三色杯吧，剩下的你打车回家。陈公子说，我能找司机来接，还是买俩哈根达斯吧。乔安说，我喜欢三色杯。

后来陈公子买了五个三色杯，两个人，一个拎着双C一个戴着卡地亚坐在便利店的小长桌上吃冰激凌，从小学为了吃个零食多不容易开始聊起，聊到最后五十多块全买冰激凌吃了，买到后来为了能跟乔安多聊一会，陈公子都开始数着硬币买盐水棒冰了。最后吃得两个人说句话跟中了寒冰掌的大侠似的，满嘴冒冷气，终于钱花光了，也都吃不动了，乔安起身要走，陈公子追问，你明天上课吗，我找你去还钱。乔安晃晃手里的冰激凌盒，不用了，你还过了。说完摆摆手钻进出租车里，消失在清淡美好的初夏小夜晚里。

果不其然，第二天陈公子的跑车就停在了乔安的寝室楼下，还塞了半车玫瑰花，宣告着乔安这学期“二专”以绝对优势的绩点胜出了。

很多女孩都会说，咳，不就这一套吗？！谁不会似的。的确，像这种故事一天能编上两斤，但是，你能明白那种放手一搏的感觉吗，你能明白乔安花光一个月生活费后，还佯装潇洒钻进出租车里却只敢让车开到半程，之后踩着高跟鞋磨了一脚泡，夜路走回寝室时的心情吗？这种女孩只有一条路可走，她只能赢，并且，会赢到最后。

9

乔安还没走进办公室就听到韩铭磊大喊她的名字。

“我在这呢。”乔安走进办公室，座位上的韩铭磊一愣，拿着iPad跟发现新大陆似的走到乔安面前，“哟！你才回来啊，Miu姐找你一中午了。”

得，爱给别人起法号的冯缈缈也从韩铭磊这捞着一法号。

乔安白眼，“现在不还是午休时间吗？”

韩铭磊夸张大笑，摊开双手，故作不可思议，“What you say？！我们这行哪有午休时间？哈，也对，现在大秀在即，就你一个闲人。”

乔安不再多言，从韩铭磊身边径直走过。

他的那些小伎俩她都一清二楚。哪怕她出去接个电话，买包口香糖，韩铭磊也得像家里着火似的吆喝她的名字，“乔安？！！天啊，又找不到人！我们在打仗哎！”其实根本屁事没有，他就是想昭告天下，乔安不在座位上。她对这事特别无奈，虽然高中毕业那么多年，但是讨人厌的纪律委员总是无处不在。

冯缈缈和乔安面对面坐着，都带着一脸假笑。

“还喜欢这份工作吧？”冯缈缈问。

“喜欢。”

“喜欢就好，女人工作，就得找自己喜欢的。我们又没什么养家的压力，对吧。”呵呵，说得自己像是天生贵族，“没让你参加大秀的筹备工作，不会心有不甘吧？”

“我没想那么多，每个人做好分内事就很好了。”

“嗯，你挺聪明的。其实我觉得你比韩铭磊聪明，所以，我才希望他能有多些尝试和机会找到自己的定位。”

“我也需要从他身上学很多东西。”比如拍马屁什么的啦。

“今晚策划案要确定下来，需要人手，你留下一起加班吧。”冯缈缈微笑着。

“好的，经理。”乔安笑着点头。乔安看她挺高兴的，知道肯定是从神秘叔叔那里得到了好处，所以要给她点甜头。可是这种依靠，是最不可靠的。她需要建立自己的关系网络，全新的关系网络，在攀爬的路上摔下来才能有东西接着她，不至于死得太惨。

乔安轻轻关上冯缈缈办公室的门，不自觉摸了摸口袋里的唇膏录音笔。她瞥了一眼会议室，举着iPad的韩铭磊对乔安扬起下巴，歪了下嘴，特别浮夸地炫耀着。

乔安掩饰着疯狂兔子似的心跳，平静地推门，转身走到楼梯间。打电话给陆远扬，“你要的东西，三天内给你。”说完乔安挂掉电话。

陆远扬倒是被这个来不及贫嘴就收线的电话搞得怅然若失。他不知道是该高兴还是不该高兴。

的确，他对乔安有种矛盾的期待。他能从她的眼睛里看到闫涵的坚硬，从她的发梢感受到闫涵的柔软。但是他却不明白，自己到底希望乔安像闫涵还是让一切只是巧合；他也不知道，到底是要在乔安身上偿还亏欠闫涵的，还是拿来闫涵带走的。

什么大风大浪都见过的陆远扬只栽给过闫涵，所以他也害怕，这是一个让他吃了整整两年百忧解和安定的女孩。

10

虽然在资产阶级江少爷的帮助下，我这个彻头彻尾的无产阶级在EX男友面前耀武扬威了一把，但是我依旧无法逃避自己是个无产阶级的现实。遇到魏冬的第二天，一起床，我就删除了手机上的Temple Run2,正视自己无业游民的事实。

我认真地更新了大学毕业就写好的那份简历，事无巨细，连寝室获得年度卫生标兵这件事也写了进去，试着投了几家靠谱的公司，也兢兢业业和乔安借了两件套装一个包挤着高峰期的地铁排一上午的队去面了几场试，甚至混迹在啃着包子的应届大学生中间吃着全家寿司静观其变。

以上所有努力，给我的最大斩获是，看尽人间百态。现在有钱人真是多啊，还真有人花二十万去买个月薪三千的职务，还不一定买不买得到。我心想，我靠，要是老娘有二十万，我才不工作呢，哪怕拿去买点理财产品炒炒金条什么的。我刚有这种想法时，金价就跌得很多土豪血本无归。唉，看来我这个人克人民币。

我过了两礼拜对着镜子喊加油，获得日剧女一号一样的生活后，我又缩在墙角默默下载了Temple Run2。我自暴自弃，连着电脑和齐飞打游戏，他说，你一直有邮件提示，倒是去看看啊！我很窘迫，说不看不看，全是公司发给我谢谢我然后不录用我的。

“你不看这个提示一直会跳出来啊！”

“跳出关掉不就行了!”

“我靠，你有点团队荣誉感行不行啊！这个框一直阻碍我的视野，狙都狙不准，你对得起我们其他那三个未谋面的队友么？！”

我无奈点开邮件，齐飞兴致勃勃地看着我的邮箱。

竟然是魏冬。

我正要关邮箱。齐飞一把抢过我的鼠标，点开邮件。

邮件很短：看到你能找到这么好的男朋友，我也很开心，都说真心爱过的人是不可能再做回朋友的，各自保重。祝你幸福。魏冬。

齐飞看完两眼放光，惊喜大笑：“他说的那个很好的男朋友是我吗？哈哈哈，我果然是身上带着耀眼光芒的社会指导层啊！”

我的心又被捏了一把，妈的，连诀别书还抄了句“不转会死”系列的网络名言，让这段狗血结尾的恋情更廉价了一些。

齐飞还在兴致勃勃地翻我邮箱，突然用胳膊肘碰碰我，“喂，倪好，你好像被录用了啊。”

“别烦我了，没看人家正难受着吗！”我不理齐飞。

“真的！好像是一本叫《LUV》的杂志，好土鳖的名字啊。”

我目光移回屏幕，一封《LUV》杂志发来的邮件，被我当做广告邮件忽略掉了。点开内容才恍然大悟。

解释这份工作前，我要再郑重宣布一项我的隐藏特长——写作文。是的，我从小不能歌不善舞，唯一可以拿得出手的特长就是写作文，其次就是剥虾了。我的高中时代，最值得一提的一段恋爱，就是因为写作文而来的。当时的题目是《我的母亲》，我写我妈做饭做得特别好，为了凑字数，我把每道菜都写了几百个字，仔仔细细描述了色香味，这个作文获了一个什么奖，被贴在学校的布告栏里展出，学校里的“大哥”在文章展出的时候仔细拜读了一遍，读完就翻墙出去吃烤串了。他后来跟我说，这文章写得太好了，看着都觉得自己平时太不尊重食物了。他吃完烤串回来，就分派小弟挨个班打听这篇作文是谁写的，于是把我揪了出来。“大哥”从和我谈恋爱那天起就盼着去我家吃顿饭，看看我妈牛X的厨艺，而我们感情的终止就是他大摇大摆敲开我家门，觍着脸蹭饭那天。

不是因为我爸妈禁止我早恋，而是他发现我妈是一成天抱着电脑为事业奔波的职业女性，别说做出我作文里那种满汉全席了，连咸肉泡饭都懒得做。他来的那天我家吃炸酱面，炸酱是一次性做好的，齁咸，为的就是能放，做一次吃半个月。我送他到街口，他走前，我走后，从他的背影我已感到淡淡的忧伤。在路灯下他一个如同发哥般率性地转身，和我分手了。他说虽然挺爱我的，但是不能接受别人欺骗他的感情。留下一个潇洒的背影，跨上摩托车绝尘而去。

后来大哥没考大学，当兵去了，一直留在部队。工作后他还打过一个电话给我，当时热播《舌尖上的中国》，他们一个连都在看，他跟我说，当大家对着电视流口水时，他特自豪地说，这文案一定是我初恋写给我的，他打电话来就是为了问问到底是不是我写的。

我其实特别想认下这个功劳，但是怕再欺骗他的感情，直接被他一枪打死。

总之，这个故事就是想证明，我驾驭文字的能力至少是受到了“大哥圈”的认可，骗人这方面尤为突出。大学时经常写点酸酸甜甜青春好滋味的文章给杂志赚稿费，后来也给资讯类报纸写过专栏，工作后老是趁着上班开小差在论坛编写婆婆妈妈的故事或者两性色情小短篇，也不为了别的，就是看大家回复让我赶紧更新，特别有成就感，觉得自己到了一个和格子间截然不同的世界，并且在那个世界混得还挺好。就是因为这点履历，我被一本女性时尚杂志的编辑看中了，他们希望我给杂志新开的专栏写稿，这个专栏和大家常见的读者来信，或者写那种特狗血的情感纠葛专栏差不多，名叫《心碎俱乐部》，也就是每月我需要跟踪采访一个失恋的人一周，讲她为什么失恋啊，失恋后干吗啊，怎么走出心碎啊，等等等等。

让一个被失恋重击的人去做这种栏目，真是讽刺。

我看着邮件，情不自禁感慨命运弄人，说了句，“我去！”

齐飞不屑地看着我，“你可不得去啊，就你要什么没什么的，这样的有地儿要你就不错了，别打游戏了，叫乔安一起出去吃个夜宵庆祝庆祝。”

于是，在齐飞喋喋不休的嘲讽中，我有了一份有些古怪的新工作。

我兴致勃勃地告诉乔安后，她从电脑屏幕后把脑袋探出来，冷冷说了句，恭喜。再次把目光聚焦回了电脑上。江齐飞摇着香槟，挤开我兴致勃勃跑到乔安旁边，“乔安，倪好找到工作，咱们俩开香槟庆祝一下！”

我正心想着，老子找到工作，你们两个庆祝算什么啊。乔安那边已面无表情地拒绝齐飞，“江齐飞，如果你敢在我电脑旁边打开香槟我就杀了你。”

乔安终于对着突然定格住的齐飞露出微笑，“还有，这点小事不值得开Moet，留着吧，过两天再开。”

我特别不满意地靠在门边，对着一桌之隔的上流社会俊男美女，酸溜溜地说：“那我配不配下楼吃个烤串喝口扎啤啊？”说完转身，留了个飒爽背影给他们，像当年爱我的大哥。

11

第二天我战战兢兢拎着文件包，尽量把自己折腾得很像作家，戴了黑框眼镜，穿格子呢萝卜裤和白色衬衫，外面裹了一件奶咖色棒针毛衣，美国小清新片里的女作家都长这样，最后还老能和休·格兰特那样的帅哥走在一起。可一进公司大楼我腿就软了，整个公司的姑娘仗着大楼暖气充足，全都穿着丝袜套装，要么就是让身材凹凸有致的长款毛衣，带着BlingBling的毛衣链。我就像误入大观园的刘姥姥，穿梭在微笑迷人的名模中。

到了我报到的楼层，甩着一对大胸的前台姑娘热情地从台子后跑出来，"Hello，我叫Fiona，您是今天来面试的专栏写手吗？"

我被她的热情洋溢吓了一跳，使劲点头。

"跟我来吧。"Fiona带我向着办公室里面走。

这时我想到了我爸关于"搞好关系"的这一则谆谆教诲，主动和Fiona搭腔，"你是去年毕业的吧。"

"我还没毕业呢，现在在实习！我看着有那么老吗？"

我虎躯一震，颤抖着问："你，你几几年的？"

"92年，你呢，姐姐？"回答我时她还露出一对可爱的小虎牙。

我嘴角抽搐，故意看向别处，佯装自己没听见她的问题。她倒是也很上道，没再追问。

我以前特别讨厌那些个道貌岸然的大人，对着我挥斥方遒，说，"你不过是仗着年轻可爱。"我觉得他们十分庸俗，在时光中沦陷的是他们，我不会这样，我拍着胸脯站在毛主席塑像下发誓到了一百岁仍然横行霸道地可爱着。

直到今天，我跟Fiona走向办公室的尽头，看着她脑袋上晃来晃去的马尾，和不好好穿高跟鞋屁颠儿屁颠儿走路的样子，竟然突然有点理解魏冬和实习生的奸情了。

你的青春就像摆放在货架上的罐头，添加再多的防腐剂也难逃下架的命运，超市老板根本不给你反应的时间。一夜之间，你依旧穿着二十岁时的衣服，留着二十岁时的刘海，还是像二十岁那年一无所有，但你再也说不出“我到了一百岁还可爱”这句话。

明白这种绝望吗？就好比六岁那年的梦里，月野兔抽着雪茄对你说，别做梦了，我们都是演员，夜礼服假面是Gay。你靠着墙壁安慰自己，没事没事，我还有柯南，接着，月野兔吐出烟圈再补一刀，他基友是隔壁剧组的工藤新一。

我正到处乱看着，一个穿西装的男人推开办公室门，门不偏不倚地呼到我脸上，而后看也没看门后的我一眼，对着Fiona喊，“Fiona，上午收到我的快递了吗？”

Fiona像个受惊的小兔子，三两下蹦回来，“陆总，没有啊。一会儿我再去前台帮您看看。”

“别一会儿了，现在就去。”说完他闪电般关门，方才看到被撞扁的我，“刚才没撞到你吧？”

我摇头。

“那还愣在这干吗？”他说完把门关上。

当时我恍如隔世，感觉看到了长了蛋蛋的乔安。

Fiona紧张地抚摸着自己的“事业线”，“看来陆总今天心情不好。”

“是啊，好凶啊。”

“唉，我们陆总人就这样，但是谁都尊敬他，他在广告业里可是大拿。你听说过他的事迹吗？他还上过杂志封面呢。”

什么杂志，故事会啊？虽然心里这么想，我还是配合地睁大双眼，“这么有名啊？”

“是啊，除了老板，这里属他最大。”Fiona神秘地介绍着，“你没听说过‘广告界金手指’陆远扬吗？”

我脑海中震惊得闪过无数画面，在闪画片儿时，我又诚惶诚恐地看向他的办公室，透过玻璃墙，我看到坐在黑色沙发上的女孩。红色嘴唇，V领低胸的银灰色套装，我甚至感觉自己闻到了那股浓郁的香水味，早上出门前，还弥漫在家里的客厅里。

果然是乔安，我从来没见过她这么紧张。或许站在她面前端详文件的陆远扬丝毫没有察觉，但是我清楚，就算隔着这层玻璃墙我也清楚。她看似轻松自如地用手指摸着沙发，漫不经心地看向一边。这说明她开始分心了，她表达紧张的方式就是分心，轻轻地抚摸手边能摸到的任何东西，就像在河里的人，力图去寻找一根稻草。

在大多数人心中，当我们面临伤害，就仿佛拳击场上受到了致命的一击。而当你倒地的时候，通过充血的眼睛，使劲搜寻对方的位置，准备搏命还击。可是，亲爱的女王，当你正站在拳击场上，准备搏斗时，你又怎么能让自己分心呢，你尚未看清对手。你怎么会像搏击老手陆远扬那样知己知彼。其实，搏击里的防守，才是真正的进攻。

chapter 6
糖衣石子

乔安真的没在怕什么。或许她不是一个真正勇敢的人，但是她反复这样告诉自己，也这样做了，就真能变成刀枪不入的人。她爱过的人，才更能明白她温柔表象下的生猛可怕。

这座城市里的每个女孩几乎都对奢侈品有一种与生俱来的向往。无论在地铁里，格子间，又或者充满电子音乐和迷幻灯光的Club里。你总能碰上那些年轻漂亮、睫毛长长指甲闪光的女孩，她们身上挂满Logo，却可能打不起车，为手袋一掷千金，却忍饥挨饿。她们整夜整夜在KTV包房里唱欧美金曲、港台流行歌，就为了能熬到天亮去坐早班地铁。

她们是城市森林里的夜莺，浮夸，动人，充满生命力，又带着点儿血淋淋的悲情色彩。

1

在新开的琉璃艺术馆餐厅里，乔安让服务员先醒好酒，托着下巴看对面的Club，黑衣保安身后的霓虹灯闪烁，Club渐渐热闹起来，明明还是凉意未退的春天，出租车里钻出的女孩们，已经提前进入燥热的盛夏，One Piece贴身裙和各种颜色的双C包，已经成了Club girl的标配。想到当初自己为了进入那个圈子，一个月去了几个展会给别人当翻译，之后把所有的钱变成一只小到连百元大钞都无法躺平的零钱包。可就是这个零钱包，让她有了三折的大钱包，之后是价格过万的手袋，再之后是最新款的两座跑车。她戴着墨镜，开很大声的萧邦钢琴曲，飞驰在去往各种派对的路上。

和陈公子交往时，她一度是朋友中最有钱的，我们还在节衣缩食买瓶倩碧黄油的时候，她已经开始用La Mer的面膜，坐在夜排档和我们吃烤鱼，把橙色的铂金包随便扔来扔去。

可事实上呢，她并不拥有百元大钞上那个一览众山小的平和笑容，噩梦的起端是她发现自己真爱上他了。她不再洒脱，开始向陈公子要求承诺，温婉端庄时他不给，歇斯底里时他更不给，最后两个人砸碎了家里所有能出声的东西，也把感情砸得稀巴烂。乔安和陈公子分手后对我说，自己再也再也再也不会把对于未来的希望寄托在别人身上了。当然，很快，她又遇到了模特男友。

于是她去中古店卖掉大多数奢侈品，换成一年的房租，和模特男友住在了一起。穷的时候他们缩在家里打游戏，不敢出去参加任何朋友的聚会。想想看，那个把Birkin信手甩在堆满烤串桌上的乔安，怎么可能和朋友低头言笑，说出如今的困窘。

她又去打零工，像认识陈公子之前那样。她穿着高跟鞋去马场跟着客户跑一天，回家时脚已经血肉模糊到鞋子也脱不下来。其实她依旧有钱，只是没了和陈公子在一起时候的底气。

模特男友是很爱她，至少很爱过她，大冷天的乔安在马场陪客户，他就站在门口等乔安，常常等她几个小时，就是为了能骑车带她回家，让她少走点路。乔安坐在沙发上，他跪在IKEA的化纤地毯上帮她缠纱布，眼泪忍不住往下掉，说乔安你对自己能不能别这么狠，我养你。乔安也挺心酸的，但还是咬牙小声说，你养不起啊。说完他俩都特别崩溃，但因为气氛太压抑，谁也哭不出来。他继续帮她贴邦迪，她呢，若无其事地把包里一张张名片倒在床上，按了一晚上按键，把它们全都存到手机里。你懂不懂这种感受，就是你背负着生活的重压，卑微到感觉自己根本不配宣泄。

后来也是她不顾模特男友反对作为交流生跑去了巴黎，拿走了他们所有的积蓄。乔安自己也不知道，自己为什么总是向有钱的人要爱，向有爱的人要钱。可能失去过的人，多少会变得贪得无厌。

高中毕业那年，母亲对她说，你已经长大了，我责任已尽，以后就要靠你自己了。乔安再一次搬离大宅，就是电视比墙大的那个房子。她无丝毫留恋，甚至神秘叔叔说她忘了东西在家里，打了几个电话让她去搬，她都婉言拒绝，如果不是穷途末路也不会再联系他给她一份工作。

2

“右边那个不错。”坐在对面的陆远扬不知何时发现乔安的分心，和她一起端详窗外拿着手机东张西望的女孩们。

其实她们谁也没在等待朋友，她们是在寻找猎物。乔安最明白这种随意的张望了。

乔安眯眼聚焦右边的女孩，“原来你喜欢这款。”

“哪一款？”

“精致小巧，红烧清蒸两相宜，宋慧乔那款。”

陆远扬被乔安说得笑起来，“知道自己没希望了吧。”

乔安不看陆远扬，伸手招呼侍者，“没希望好，咱们就可以专心谈生意了。”她露出浅浅的微笑。

“我说乔安，你为什么那么心急。你明明很年轻，可以慢慢等着积累经验，在业内聚拢人脉，升职，大家不都是这样吗？可你为什么想在短时间内要拥有更多。”

他想从她那里打探到她父亲的消息，可是她一个字都没说，他太不了解乔安，她从没说过，以后也不可能说出，我被生活所迫这类的话。

她晃着酒杯，“因为我，爱慕虚荣。我为什么不能在最好的时间里拥有更多呢？等牙掉了才去吃龙虾，满脸皱纹了才去用护肤品？我必须着急，因为大多数人都错过了自己人生中最好的时候。”

“你这么说倒是挺有意思的，可是你不害怕吗？”他的手指划过杯口的边缘，“你知不知道自己在铤而走险，如果冯缈缈知道你把策划案泄露出去，你在这行很难做下去。”

“那就去另一行。”乔安把目光从窗外移回来，看着他说，“你看她们。我以前和她们一样，每天想着去哪个场子玩，找金龟。可是我后来发现，自己根本没有办法继续这样，就算混进了他们的圈子，每天做指甲聊八卦喝下午茶，以准富豪太太的标准要求自己。

“我做不到，可能每个人的命运都已经被安排好，而我就是走在钢丝上的人，我不习惯甩手走在康庄大道上。如果说命运突然对我太好，我会没安全感。”

说完后，乔安突然感觉有些诧异，为什么会莫名和他说这些呢，赶快用笑容掩饰自己。好在服务员出现救了场，端上乔安的牛排，生熟参半，带着清晰可见的血丝。

陆远扬狐疑地看向侍者，“上错了吧，太生了。”

“没错，谢谢。”她对侍者点点头，俯首拿起刀叉。

乔安对牛肉的样子，像是在将其他生灵的葬礼作为一场自己的尊贵礼遇。她是一头小野兽，头顶恶魔的角，身背天使的光。她熟练地把牛排切成小块，整个过程中腰板挺直，举止得体，不会让刀和瓷盘发出摩擦的声音，她用叉子把意面卷成小小的一团，轻轻放进嘴里，不会让意面接触到嘴唇，留下一点痕迹。对于牛肉而言，她是最好的刽子手，也是最好的入殓师。

“你不饿吗？”乔安发现对面一直看着自己出神的陆远扬。

他身体微微前倾，用手托着下巴，欣赏展品似的看着乔安，露出些许惊艳的眼神，“说真的。”

他短暂停顿，在脑海中寻找修辞，五秒后，发现没有比这直白的一句更能表达此时的心情，“我有点喜欢你。”

“如果我不了解你的话，我会喜欢你。”

“谢谢。”乔安头也没抬，大门被客人打开，对面嘈杂的音乐跑进来，伴随刺耳的电音，她举起酒杯，在水晶灯的光芒下晃了晃，“祝咱们合作愉快吧。”

呵，了解，多么可怕的东西。

3

我波澜不惊地开始新工作，除了报到的第一天偶遇乔安和陆远扬吓到腿软，再没什么新鲜事。陆远扬不是我的直属上司，我的杂志是一个广告集团下隶属的时尚杂志，本来就不是什么不可或缺的部门，更何况我这个夹杂在各种奢侈品广告中的凑版面的栏目。我不用坐班，也没什么人有空管我，定期向我们栏目的负责编辑汇报情况，所谓的工作压力无非是到处去寻找失恋的人。我的搭档是个叫陈乔治的小Gay编辑，即便眉毛修得有款有型但依旧无法掩饰他那双炯炯有神的绿豆眼。陈乔治总在忙碌，总在焦虑，每天都在MSN上催我一小时稿，再把半小时骂领导有机穿插在一小时催稿中，等他抱怨痛快，说声加油哟，闪退，下线睡觉了。每当他鼻头稍显油光，就到处找吸油面纸，动作像卓别林的电影，由于帧数过少，人物带着小幅跳跃。

唯一新鲜的，是时尚杂志的工作和我原本想象的大相径庭，大多数光鲜的美女月薪微薄，勉强支撑房租，但所有人都在氛围的压迫下和上司的鼓吹中拼命购买奢侈品。像乔安说的那样，奢侈品这种东西把女人的欲望展现得尽态极妍，像个贪得无厌的小蜜。每个大牌总在商场一层摆上自己的化妆品、香水，这就是奢侈品里的入门级别，让那些月薪三千的小白领忍饥挨饿也能拥有。当你有了香水，你就会渴望零钱包，有了零钱包又开始对钱包垂涎欲滴。

“可是我喜欢欲望。”乔安说，“如果没有欲望，人和这个三文鱼刺身有什么区别。”她从超市冰柜里拿出切成小片的刺身，放进我堆满零食的购物车里。

“我觉得三文鱼刺身没什么不好啊。”像有时我看到朋友家养的猫猫狗狗，过着比虚假楼盘广告还骄奢淫逸的生活，下辈子当狗绝对是奢华体验啊。

我有个朋友养了只猫，每年她买猫那天都得让我们给它过生日，它只吃凯司令的栗子蛋糕，有一次我没买到栗子蛋糕，给它买了块同样复古的红宝石奶油小方，它舔了一口，非常不满意地扭头走开，再也不看蛋糕一眼，你知道我朋友干了什么事儿么？她把蛋糕推到我面前说，别浪费了，你吃了吧。我目瞪口呆地看着她，她用勺子把猫舔过的那块一撇，自己吃了起来。就这猫，还他妈得抑郁症，得每个礼拜带它去兽医那里做心理治疗，听歌做SPA玩游戏。兽医说，你得让它多运动，健身能缓解病情，于是她买了一套猫用健身器材，这套器材让她吃了一个月的泡面。我要是它们该多好，平白无故被人养着，度过无知却自得其乐的短暂一生。

不过，我一直不喜欢欲望，可能是因为我懒惰。我觉得这玩意儿只是一层诱人的漂亮糖纸，里面却包了一颗倔强的石子。有次我们部门破天荒地加班，我也被叫来帮忙，我本以为办公室会是一片酒池肉林的景象，桌上摆着好莱坞片场似的流水宴，没有荤腥，只有火龙果的水果冷盘和加多色素的马卡龙，再配上绿色玻璃瓶装的苏打水，那一定是一个高雅和谐装丫挺的场面。没想到我一走进去，一股泡椒凤爪混合老鸭粉丝汤的味道扑面而来，所有女孩的眼线都晕得像熊猫，沾了一嘴的苏打饼干渣。

你看，只有脱下糖纸时，她们为了房租拼命时才是一块石头真正的欲望。

“倪好，别愣着了，没看大家都忙死了吗！”陈乔治又焦虑地跑到我面前，抽出一张吸油面纸递给我，“看你那大油脑门，跟掉地沟里似的，快吸吸。”

4

与此同时，乔安也在办公室加班。大秀在即，冯缈缈恨不得扎个帐篷在办公室里，扑再厚的粉也挡不住她的黑眼圈。她风风火火地冲进办公室，敲敲韩铭磊的桌子，“你那边外联情况怎么样，Selina交给你的那些媒体都搞定了吗？”

韩铭磊在一堆文件中翻出来一摞，特意瞥了眼乔安，转身回避，小声和冯缈缈汇报。

“奥里斯那边还没答应吗？”冯缈缈的尖锐嗓音变得更加突兀。虽然在乔安身后对话，但她能揣摩出冯缈缈皱着眉头的晚娘脸。

韩铭磊被问得窘迫，用手摸了摸后脑勺，“我会尽力。”

“是行还是不行。”冯缈缈打断，“医生走出手术室都会和病人说尽力了，可是人都已经死了，尽力有什么用？”

乔安听到这段对话，深吸一口气，正巧桌上的手机振动起来，乔安快速拿起手机，看到短信提示是陆远扬的名字。

冯缈缈在身后用文件夹拍了拍乔安，“哟，大小姐你当这是你家后花园啊，都什么时候了，还聊天呢？”

乔安手一抖，手机差点从手里滑出来。她赶快关机，转头看向冯缈缈，“您让我准备的材料我刚才都发到您邮箱里了。”

冯缈缈云淡风轻地应答，“那我是不是还得给你发朵小红花啊？发完就接着找活干啊，这个办公室现在谁闲着啊？！”

说完瞪了眼乔安，又踩着风火轮离开，像哪吒似的飞回自己的办公室。

冯缈缈走后，韩铭磊把椅子转过来，和乔安面对面，正色道，“你不会又在背后耍什么手段吧，Bitch。”

乔安没有搭腔，把椅子转回去，面对着电脑，查看邮箱。韩铭磊更近一步，直接把椅子滑到乔安身后，“别以为我不知道你私下接洽了陆远扬，不会又想用高中那招，以肉买分吧？”

“是啊。”乔安手指敲击着键盘，“是又要以肉买分了，也不是每块肉都能买到分的。”

她看也没看愤怒的韩铭磊一眼，拿着文件夹起身，绕过他，走向传真机。

在高中那件事之后，乔安已经听过太多这样的质疑。不知道多少人把她围堵在厕所里问过她，你的底线在哪里？

乔安看着把她团团围住的女生，我的底线是每天都比昨天过得好。

你为了自己过得好就能出卖身体？你知不知道，我们是为你好才提醒你。女生越说越激动，脸胀得通红，你这是为同学抹黑，为老师抹黑，为学校抹黑！我们百年老校的脸都被你丢尽了，你这样下去，早晚有一天会卖国！

卖国又不是我的底线，我不出卖朋友，不出卖帮助过我的人，卖国又怎么了？

乔安冷冷说完，上课铃响起，女孩们瞠目结舌地沉默着，甚至都忘了自己本意是要围攻她。她实在太坏了，又对自己的坏太坦诚。

所以，无论乔安喜欢或者不喜欢现在自己的这份工作，她都是最适合这个领域的。

其实所谓时尚，就是在虚伪的面孔中寻找动人的真实；在残酷的真实中创造美好的虚伪。

5

爱情面前人人平等，乔安也不是例外，不过是一颗包裹在最漂亮糖纸里的小石头。

在男孩面前，她是个挺端的人，她和一般女生不一样。她从不和男生称兄道弟跑出去喝大酒，打球流汗，网吧刷夜。她是女神，俗称“女神”的女孩，都是那些熟练掌握“飞机时刻”的女孩。她们总在约会的高潮时戛然而止，说今天就到这吧，我该回家了，咱们下次再见。只留下转身时发梢的香气，剩余部分都留给他们回家打飞机时幻想。

乔安连家都没有谈何门禁。当其他女孩都在为爱使劲给的时候，她已经明白如何收获，她有种天赋，做女人的天赋。

不是我说，做女人这东西绝不是你生下来没JJ就能决定的，所以如果你是女孩，千万别怕变老，随着你做女生的时间越久，你会更有经验，更明白如何让自己在恰当的时候做恰当的事。但乔安她很幸运，天生就具备这种能力。当她和自己傍大款事业上的里程碑陈公子在一起时也是这样，她静观他和各种美女的打情骂俏，像个站在沙坑边看着自己小孩四处打滚的年轻妈妈。常有朋友对乔安说，嘿，管管你家陈少啊，前两天我在外面玩看到他……

还不等别人说完，乔安就会应声，“哦，我知道，那天我也在。”

那些等她抱怨，等她像怨妇一样哭诉的人，全部铩羽而归。只有一次，某个连锁酒店的千金，也是平时和他们一块玩的女孩，打电话给乔安说，刚才你家那谁，来我们家酒店这开房了，我在大堂下午茶呢，看他带一姑娘上去，我去前台帮你问了房间号，你要不要过来?

“谢谢呀，以后不用告诉我，我知道了，做指甲呢，手不方便，一会儿再和你说。”乔安匆匆收线。她根本没在做指甲，当时她正和我在那家酒店附近的某条路挑店址，那个时候她想在法租界那边开家店，用陈公子的钱，开家她自己的店。当然，这家店最后并没开成。

她跟我说，“他开房被人看到了，你跟我去看看。”

我很无耻地听后特别兴奋，心中做了各种打小三的准备。脑海中滚过无数论坛里看到的打小三文，还想到初中时一个女生因为爸爸出轨离婚，重组家庭，苦苦修炼的打小三拳。我这人在正事上是挺不思进取的，但是对旁门左道的兴趣还是大大的，每天放学我就去操场找她，跟着她一起练打小三拳，练一个小时我们一起去喝个汽水，慢悠悠地散步回家。她和我坐在夕阳下的河堤上，舔舔冰棒，眯起眼睛小声问我，“你爸也出轨吗？”

我耸耸肩，“暂时没有。”

“那你为什么还要练打小三拳。”

“我爸说要积极参加课外活动，能强身健体。”

到现在我都清楚记得她那个表情，眼里的沮丧足以把我逼进河里。后来她还是和我一起回家了，我们被同一抹夕阳包裹着，但是她再没和我说话，我跟在她身后，看着她消瘦的背影、枯燥的黑色头发，有点难过，为我爸没出轨而难过。走到我家门口，她终于开口，“以后不要和我一起练打小三拳了，游泳打羽毛球都能强身健体的。”

我想说点什么，但是一句话也说不出口，赶紧在她转身前使劲点点头。

我明白，在她心里，我不能理解她的痛苦，既然不能理解又怎么能在别人支离破碎的世界里处心积虑地立足呢，没痛苦过的人不配自欺欺人地揣摩。虽然，后来她也没用打小三拳打跑小三，反倒是成了别人的小三，据说对方还是挺厉害的一个人物，有次同学聚会遇到她。她变得特别特别漂亮，拥有了韩剧女二号才配拥有的挺拔鼻梁、丰厚嘴唇、瓜子下巴和冷艳气质，如果她不和我说起曾经的这个故事，我肯定认不出她是那个嵌入夕阳里消瘦干枯的女孩。

“哈哈哈，想起来还真好笑啊。”她笑起来眼角没有一丝皱纹，苹果肌紧绷且充满光泽。可能别人不知道，但是我明白，她所做的这些，肯定是那套拳的补充包，她把拳头挥向了自己的伤心，把回忆揍了个粉碎。

糟糕，我又跑题了。这是乔安的故事。

其实，我想说的是，大多数女生都在寻求一种变态的理解，可以手牵手上厕所的理解，可以一起平白无故讨厌校花的理解，可以分享一根白色耳机线的理解。但是乔安需要的是，不理解，她讨厌解释，也讨厌分享，她最讨厌的，就是被人看穿自己糖纸里的部分。她需要的就是一个盲目的小兵，比如我。

她说要去找陈公子之后，我什么都没问，一路上全在使劲回忆打小三拳的细枝末节，首先要抓住对方的头发，之后朝着肚子一个飞踢，如果对方赤身裸体那是最好不过的，只要迅速扔掉散落在奸夫淫妇周围的遮挡物，就足够让她的战斗力崩溃，如果她还穿了那么点东西，就要先瞄准衣服上的装饰品，从能抓住的地方下手，这套拳的关键是，用尽各种方法，千万不能让丫跑了。

我想着想着乔安就开到了，在地下车库停了车。我跟《无间道》里的杜汶泽一样，豪气冲天地摔上车门走出来，扭动脖子，抖擞手臂，还很专业地告诫长发的乔安，“你把头发盘起来，让那臭婊无处下手！”

乔安从车里走出，看也没看我，拿着陈公子车子的备用钥匙，按了一下开锁，不远处一辆玛莎闪起车灯。乔安走到车边，开门进去，把车开回来，掉了个头，又把车停回去了。之后关上门，走向我，轻松地对我说：“走吧，我请你吃晚饭去。”

我意犹未尽站在玛莎车边，“掉个头停进去就完了？大老远来了，不上去看看啊？”

“有什么好看？不信他俩演得能比A片好看。”说完乔安示意我上车，绝尘而去。

这件事我开始特别不解，和好多朋友说起来，广大男性听罢都表示，这个女孩真是不简单。果然，这个掉头又让乔安多了俩包，乔安连礼盒都没拆，转手就去二手店七折卖了。

我问她为什么卖啊，乔安说，“这么恶心的包能背吗？快点套现，钱怎么看都让人心情愉悦。”

她拿了钱之后立刻召集了几个好朋友去城里最贵的SPA，每人来了个顶级全身阿尔卑斯山泉套餐。其他几个女孩躺在温热的鹅卵石上，陶醉地说，“傍个大款是好，改天也给我们介绍两个呗。”

乔安在香气弥漫的池边，闭上眼睛，似笑非笑。

只有作为唯一躺在她右边的我，感受到了她眼角的辛酸，像极了那个发明打小三拳女孩完美无缺、没有褶皱的悲伤笑容。我们常常艳羡别人生活中的大好河山，可是很少有人明白，这些大好河山不过是一幅旁边写着“桂林山水甲天下”的电子壁画。

6

我问过她，你到底爱陈公子吗？她说，爱呀。

那你为什么不在乎他朝三暮四啊？她说，在乎啊，可是我需要他的钱。

我又问她，你爱男模特吗？她说，也爱呀。

那你又为什么不能容忍他的一次三心二意。她说，他又没有钱，我用得着忍气吞声吗？

这个逻辑绕得我有点晕眩，但好像的确真实得有些残酷。毕竟很多时候，爱情是个幻想，而恋爱是一个消磨幻想，直到幻想破灭的过程。结果无非两种，一种人认栽了，一种人再幻想。乔安属于第三种，以为自己早就认了，但一直没忍住幻想的。

爱情比吸毒还可怕，一旦你碰了这玩意儿，没谁戒得了忍得住。

7

乔安下班回家，扔了一盒最近微博上大火的马卡龙给到我身上，顺势坐在我旁边，看着抱着电脑编专栏的我，少有地关切道，“新工作怎么样？”

我错愕地抬头看她，她这样的情况跟总理带着《新闻联播》到家里抽查的概率差不多。她看着挺高兴的样子，拆开马卡龙的包装盒，挑了一颗樱桃色的放进嘴里，顺手把盒子递给我。乔安跟喝了静心口服液似的面色红润喜洋洋，如果不出意外，她要么恋爱了，要么发财了。

“挺好啊，就是得天天上论坛找些失恋故事，编段子。”我接过盒子，突然想起来她和陆远扬的事儿，“哦，还是你要问陆远扬？我们不是一个部门，不常碰面的。”

“我没要问，我是关心关心你，看你什么时候能缴上房租。”

“这个月！这个月我肯定交！”我拍着胸脯，“稿费下来我就交。”

“但愿。”说完她站起来，准备回房间时突然停下，回头对我说，“对了，你不是找失恋的人吗，去楼上看看，齐飞他前女友这两天一直在楼上蹲点，齐飞都没敢回来。”

我这才恍然大悟，好像是有那么两三天没看见齐飞了，“你怎么知道的。”

“今天下班他接我去吃饭了，马卡龙他送的。”乔安一边回答，一边解下那条翠绿色的丝巾。

“哈？他去找你了？”

“嗯，有什么问题吗？”

“没，没有。”我匆匆把绿色马卡龙塞进嘴里，齁甜，喝了两大口水跟吃药似的送下去，“那我上楼看看。”

“齐飞说你欠他一次，让你帮他搞定，请你吃饭。”说完乔安回到自己房间，留我一个人在空荡客厅。

记得当初我说过为什么偶遇江齐飞么。对，妞神齐飞是为了泡我们隔壁艺术学校的姑娘才搬过来的，遇到乔安前，姑娘已经和齐飞同居了一阵，回家过年时把所有放在上海的行李都搬了进来，可是人算不如天算，天算不如我捣乱，在我的帮助下他与乔安重逢了。

江齐飞喜遇初恋，做的第一件事就是解散自己的十二女子乐坊，艺术姑娘当然也不例外。从家里过年回来，欢天喜地地出现在齐飞家门口，遭遇的就是一个个打包好的收纳箱。

齐飞靠在门边，特飒爽地说，“是我给你送回去，还是帮你叫个快递。”

姑娘拿着一堆家乡特产，无语泪流，问天问大地，“为什么啊！你这是为什么啊！”

齐飞给的回答，简单扼要，“感觉不会再爱了。”

搞艺术的姑娘也都不是善茬，不是妞神也不敢搞搞艺术的姑娘。艺术姑娘立刻给了齐飞自由，自己的所有东西，一件不剩全搬走了，顺手也把齐飞的都搬走了。齐飞回家开门那壮观景象，只能用风吹叶落来形容，房间里屁都没剩，只有一瓶贴着“死吧”字条的敌敌畏站在世界中心呼唤爱。他心中突然对姑娘心生一丝敬仰，和她相处的两个月间，都没发现她有快手搬家的功能，一个下午时间能搬到这种程度，速度绝对赶英超法不亚于八国联军。齐飞给艺术姑娘打了个电话：

“你把我别的东西都搬走也就算了，游戏机先还回来，我不打睡不着。”

姑娘以为齐飞所有生活用品缺失后终于意识到她的重要性，没想到他一开口竟然说这个，当场怒吼道，“我和我现在男朋友玩得开心着呢你失眠去吧你。”

“你和他玩可以，但是不能跟着我的存档玩下去，你们要重新开一局哦！”

“你他妈是不是人啊！”姑娘怒摔电话。

齐飞坐在窗边忧郁了一会儿，下楼找我借了电脑，立马又订了一台游戏机。齐飞和我们都觉得，这样闹完也就算了吧。没想到这艺术姑娘还有后招，又是一天开门回来，齐飞曾经所有的东西竟然都回来了，还有泪眼汪汪的姑娘站在世界中心呼唤爱，姑娘说，“我错了，你原谅我，咱们和好吧。”姑娘扑通跪下。齐飞吓得钥匙都掉了，“对不起啊姑娘，我走错了，回见。”

从那以后，姑娘隔三差五地出现在齐飞家，当然都是齐飞不在的时候。搞艺术的姑娘就是不一样，对于《重庆森林》的套路烂熟于心，总让齐飞的周围弥漫着一股生活用品默默千变万化的诡异气息。

我站在门前，鼓足勇气，把冲锋衣拉链拉到顶端，小心翼翼地敲了敲门，说时迟那时快，艺术姑娘以迅雷不及掩耳盗铃之势“呼”的一声开门，手里还拿了把银闪闪的菜刀，哎，我这辈子也少有此般机敏啊，立马捂住下身，“刀下留人啊女侠！”等抬头看看她一脸无知，我才反应过来，捂住咪咪，“我，我，那个是齐飞的朋友，他让我来拿两件衣服。”

“女朋友？”她对我打量一番。

“不是不是！”我连忙摇头，“普通到路上遇见都懒得打招呼的朋友！”

“这样啊。”她继续打量我，直到目光停留我的在胸部，突然露出放心的笑容，“进来吧。”

我跟耗子似的顺着门缝溜进房间。

我一进房间吓了一跳，整个客厅都塞满了光面的爱心形的氢气球，桌上摆好了色拉、鹅肝、松露和牛排，中间竟然还放了一只烤鸡，艺术姑娘正一片片切着饼状的芝士，合着这姑娘正在这过感恩节呢。

“今天是齐飞的生日。”艺术姑娘叹了口气。

呵呵，这明摆着是过忌日的架势吧。

“你知道他在哪庆祝吗？”她拿着刀，两眼放光地看着我，“是不是他让你来接我的？”

我嘴角抽搐，“他，他估计回家过了吧。”

“不可能，他爸爸在国外。”姑娘头发又黑又直，上身穿着紫色棒针毛衣，下身穿了条薄荷绿色的小短裤，踩着齐飞的拖鞋，说真的，姑娘很漂亮，一般男生审美里逼及满分的漂亮，像Angelababy，姑娘轻抬眼皮，神似谍战片里的貌美女特务，审讯我，“你和齐飞到底什么关系，普通朋友不至于知道家住哪吧？”

“真是普通朋友，我住附近，他让我顺便来拿两件衣服的。”我灵机一动，“他好像最近出国去找他爸了。”

“真的？”姑娘将信将疑，“几天前还有朋友在Vue看到他。”

“好像是前天晚上的飞机。”我小心翼翼，“我也是听说的。”

姑娘看看我，再看看手下案板上的芝士，一副糟心的样子，终于扔掉了凶器，小声说了句粗口，从包里翻出香烟，急躁地打火，“至于怕成这样吗？我又不会把他吃了。”

“是啊，我也觉得他挺过分的。”我趁热打铁。

姑娘抽着细长香烟，拉开椅子，对我瞥了瞥眼，“没吃晚饭吧，一块吃吧。”

“不用了。”我客气地摆手，我还怕有毒呢。

姑娘自顾自倒上酒，递给我一杯，自己一饮而尽，“江齐飞就是个浑蛋！”

我点点头。

“可我喜欢他，大家都喜欢浑蛋。”艺术姑娘露出苦笑，坐在沙发上，双腿也缩上沙发，脑袋偏向一边，眼神空空的，像只丢失灵魂的小白兔。

“其实你可以和我聊聊。我没别的意思，实话说，我在写一个专栏，专门讲失恋的，我也刚刚失恋。”我挠挠脑袋，有点窘迫，“我男朋友劈腿，把我撂在飞机场，比你惨多了。”

她把沙发上的包包扔到地上，移出一个空位，示意我坐下，“是啊，男人没他妈一个好东西。”

这是女人共同语言的根源，所有陌路少女含泪握手成为战友的起点，任何女多男少无聊场面的万金油。

就是这句：

“男人没一个好东西。”

8

那么在乔安的世界里呢？仿佛她从不把男人按照好坏分类，只有有用和无用。但是别人眼里再没用的家伙，她都能从那人身上压榨出应有的价值。陆远扬应该属于汁水饱满的大果子吧。

虽然我总共没出现在公司里几次，和陆远扬的交集也寥寥可数，但根据我剑走偏锋的观察能力，他绝非表面上一个业界精英那么简单。这个人有一股暗暗的变态气息，虽然我也总结不好，但是从几个细节就能看出来。有一次我去茶水间帮同事冲咖啡，发现他正端详着茶水间旁边的那一大缸鱼，平时因为我们都把这玩意儿当花盆一样的摆设，几乎没人特别注意过。我看他端个杯子专心致志地趴在那，等煮咖啡的时候也跑到旁边看。

一条小丑鱼刚好从海葵身后跑出来露个头，又跑回去了。我看了一分钟，领悟不到几条破鱼有什么值得他如此端详的，默默转身。

“你和乔安是朋友吧。”他开口，目不转睛地盯着鱼缸。

我停顿一下，转身小声说，“是啊，陆总。”

他弯曲着后背，背对着我，“听说你们认识很久了？”

我犹豫着，碍于也不了解乔安和陆远扬到底什么情况，支支吾吾不知道说什么好，“嗯……是认识好多年了……”

“你们女孩平时都聊点什么？”

“啊？都聊些您不感兴趣的事儿。”

“那么，她把公司大秀策划案给我的事你知道吗？”他倒是长驱直入，我措手不及。

“我，我不太清楚，我们不聊工作上的事。”

“你怎么看这件事？”他用手指敲了敲蓝色的鱼缸。

“陆总，您说的这些，我听不明白。”我唯唯诺诺。

还好咖啡机的响声解救了我，正在我松一口气的时候，看见一条蓝色的鱼从水珊瑚中冒出来，迅速地吞掉刚才冒头的小丑鱼，这是我第一次看到大鱼吃小鱼的瞬间，竟然吓出一身冷汗。虽然这应该是生物链中最平淡无奇的一环。

“竟然猜错了。”陆远扬摇摇头，用手揉揉脖子，嘲笑愣住的我，“没看过《动物世界》？这就震惊了？”

“第一次见。”

“你们这代人就是这样，从小就只知道看魂斗罗互殴，一点不知道走进自然。太脆弱。”陆远扬不满地摇摇头。

如果不是看过《海底总动员》，我也认不出小丑鱼。

“陆总，你刚才问我那些是什么意思？”

“没什么意思，就是随便聊天。”他看了看手表，午休时间刚过，端着杯子哼歌走出茶水间。这个茶水间里的陆远扬，特别像电视剧里演的干休所里的老干部，表面温润柔和，实则老奸巨猾。

我目送他走开，诚惶诚恐地回头看了一眼那条蓝色的大鱼，仿佛恐怖片结尾的惊鸿一瞥，看到了伪装了整部剧的真正凶手。

后来我才知道，陆远扬果真挺喜欢乔安的。他一直在给提示卡，按照他的性格，不该这样手下留情的。

当天晚上逛超市的时候，我就把陆远扬奇怪的业余爱好告诉乔安了，她当时正在挑选刺身，她的手指划过冰箱里整整齐齐摆放着的象拔蚌、北极贝，刚好停在三文鱼的上方，“我知道呀。”

这句话像极了当时别人跟乔安汇报陈公子情况时她的反应，她把手指伸回来，目光分散到别处，就好像她已经忘记自己要买刺身这回事。

“那是他的鱼缸，他带我看过那缸鱼，他总是把互为天敌的鱼放在一个缸里，有时候还会放两条小鲨鱼进去，养鱼不应该这样的。但是他说，这才是真正的海洋啊。”

“这么变态啊？”

“可是你不觉得，这种残杀很诱人吗？”

“不诱人啊，那些鱼都是钱买来的啊，买来一条就被吃了，不心疼啊。”

“这是一种欲望，我喜欢欲望。”

就在她把那盒三文鱼放进购物车的瞬间，我看出她眼底深藏的慌张，她都忘了自己是想吃象拔蚌的。

午餐时Fiona和我说起陆远扬，各种形容词不亚于描述一个恐怖片里的怪老头。她抱怨他在公司里放鱼缸这件事。

“什么还原海洋本质，全是放屁。”Fiona塞进一口寿司，“真的还原海洋干吗还要让我去把漂在表面的鱼头和骨头清理掉啊，你不知道那个场面有多恶心，那个鱼骨头和动画片里长得一模一样。”

不过Fiona又说，陆远扬其实创业好几次，和某个伟人似的三起三落，最惨的一次酷似八点档电视剧，快要结婚的女朋友卷钱跑了。但是你知道吗，他接着投简历，用以前的人脉，像新人一样，迅速爬起来了。说起这件事时，Fiona眼里再无对变态大叔的畏惧，完全变成崇拜的星星眼。

陆远扬仿佛迷恋这种过山车般的起伏，他是一个住在失灵过山车里的人，他在天旋地转中喝茶养鱼开派对做自己。又或者，所做的一切也不过是竭力保持着平衡，让自己看上去生龙活虎，好快乐。

9

一个小时后，我和艺术姑娘已经喝得东倒西歪，还特意把电视调成那种成夜成夜放失恋情歌的节目，不知道为那些被狗吃了的真心干了多少杯。天上的氢气球开始变得垂头丧气，一颗颗心偃旗息鼓地降落在躺满东倒西歪酒瓶的地面。

艺术姑娘哭得眼线横流，“你说是不是世界上所有的感情都有保存期限，一旦时间到了，再怎么勉强也不是那个滋味了。”

我拍着她的肩膀，“你能意识到这些说明境界已经很高了！”

“妈的老娘要是真能像想的那么做就好了！我放不下啊！离开齐飞后我才知道现在大款多难傍，想到要搬回寝室，不能再躺在床上吹空调涂指甲油，刷卡买包做SPA，我这眼泪就忍不住流下来啊！你知道最可悲的是什么吗？是你明明爱的就是他这个人，还得硬着脖子跟他说，我爱的是你的钱。”

“你别难过了，我谈恋爱的时候还没这些待遇呢，天天跟着丫早起挤地铁，我还不是也放不下，我得有多贱啊！”

“那你真是挺贱的。”艺术姑娘哭着说，“为了这份下贱，咱们得拥抱一下。”

我们是伤心圈儿失散多年的亲戚，轻轻拥抱，浅浅安慰。嘴里塞着德州扒鸡，是的，艺术姑娘说了，谁他妈真会用几个小时烤那玩意儿啊，桌子上那个是她用一百块钱从超市里买的德州扒鸡，里面塞了点水果，和《汤姆与杰瑞》里的烤鸡长得一样。我们伴随电视里的各种失恋歌偷偷往对方身后擦鼻涕。

虽然我和艺术姑娘明显不是一个级别的，但心碎的世界里没有国界。

我俩正抱着，突然门铃响了。艺术姑娘推开我，一个激灵从地上爬起来，她拿起化妆包里的粉底和棉签，对我喊，“别开门，一定是齐飞，我来开！”

我从来没见过这么快的补妆术，也就十几秒，就换了一张脸。所有沮丧和自暴自弃，都在那盒神奇粉底的威力下一扫而光。她换上一张为金卡准备的笑脸和一股为空调准备的热情冲到门口，“生日快乐……”

这句话像是从一个没电的收音机里跑出来的，“乐”字已经变成奄奄一息的怪音，“你是谁？”

我站起来看向门外，乔安站在门口，手里拿着一个牛皮纸袋。

“乔安？”

艺术姑娘回头看我，“你认识她？也是来拿衣服的？”乔安趁着艺术姑娘扭头，对我比划了一个“嘘”。我摇摇头，没再敢吭声。

她把信封递给艺术姑娘，“您好，您是江先生的女朋友吧？”

艺术姑娘特不屑地看了眼乔安，“是啊，怎么了？”

“那太好了。”乔安打开信封，里面装着一堆单据，递交给艺术姑娘，“我是这个房子的房东，找江先生好些天了都找不到，他欠了我们两个月房租，前两天我看东西都搬空了，还以为他跑了呢，还好现在你回来了。”乔安拿起姑娘手里一张张账单开始解释，“他信用卡和水电都欠费好久了，楼下信箱都被塞满了，你看这个月水电还是我垫付的，要不您先帮江先生把房租结一下？”

艺术姑娘也不是善茬，“你骗谁呢，你就是那个小狐狸精？齐飞是因为你跟我分的吧。”姑娘把账单狠狠扔在乔安身上。

乔安看着地面散落的账单笑笑，直接拿出手机，轻巧地按了两下，举给姑娘看了一眼，赫然显示着“110”拨号中。姑娘愣住，直到手机里响起公安局的自动转接声，姑娘一把抢过手机挂断。

乔安平静地看着姑娘，“怕什么啊？我就是他房东，想跟他结钱了事，这个房子租也好不租也罢，都该跟我打声招呼吧，按照合约上写的，要是房租逾期一个月不付，就算放弃租赁，您知道您现在是非法闯入吗？我告诉你，别跟姐在这耍横，要么把钱交了，要么收拾东西滚，顺便告诉你男朋友，我明天就带人来看房子。”

艺术姑娘特别无助尴尬地看看我，我呆若木鸡地看着乔安，姑娘突然爆发出哭声，嘴里含糊不清地咒骂着，一把拎起地上的包，还没踩稳高跟鞋就跌跌撞撞跑出去。

看着姑娘落荒而逃的背影，乔安无奈地摇摇头，“呵，搞这么大阵势，不知道还真以为是真爱呢。”

我看着姑娘落寞的小背影，不禁有点心酸，“你也不至于这样吓唬人家吧，毕竟她也是刚失恋，你好歹体会一下失恋人的心情。”

“傍大款失败也算失恋？顶多算失业。”乔安冷冷的目光射到我身上，“还有你，让你上来找点素材顺便把她打发了，你还和她喝起来了，没用。”

“因为我们同是天涯沦落人，你这种女神怎么懂！”我蹲在地上把单据捡起来，“哪搞来的这些单据啊？”

“刚才网上下载的。”

“那刚才110是假的吧。”

“那倒是真的，平时交那么多税打个电话怎么了，再说她真的是非法闯入。”乔安说得理所当然，拿起手机，拨通齐飞电话，立马转换成喜悦的口气：“带人上来吧，拎包入住，游戏机也给送回来了，还送了一屋德州扒鸡味儿气球。”

“齐飞在楼下？”我手里还握着一堆假单据。

“可不是，还不是因为你，一大群人在楼下等半天了。”

我跑到窗边探头向下一看，齐飞和几个朋友从两辆小跑里出来。

“你怎么不早说啊，我下楼换件衣服。”我匆匆要往外跑。

“别换了，挺好的，反正没人看你。”乔安从身后拉住我冲锋衣的帽子。

看得出乔安今天的心情指数五颗星，那劲儿特像《女朋友男朋友》里，凤小岳和桂纶镁鱼水之欢后，凤小岳穿上衣服，轻轻拂过她熟睡的身体时说话的感觉。

“喂，不要怕。我们从来没有这样的机会，搭上就翻身了。睡一觉起来，台湾就不一样了。我们就自由了。”说这段话时电影切了好些画面，他们在黑夜中交错穿越了游行静坐的学生，所有主角都在跨越自己的生命转折点。

齐飞带着一群男孩女孩风风火火跑进门，一进来就举起乔安在她脑门儿上亲了一口，他身后的朋友和我都愣了一秒，乔安倒是平静得很，扶住他的肩膀，微笑着说：“齐飞同学，生日快乐，恭喜你又平安长大了一岁。”男孩们开始起哄，而我还是愣在原地。齐飞目光越过乔安看到我，歪着嘴巴，不满意极了，“喂，你脑子里是不是装的草莓奶昔啊，害哥儿几个在楼下等死了都！礼物呢？”齐飞把手伸在我面前。

“不好意思，我不知道今天……”

“就知道你是假仗义。”齐飞笑起来，把他旁边一个男生推到我面前，“行吧，伺候好我朋友礼物就免了。”

男生和我突然四目相对，尴尬得很。你明白的，齐飞的朋友全是那种穿精致西装里面还得装腔作势配个马甲的男生，头发抄起来，染点儿若隐若现的亚麻色，这行头在西餐厅里叫服务员，在夜店里就叫小开了。

那天我们都喝飞了，反正他们来之前我已经喝得差不多了。仿佛每个人都有苦恼的理由和狂欢的借口。乔安和齐飞说起好多小时候的事，大家都是这企业那集团的大户出身，如果乔安不说，谁都看不出来她经历过的颠沛流离，她能伪装得那么好，和那些纨绔子弟一模一样，养尊处优地成长，没见过大风大浪，不为未来担心，每天最重要的事就是照料自己的指甲。童年刺激的冒险并不是骑着童车冲下院里最陡的斜坡，而是瑞士滑雪时连滚下山头。也可能她不是伪装呢，她的心也许从来没离开过那个装满华丽衣服的白色衣柜。

被齐飞大王硬性指派给我的男生看我光喝酒傻笑，加入不了聊天，就主动拿过酒瓶帮我倒了一杯，刚想跟我说两句什么，我的手机响起来，接起电话，就听到陈乔治焦虑的声音，“你稿子写了多少了啊！要死了，这么吵是不是还在外面玩啊！”

我握着手机跌跌撞撞走到一边，忍着恶心和他大喊：“这就写，马上发！”

刚说完这句话，我就眼前一黑。倒下的瞬间想起：糟糕，我都忘了对他说一句生日快乐，我甚至都不知道齐飞过的是几岁生日。不过转念一想，算了，反正我们不是同一个时空的人。

这个冗长的夜晚，终于结束了。

10

在乔安狂欢的高潮，陆远扬拿着合约回到办公室，随着他走进，办公室的灯亮起来，他拉着领带，脸上难耐烦躁。看得出，已经喝过一轮，但却清醒异常。

他把合约扔在办公室桌上，径直走向茶水间的鱼缸。他松开领带结，打开灯，吓了一跳。Fiona还没有走，穿着带着亮片的礼服裙，涂成肉粉色的婴儿唇，还有两颊桃花色的腮红，带着一副夸张的夜视镜从鱼缸里清理吃剩下的鱼尸体。看到陆远扬出现，回头挥挥手。

陆远扬皱起眉头，“你怎么还没走？这都几点了？”

“我一会儿还要出去玩呢，我爸送了两条鱼给您，放在家里我也不会养，赶紧给您送来了。”

陆远扬有些许警觉，“费董今天来过？”

Fiona摘下夜视镜，笑起来露出可爱的小虎牙，“没想到陆总您也那么怕上司啊。孙秘刚才开车送我来的，我说您去和芮欧签约了，他就直接回北京了，也没找您。”

“你早点回家，别整天在外面瞎玩。”

“和芮欧谈得成功吗？”

“已经签下来了。”

“恭喜陆总，我爸真没看错您。”Fiona从椅子上下来，拎起桌上的小手包，“要不要和我一块去玩，咱们开瓶香槟。”

“我和你们这群小孩玩不到一块，不怕我把你那些小男友的事汇报给你爸？”

她像是没听到陆远扬的话，整理好裙子上的褶皱，“我爸说，失去过的人才知道珍惜，您说是吗？”

陆远扬在黑暗中隐藏着自己的惊愕，甚至不敢相信一个看上去还是少女模样的女孩竟然能不动声色说出这些话，也难怪董事长把她放在他身边，说是让女儿体验生活，做做基层，果不其然，用意深远。

“别玩太晚，明天上班迟到要扣你钱的。”

“我每次来帮你捞死鱼也没见您给我加奖金呀。”Fiona欢快地跳出门，最后还探了一下头，“放心吧，会准时到的。拜拜。”

Fiona走后，陆远扬才感觉到头顶的抽线仿佛被剪断了，全身紧绷的肌肉方才得到放松，他看着鱼缸里新增的那位客人，是一条头顶皇冠的七彩罗汉鱼，罗汉鱼本来只能独居，它热衷攻击，对其他鱼类十分凶残，却非常忠于饲主。陆远扬出神两秒，又从口袋里拿出电话，拨通乔安的号码。

忙音在黑暗的茶水间里变得特别突兀孤单，就像那条七彩罗汉，可是没人知道它只是在等待新一天的杀戮。

可惜，已经沉浸在狂欢里的女王没有接收到暴风雨前的最后一次红色警报。

11

在乔安心里，和韩铭磊这一仗有了陆远扬的帮助，志在必得，她在昨天都已经提前开好了香槟。她一路赶去公司，拿着咖啡走进大楼电梯里，这才得闲插上便携充电器，打开手机。手机竟然响得像定时炸弹一样，各种冯缈缈和其他同事的未接来电提示，这些提示音直到她走到公司门口都没停下来。而她带来的这股铃声，在公司死寂的沉默中特别格格不入。

乔安也有点懵了，明明是准时到的公司，所有同事却都到齐了，一声不吭地低头忙碌。韩铭磊正在冯缈缈的办公室里站着，虽然听不到声音，却依旧能从冯缈缈夸张的肢体动作中感受到她的愤怒。

“怎么了？”乔安小声问路过的Rubby。

Rubby翻了一个大白眼，“大家都找你呢，昨天半夜老佛爷就发紧急通知了，咱们策划案泄露你不知道吗？”

乔安脑袋“嗡”一声，明明是一杯咖啡，却怎么拿都拿不稳。Rubby看出乔安的异样，帮她接了一下手里的咖啡，“没事吧？”

“没事。”乔安迅速佯装微笑，脑子却无法做出丝毫对应，顺手把咖啡扔进了旁边的垃圾箱里，用能掩人耳目的最快速度回到自己的座位上。她赶快寻找各个未接来电和短信，只有昨晚凌晨一点陆远扬的一个未接来电提示，没有短信，没有邮件，连个屁都没有。

乔安诚惶诚恐地抬头看看冯缈缈的办公室，韩铭磊明明侧面对着自己，却总觉得他看向了这边。乔安握着手机，告诉自己，一定要冷静，这没什么的。

想想自己当时和陆远扬说的话，走铁索的人生，一旦你害怕，就会摔得粉身碎骨。

韩铭磊从办公室出来，像只夹着尾巴发抖的小狗，冯缈缈站在门口，喊出乔安的名字。

“乔安你还知道来啊，我还以为你死了呢，滚进来！”冯缈缈几乎是歇斯底里。

乔安深吸一口气，从座位上站起来，还是用尽全力维持表面的平和。乔安请记住，每次去一个新房子时，都要微笑，从容，拿捏好分寸，也不必刻意讨好，摇尾乞怜的女孩永远不会被爱尊重，请别低头，只需尽你可能去优秀。这是乔安小时候跟着妈妈四处奔波时，常在镜子面前对自己说的话。乔安刚走出自己的格间，向冯缈缈迈出第一步。突然旁边走过一个身影，虽然没看到他的脸，但也能揣摩出他脸上的坏笑，这味道太熟悉了。

一股浓郁的人渣味儿。

西装革履的陆远扬昂首阔步走进来。他像掠过一个陌生人，从乔安的身边走过，一脸邪气客套的微笑，面对脑袋冒烟的冯缈缈。

“哟，这不是陆总吗？这会儿您不应该在芮欧的公关部吗？他们在对面大楼，您这路错得有点儿离谱啊。”冯缈缈毫不收敛自己的刻薄。

“已经从芮欧出来了，顺便看看老朋友。”陆远扬拿起手上包装精美的礼盒巧克力，带着一个十分讽刺的深蓝色丝绒蝴蝶结，“我记着Allen最喜欢吃的就是这一款，上个月去瑞士出差特意给他带的。”

冯缈缈客气地接过，“陆总还真有心，我还以为您良心都被狗吃了呢。”

“冯总，咱们这行谁的心没被狗吃了。”

“陆远扬！”冯缈缈终于抑制不住，“你跟了费南之后越来越像走狗了，就算你接了我们竞争对手的单子，用得着偷我们的推广方案来打压吗？这是人干的事儿吗？”

“别说。”陆远扬平和地看着冯缈缈，“这还是跟您学的呢。”

说完他俩不约而同地不再说话，冯缈缈气得脑门上尽显青筋。陆远扬和她摆摆手，任冯缈缈把巧克力扔在地上踩得粉碎。乔安还愣在原地，应该说全部门的人看到这场唇枪舌剑后都愣在原地了。陆远扬和她再次擦肩而过，这次真真切切地看了乔安一眼。

她后知后觉地感觉到自己在他眼里的倒影。就像那块血淋淋的牛排，再多的勇猛生硬也不过是他嘴边的一块肉。

冯缈缈放弃了她贵气的港台腔，用最标准的普通话对着部门所有人喊着，“一刻钟后部门紧急会议，从现在开始午休缩短为半小时，包括周末在内所有假期取消，直到大秀开始。如果你们谁有意见，不用递辞呈，直接滚蛋！”

说完摔门回到自己的办公室，留下那盒巧克力孤零零地躺在地上。

乔安想也没想，冯缈缈关门的一刹那，她已经拿出办公桌下那套高尔夫用品，从里面抽出一根球杆，走出办公室。

12

乔安真的没在怕什么。或许她不是一个真正勇敢的人，但是她反复这样告诉自己，也这样做了，就真能变成刀枪不入的人。她爱过的人，才更能明白她温柔表象下的生猛可怕。

当初在国外旅行，她和陈公子的感情已经千疮百孔，两个人吵得特别厉害。陈公子和乔安说，我不想和你说话了，咱们一块死去吧。说完骑着摩托车就往山上开，乔安坐在后座，感觉那速度脸上的五官都能被吹变形，这样风驰电掣过了一个又一个S弯道，终于摔车了。陈公子急刹车，乔安整个人都飞出去了，刚摔下来十秒钟她都不知道发生了什么事儿，睁开眼看见陈公子使劲拍她的脸，疯狂喊她名字，她从来没见过他这么慌张的样子。她一站起来发现，自己半个身子都是血，陈公子除了吓没了魂儿，其他还是好好的，原来那些香港飙车片里演的都是真的。

她二话没说，忍着剧痛跨上车，对着陈公子说，“你看，还没死成，上车吧，咱们接着死去。”

陈公子都吓傻了。她特别蔑视地看着他，“我知道你害怕，你不够爱我。”于是乔安就这么一路流着血自己骑上了山顶。

其实她是想去山顶的，她以为去山顶许个愿，大家就能回到从前，不那么庸俗难耐，相信真爱，相信可以随随便便就死在了一起。

回国后他们就分手了，陈公子对摔车的事情很愧疚，因为如果他不急刹车，乔安也不会飞出去，大家至少能均摊些伤痕吧。分手前陈公子跟乔安说，“要不你开个价。”

陈公子说完，乔安一个耳光抽在陈公子脸上，从钱包里胡乱抓起一把钱，扔在地上，反手又是一个耳光，把整个钱包砸在他面前，“用不着了。”

陈公子左右脸各五个火辣辣的指印，低着头问她，“如果我没钱你还会喜欢上我吗？”

乔安说，“我什么时候说过我喜欢你，就更别提没有钱了。”说完乔安离开了人生中不知道第几个大房子，两个人再也没见过。

现在的乔安就像骑车上山时一样，心里喷火眼里却覆了一层冰，她走进电梯，按下B1层。

陆远扬正在按下电子钥匙准备开，乔安先一步等在车边，直勾勾看着他。

“我这第一课给你上得挺生动吧。”陆远扬带着笑容。原来他也那么喜欢赢的感觉。

“谢谢陆老师。”乔安一边说一边用橡皮筋把头发束成马尾。

“不知道谁，几天前对我拍胸脯说，‘我可以改行呀。’你不是不害怕吗？”他走近乔安。

“我是没害怕，怎么好像你有点害怕呢？”乔安更逼近一步，两人中间的缝隙只够跑过细微的光，她扬起下巴，像只倔强的小动物，紧紧盯着陆远扬，双手举起球杆，对着陆远扬的车前盖狠狠砸上去。

“你疯了吧？！”陆远扬被乔安的举动吓了一跳。

乔安没说话，对陆远扬笑着，不紧不慢地又砸向他的车窗，车窗像是初春开始破冰的河面，拒绝了所有来溜冰的少年。

“都上保了吧？”说着乔安又砸了他的车门。

陆远扬也不阻止，叉腰在旁边看着像观看一场棒球比赛，“你这是恼羞成怒，恼羞成怒的人容易输。”

“是啊，我就是恼羞成怒，去报案。”乔安看着千疮百孔的车，把球杆扔到陆远扬面前，“给你凶器。”

“乔安，我比任何人都清楚你现在这么做的原因。你想把他丢掉的都拿回来是吗？可是你不想想奥里斯都改朝换代多少次了。”陆远扬停顿两秒，“我大学毕业后的第一份工作就是你爸爸给我的，是他带我入行的。”

“我以后也会记得，我毕业后第一份工作，是你拿走的。”乔安说完迅速转身向电梯走，越走越快，直到最后她跑起来。她拼命按电梯的关闭键，想让自己和这个世界隔离。只有她一个人的时空里，乔安终于变成了一只束手无策的小动物。她用冷淡刻薄伪装自己太久，变得不会哭，也不会示弱，甚至连大叫一声的能力都丧失了。

她的确被陆远扬抓住了软肋，可这又如何呢？

乔安只想趁着开会前的三分钟去洗手间补妆，擦掉手上的灰尘，忘记发生的一切，冲掉自己带来的所有秘密，在会议开始时平和自然地坐在桌边，小心地伪装着，固执地坚强着，直到她可以像对待一块带血牛排那样，切割整块人生。

chapter 7
狼狈为欢

乔安不相信道德义气，有时候我甚至怀疑她不相信爱，但是她相信理解。乔安的眼里没有眼泪，只有钻石。

我有一套日本进口的糕点蜡烛，有中间夹着樱桃和奶油的马卡龙、裹着奶油巧克力的方形蛋糕、撒满红色丝绒芝士的纸杯蛋糕、好几块逼真的精致糕点，凑成一桌盛宴。这是年会抽奖抽到的。我当天晚上回到家特别激动，跟魏冬说，咱们把它们点了吧。魏冬说，别啊，今天点了多可惜，等到情人节吧。

我觉得他说得对，好东西是得好好珍藏。于是我把它们放在玻璃餐桌的隔层中，每天看到它们就开心，感觉生活很有盼头。于是我们就这样珍藏着它们，情人节也没舍得点，度过了植树节、清明节、劳动节、儿童节、国庆节……过去了那么多节，没一个节日我们觉得能配得上这盒蜡烛。

乔安搬来我家，第一天就给点了，我和魏冬回家发现那些美丽的蛋糕四散在家里，都已经烧得残缺不全。我眼泪瞬间夺眶而出，赶快跑着去吹灭，之后推开乔安的房门质问她，为什么要把它们全点了。乔安拿着杯子从我身边走过，云淡风轻说了句，因为家里潮。她看到我在哭，又补了一句，不用掉旧的，怎么会有新的。

不过那也是魏冬和我在一起的最后时光，如果乔安没把那些蜡烛点了，我们就永远错过了这些蜡烛，我们并没能坚持到下一个节日。

这个世界上，坏女孩扛着枪指着别人的脑门抢糖吃，好女孩把自己的糖小心地留着，一直留到坏了。

1

在这座以薄情寡义闻名遐迩的城市里，最薄情的一定是春天。别说高潮，你还没抓住她时，她已经喝完最后一杯四海为家，收紧风衣的领口，消失在法租界任何一条挤满小酒吧的街尾。天气热得突如其来，又冷得反反复复，大街上总有穿短裙皮靴的女孩和裹着羽绒服戴耳机的宅男擦肩而过。

公司的秀不到一个礼拜就要开场，乔安终于开始向油炸食品和速食面妥协。她几乎成了春游的童子兵，在公司安营扎寨。

关于大秀策划案泄露一事，冯缈缈的表现倒是出人意料。她召开紧急会议，对于追查泄密人的事绝口不提，马上启动了备选方案。是的，就是几乎被她扔进废纸篓里乔安的备选方案。不过在让他们滚出去加班之前她让乔安留了一下，特意扫了一眼办公室，转身把门关严。

“我知道你是个明白人，有什么话就直接说了。”冯缈缈双手撑在会议桌上，隔着会议桌，凌厉地看着乔安。

乔安的头发上还绑着那根从办公桌上随意抓起来的橡皮筋，脑袋高速运转着，她到底如何度过此劫。

“你和陈总关系不错吧，上次酒会是你给的邀请函，陈太是我们年度消费能排进前十的VIP，陈总最近又在投资影视圈，好多明星抢着上他投的戏，你明白我什么意思吗？”

乔安心领神会，“我明白。”

“乔安，你还年轻，要知道为公司付出多少，公司就会回报你多少。一会儿我会让Rubby把我们预期的宾客名单列给你，这次大秀波折重重，现在是最关键的时刻，希望你也能尽到全力。”冯缈缈说到“尽到全力”四个字的时候，特意放慢了语气，仿佛是用橙色记号笔狠狠画上了一道。

乔安走出冯缈缈的办公室，有点后悔。不是为了那么爽快地答应冯缈缈，也不是担忧在陈老板那边可能碰的钉子，她后悔是刚才把那根五位数的高尔夫球杆扔到了陆远扬面前。这可是她的冠军球杆，用了一季的会员积分。但是，既然已经用了冠军球杆挥出了第一杆，那么这场比赛一定要打完，就算是如履薄冰，也要打到最后一洞。

2

冯缈缈的意思清晰明了，现在部门的情况就是，你不下地狱谁下地狱。乔安也很配合，毕竟是自己惹的祸，虽然冯缈缈看上去是没再追究，但是她知道，冯缈缈心里一定清楚得很，只是自己还有利用价值。

陈总所在的高尔夫球场组织了一场春季的VIP比赛，她用之前的积分换了一张邀请卡，整个周末泡在俱乐部里和陈总打高尔夫。功夫不负有心人，她在女孩中打得绝对出类拔萃，陈总和乔安的关系终于从高尔夫球场的版图拓展出去了。

乔安非常明白混圈子的规则，你必须要努力，用一张邀请卡换取一个机会，而从这个机会中你一定要再拿到一张更加珍贵的邀请卡。她有一个奇怪的理论，当你只身去参加一个派对，千万不要学着偶像剧里的那些女孩，用一种诚惶诚恐的眼神看着别人，不要暴露你的渴望，渴望有人过来和你说话，拯救你的尴尬。你不要去看任何人，你要假装寻找，寻找一个早已在等待你的熟人，其实根本谁也不认识你，当别人看向你时，你就是一个完整精致的世界，不需要任何无关紧要的认可。你一定要笃定地相信，会有人上前，对你微笑，在耳边问你找谁，这个人很可能就是你进入新阶级的楼梯。

他们的眼光势利又俗气，无论走在哪里，都在划分着等级和圈子，因为如果没有身份的保护，他们一文不值。

陈总在高尔夫球场的VIP休息室里点上雪茄，让乔安和他一起去参加晚上朋友的牌局。

乔安暗自欢愉，表面故作为难，“玩过，但我打得不好。”

“怎么会不好，你这样的女孩肯定常混澳门啊。”陈总靠在咖啡色的真皮沙发上，摆出一副意味深长的表情。

雪茄的烟雾从陈总的嘴里悠扬吐出，遮盖住乔安尴尬的笑容。

“你这样的女孩”几个字像一个响亮的耳光抽在乔安脸上。

即便你再明白红酒的品牌，一眼就能辨别出它们的产地年份，成为高尔夫球场的高级会员，随便哼出的都是萧邦的钢琴曲，穿其他女孩望尘莫及的高跟鞋，切牛排时悄然无息，竭力地去端庄得体，但你还是无法掩饰那生活赐予你的凶猛。

是啊，如果别人都看不出来，那冯缈缈为什么会选了她呢？

当你以为自己是头高傲的狮子，其实人家早就看到你的影子，夹着尾巴在发抖，而对方不过是客套地丢个球。

3

什么样的小孩，会长成什么样的大人。

乔安小时候过着公主般的生活，当我们看到朋友拎一只限量款的名牌皮包时，大呼小叫或者掩饰羡慕，只有她眼里能流露出真正的不屑。我们还在切蚯蚓度过漫长暑假的时候她跟着爸爸去香港看楼，文艺委员炫耀花仙子的塑料海绵铅笔盒时，她已经开始接触欧洲名牌。这种养尊处优的心境是很难改变的，即便已经曾经沧海难为水，但她的心还是坚定不移。养成了习惯，认定自己属于的生活和圈子，她所做的一切都是卧薪尝胆，吃下那些艰涩痛苦，是因为心里知道，总有一天会回去。

即使现在她是一个会拿着球杆砸碎别人车的女孩。

吃带血牛排的女孩。

处心积虑去接触有钱小开的女孩。

摸不到底线的女孩。

即使她已经长出了一副可以撕扯老虎的獠牙，她还以为自己是那只小白兔，藏在衣柜里，抱着娃娃，离世界的纷争很遥远。

直到陈总毫不留情地把话说明白，她才后知后觉。

陈总说完这话，她慌了几秒神，但马上又把灵魂拽回了此情此景，谁也看不出乔安的整个心脏碎了一小下。乔安笑吟吟站起来，在雪茄箱里挑出一根，旁边的服务人员看到后马上拿来打火机，乔安轻轻挡开，从桌上拿起长火柴，点着后，等几秒，让硫磺消散，然后将雪茄烟身在火焰上不停且有规律地转动，最后均匀地点燃雪茄头，熄灭火柴，轻巧地扔进烟灰缸里。

陈总在一边看着，点点头，和周围几个球友说，“我说吧，乔小姐球打得那么好，果然是经常出来玩的人。”

乔安没说话，使劲闻空气里香柏的味道。这就是她的童年记忆。陈总肯定看不出，这是她第一次抽雪茄，所有的动作都是学着小时候看到爸爸抽时的样子，他坐在沙发上吐出烟圈逗乔安玩，乔安趴在他腿上，用手抓那些半空中的烟圈。

他说，雪茄的中文名字其实是徐志摩起的，燃灰白如雪，烟草卷如茄，所以才叫雪茄。

也不知道其他“这样的女孩”知不知道这些听上去还挺美的故事。

4

又有谁会心甘情愿承认自己的改变呢？这个故事里的所有人都不愿意，齐飞想像十来岁时一样，把乔安当做女神供着，自己恍恍惚惚逍遥过一生，而陆远扬先生则怀揣宝剑时刻提防着，皮笑肉不笑地隐藏着自己的不安全感。我也不愿意承认，总觉得自己会是那个与众不同的女孩儿，出淤泥而不染。万花丛中过，片叶不沾身。

其实我们都不一样了。

5

说到真名媛，我在这段时间里，倒是见了一位。

采访新一期专栏对象时陈乔治千叮咛万嘱咐，这次一定要好好写。

别重点描写对方是怎么失恋的，因为对方是时尚圈一新名媛，失恋就一噱头，重点还得写写名媛生活，去半岛吃下午茶，务必好好伺候着。我表面频频点头，心里暗自喊呸。现在哪有什么真名媛啊。之前的名媛都被打倒了，之后的名媛不是从暴富家庭走出的重度公主病患者，就是肉搏致富的外围女孩，钱多人闲出国看了几场秀，国内玩了半年Party摇身一变就成名媛了。我们都说，淘宝卖家十个有九个说自己是名媛，还不是每个月初都从七浦路拎着大包小包坐着三轮往外跑。

纵然心中白眼狂翻，弹幕满屏，我还是和颜悦色地对陈乔治点点头，并且煞费苦心花了六百块钱从网络红人的淘宝店买了一套“小香风”以示对这次半岛下午茶的尊重。

能被美誉成名媛的果然架势不同凡响，进门就是一股扑面而来的仙女味。太令人讨厌了。和之前采访的失恋者不同，之前失恋的姑娘们都是话不到五分钟就开始哭，叙述持续多久眼泪就能持续多久，而且跟前列腺炎似的，哭一段讲一段，讲一段哭一段，十分有节奏。

可是名媛不一样，进来先非常客气地对自己迟到抱歉。其实是我早到了。之后点好茶，三层的点心盘，一层马卡龙，一层慕斯蛋糕，一层小破面包配着不知道什么酱，都是网络红人的微博照片标配。她端起红茶，不先发起话题，对着我微笑，随意寒暄。

这让我想起一个制片人朋友说的话，她说中国的女演员有一特性，就是每个人眼里都有股坚韧不屈劲儿，不管演什么角色都能带出一种女革命风范，但是亚洲其他地方的女演员不一样，韩国日本的女演员才真正拥有那种天然呆的眼神和温婉的从容，最好的例子就是《一代宗师》里的章子怡和宋慧乔。她说了这句话后，我在生活中总是忍不住刻意观察女孩们的眼神，果然，哪怕是你从小学门口走一圈，里面狂奔出来的马尾小朋友都是一副“姐是五道杠，小红花多得数不清”的架势。不过，我倒是真的没从对面女孩的眼神里找到不屈。这可能就是真名媛的防伪标志吧。她们不急于展露，争取和表达。因为她们平时不缺少这些，也更懂得克制。

可能名媛也非常明白杂志的意思，或者我的领导之前跟她打过招呼。开始的谈话里，她对我栏目的失恋主题闭口不谈，说了好多自己生活的过往，小学四年级就去了英国，之后的生活也一直在欧洲，大学到了美国的商学院，之后回国帮爸爸打理生意。猛然发现，其实自己根本不会打理什么。所谓的打理也就是和之前我说到的类型的女孩做朋友，混社交圈。很装地混在一群更装的人中间。这是她的原话。

不过我越来越觉得，她是真正的公主。说话慢条斯理，讲自己的经历，无论好坏，都娓娓道来，并没有那种在十层床垫下摸到一颗豌豆的大惊小怪。看着她的时候我就在想，如果乔安的家里没有变故会不会也是这样长大，长成一个完美而无趣的人，不坚强，但也不需要坚强。也许在她心里，她就是坐在我面前的那个女孩。

“不好意思。”我还是打断了名媛。

“但说无妨。”

背后瞬间冷汗袭来，这个年代还会有人说“但说无妨”这个词。在心里打了一套天马流星拳发泄，我微笑着问：“虽然我对您的经历很感兴趣，但是因为栏目需要，还是想了解一下您的上一段感情经历。”

“哦，是大学里认识的，纽约人。成绩不错，他开车带我出去玩，那是我第一次去酒吧。”她脸红了一下，“之后去了很多地方玩，再之后我们分手了。”

“为什么会分手？”

“嗯，有一次我的卡被刷爆了，就分手了。”名媛说，“我爸爸打电话来，说我们并不合适。他消失得也很干脆，一年后突然联系我，因为想住我家的酒店，问我有没有折扣。”

原谅我是个贱人，这是我最喜欢的劫富济贫情节，所以我脱口而出，“然后呢。”

“然后送了一间套房给他和朋友办Party。”说完她喝了一口茶，流露出遗憾的眼神，“这是我最后一次知道他的消息。我反思过，大概他离开我的原因是，我没办法和他们玩到一块吧。我已经很努力了，可是他还说我不合群。当时我知道他的房间号，一晚上都在想，要不要去找他，后来还是觉得，晚上去打扰别人，实在很不礼貌，第二天我去的时候，他们已经走了，都没有退房就走了。后来我想，说不定他是想我去参加Party，等了一夜我都没有去，所以很失望呢。”

我的天啊。明显是因为你的卡被刷爆了好吗名媛大姐！

这个想法出现后，我深深明白自己和名媛的差距，绝对不是一件淘宝外套能逾越的。公主女孩总在为别人找借口，所以她们不太会真正被伤害，因为她们很容易原谅，而挤在地铁里的我们，总在为自己找借口，所以我们不快乐，我们计较得太多，仿佛只有锱铢必较一些才能顺利活下来。

也不知道从什么时候开始，我们对爱情的理解，充满偏见和歧视，这一点，名媛的确强出很多，果然爱情是个上层建筑，温饱之上才会爱得自如。我对无知名媛好感倍增，不自觉想伸出小手和她在明媚下午的草地上转几个圈，于是我试着问她：

“你平时都玩什么？”

“我不太出去玩的。”

“我的意思是，你有什么爱好。”

“哦，每周一次交响乐，每月一次名媛聚会，大学时的华人管弦乐社也会定期聚会，还会做做瑜伽普拉提，最近开始上茶艺课，据说中国长大的小孩都会茶艺，你是不是也很懂？”

她睁大眼睛看着我，真像童话书里的插图，穿着蓝白裙子的公主。我突然又改变了自己的想法，我相信纽约小伙，真的是觉得她无聊。我哑口无言，打量着名媛身上散发出的那股小太阳花的朝气，实在想递给她一个红色毒苹果，客气地跟她说，吃吧吃吧。

上流果然比下流无聊太多。她们太像完美的芭比，什么都有就是没有生命。

我在想，还好乔安家道中落，要么她的那些小聪明、凉薄，以及现在用尽心机的魅惑，岂不是都浪费在三十八度健身房的伸展运动和普洱茶饼里了。

6

虽然过程艰辛些，好在乔安还是顺利进入到了各种“总”的牌局里。借着德扑盛行，各种扑克会所在这座城市里破茧而出，成了老板社交的新宠。公安破获一批就再开一批，野火烧不尽春风吹又生。不过乔安大学那会儿，打得已经相当不错了，澳门就是乔安和陈公子的第二故乡。像开头写的那样，她要是打得不好，这会儿也回不到这来祸国殃民。

乔安没上桌，在一边帮陈总看牌。桌上一共六个人，都是有头有脸的人物，有几个人身边的确也坐了几个脸熟却叫不出名字的小明星，明星出门拎皮包，老板出门拎明星，性质都差不多。乔安在静静听他们闲聊，她的心里藏着一张草稿纸，把那些真的假的信息一条条写上去，再划掉，直到草稿纸被复杂的涂写淹没，除了她自己谁也看不清上面写的什么。

乔安在三局内给陈总翻了两次好牌，一次是AA，一次是AK，陈总推走了两家的筹码，很是得意。从桌上抓了一大把筹码扔给乔安，让她也上桌玩，输了算他的。乔安把筹码叠好，推回给陈总面前，陈总疑惑，皱皱眉头。

“不好意思陈总，我一会儿还要回去公司加班呢。”乔安遗憾地抱歉道。

“这么晚还上班，告你们老板剥削！”老板们跟着陈总一起笑。

“您不是不知道，我们下周有活动，现在明星又那么难搞，我们这次活动需要多点人来造势，大家都着急着。Miu姐一个礼拜没回过家了，我今天出来还是打过报告的。”

“我说你这么好心情陪我们打牌，是不是想跟我要人啊？”陈总调笑着。

乔安故作尴尬，“还是您明白，我们也是没办法，别人不敢要，陈总和陈太能光临我们已经心满意足。如果陈总方便，能安排其他人，那最好不过。”

“多大点事，你不早跟我说。”陈总拍拍桌下乔安的腿，“最近我投了两个电影，里面的演员，只要你们点，肯定到场，要不整个剧组去，正好给我们宣传宣传，双赢双赢。”

乔安赶快言谢，陈总趁机又好好摸了两把。乔安借口站起来，说去洗手间打电话给上司，申请再玩一会儿，才活生生把大腿从陈总有力的如来神掌里抽出来。

7

当初抚着爸爸大腿伸手抓烟圈的乔安，怎么也想不到自己在之后的十多年里，吃喝嫖赌无师自通，还能被和爸爸年龄差不多的人摸着大腿。世事难料。

世界上出身好的女孩很多，像名媛那样是一种，Fiona那样是一种，乔安也是一种。多少有些相同，乔安和她们最不一样的地方是她看得太明白，生活给她的乐趣太少，目标太多。

但是我又突然想到一件事，不知道能说明什么，只是想讲出来。

乔安和陈公子混圈子时，总有女孩问她去不去三亚。开始乔安也不明白，后来她去问陈公子，陈公子含糊其辞，跟她说别跟她们混，都不是好女孩。

后来乔安才知道，有这么一种职业，放在日本叫妈妈桑。她们就是高级妈妈桑，专门帮陈总这样打着买游艇买马参加德州扑克大赛哪怕是集体出差考察等幌子的老板送妞去参加派对。地点基本都在三亚，有时候在广州什么的，妈妈桑能抽个十几二十万的水。那些女孩平时谁也看不出是被交易的商品，也都开着小跑拎着好包没固定男朋友，跟自主创业的白富美一样，多数都会给自己编一个好背景，说出来祖上三代都是牛人，自己呢故意搞叛逆不跟着家里的路走，出来闯出一片天，全是百度帕丽斯·希尔顿的百科，改改就成了自己的身世。乔安知道后，自己倒是没去，但她不会轻易放过这个业务，偶尔介绍一些女孩给妈妈桑，也跟着抽水。是不是也浑混蛋的，不过她是乔安嘛，考思想品德绝对负分滚出的乔安。

一次是送出国的，有个平时和他们玩，才十七岁的女孩把护照给乔安，说她想去。乔安第一次面露难色，说你还没成年呢，不能去。

女孩不高兴了，说去的人比她小的有好几个，为什么自己不能去。

乔安说就是不能去，女孩要自己拿着护照找妈妈桑，乔安接着把她护照扣了，转身就走。后来因为这件事乔安还赔了钱。

你们肯定不明白她为什么突然装得跟圣人似的，不过我明白。因为一起玩，她知道那个女孩的背景。她最早在KTV包房看到那个女孩，别提多讨厌了，还是高中生，审美观尚处于被校服摧残尚未建设好的阶段，一到周末爱美之心大爆发，什么名牌都往身上堆，其实穿得挺难看的，但是看人的眼睛能翻到后脑勺。陈公子小声在乔安耳边说，她爸是某某长，惹不起，要是她冒犯你就让让她。

可是风云变幻莫测，上周末还在Club喊着我爸是李刚拎起酒瓶打人呢，下周末她爸就被关了。别人送了一幅画，说是随手买的，不是贵重的礼物。公安来的时候那幅画挂在她家客厅的正中间，说那幅画两百万，当场就把她爸带走了。

无巧不成书，当天刚好是女孩生日，场地和客人都是提前定好的，Party还是照常进行了，女孩跟丢了魂似的，坐在门口看到人进来就问怎么办。大家心知肚明，这事儿很难办，表面却都还给她个面子，说没事的，风头过去就好了。

再后来，女孩就把护照交给乔安了。

乔安特别能理解她的感受，她也曾经在心里问过怎么办。除了生活没人能给答案。乔安不相信道德义气，有时候我甚至怀疑她不相信爱，但是她相信理解。乔安的眼里没有眼泪，只有钻石。只有一次，我们在保利剧院看《柔软》，里面有一句台词：每个人都很孤独。在我们的一生中，遇到爱，遇到性，都不稀罕，稀罕的是遇到了解。

我看到她眼睛里闪了一下，稍纵即逝。

她不喜欢单纯，因为痛苦也好，快乐也罢，只有你感同身受过，对于同样的痛苦快乐才能变得真实，这就是理解。

乔安跟女孩说："这样吧，你这次想去，如果是因为缺钱，我全额赔给你，如果你不是缺钱，就把之前那些包和衣服，趁还能卖全卖了，至少能让你活过大学。没有那些东西你不会死的，但是如果这次我让你去了，你的人生就变了。"

女孩抱着乔安哭，要认她当姐姐。

乔安不答应，并告诉她，没人能帮她，以后就要靠自己了。

8

乔安从会所外面透了会儿气，趁着这点空让冯缈缈赶快报几个最近新闻点特别多的明星给她，挂电话时冯缈缈欲言又止，最后客气地说了句辛苦了。乔安说，"不辛苦。"匆匆收线。

她走回去，在大厅路过特别热闹的一桌，大家都站起来看，有两家在推all in，一桌人情绪都挺激动的。她眼角一瞥，看到了其中一家，虽然从来没看他穿得这么随意过，但也能凭人渣味儿判断出来，是陆远扬。

狗血的是，她看向另一家。呵呵，著名的陈公子出现了。

不过她很快又觉得这情节也挺情理之中的，她在上面包厢伺候老的，他在楼下大厅巴结小的，表面个个装得高雅大方衣冠楚楚，还不都是天涯沦落人。

乔安低头看看亮在桌上两个人的手牌，陆远扬一张5一张8，陈公子一对10，陆远扬还多后悔似的说自己输太多了，心急草率了。旁边的乔安眼皮都快翻上天了，这情况明显是陈公子输着急了，连10都加码得厉害，陆远扬怕他输，推all in做保护，再不动声色把钱送出去。可是他不知道，陈公子和他爸之间的关系特别不好，她这个前女友倒是清楚得很。

牌还没发完陈公子先看到了乔安，愣得连赢来的筹码都不知道收。身边的小模特特别利落地把荷官推过来的筹码摆好。乔安对他笑笑，像看到一个每天见却从来没打过招呼的邻居那样淡。

乔安走到陈公子面前，“好久不见呀。”

陈公子还愣着没开口，坐在一边的小模特拽拽他的胳膊，特不屑地问了句，“认识啊？”

“大学同学。”乔安先一步回答，礼貌客气。

“你不是在英国上的大学吗，这都能碰上同学？！”小模特的语气表明已经把乔安归类成和自己一样的女孩。

“是巧啊。”

“你去帮我退掉筹码吧，今天不打了。”陈公子转身看着小模特，拿起大概几千的筹码，递给小模特，“这些给你的。”

小模特接过筹码，再拿起桌上陈公子的战果，特别不情愿地起身，一步三回头地走开。

他和乔安两个人就这么看着对方，半天也说不出什么。

“还经常出来玩啊？你当时不是说厌倦这种生活了吗？”陈公子冷笑着，“最近好吗？”

“好呀。”乔安不假思索，“和你爸在楼上打牌呢。”

陈公子睁大眼睛，乔安甚至都能感觉到他全身肌肉的紧缩。

“跟我爸？”

“不可以吗？跟过你就不能跟你爸，我和你爸又不是近亲。”乔安轻轻扬起嘴角。

“能别他妈这么浑蛋吗，乔安。”他几乎是在发抖，冷笑着，“和我分手的时候信誓旦旦说要重新开始，是不是嫌傍我钱不够多，我爸可比我小气。”

“你不浑蛋？”乔安再也不能心平气和，“你三心二意不浑蛋？骗我不浑蛋？让我从车上飞出来的时候不浑蛋？骗着我去人流不浑蛋？你记不记得你跟我说过，咱们俩能凑一块，那叫狼狈为奸，谁也没比谁干净，都他妈浑蛋，你有什么资格说我浑蛋？”

满满一个大厅，成千上万的筹码在喧嚣，只有他们周围的空气，死寂到容不下一根落地的钢针。

大概此刻，两个被对方狠狠拧巴过的浑蛋，才发现原来是爱过的。

乔安想起她和陈公子最好的时候，我们都觉得她在嫁入豪门当少奶的路上高歌挺进着。他们一起躺在床上聊天，外面是沉睡在夜空下黑色的大海，世界都关了灯，很安静，只有他们的声音在海上漫无目的地漂流着。

陈公子从身后紧紧搂住乔安，凑在她耳边小声说：“我明白，你不是那样的女孩。”

“怎么样的女孩？”乔安转过身看他。

“乔安，其实你可以不用那么争强好胜，你想要的我都能给你。”

“你知道我想要什么？”

“只要你想要的，我都能给。”

乔安使劲看着陈公子，是真的使劲。希望把他，把窗外的海浪，把这张白色的大床，把灰尘，把时间都看进眼睛里。因为她明白，明白他们的结局，这一定是他爱她的巅峰了。这一秒过后，再也不会有回潮。

虽然她也相信永远，却往往一眼看到了终点。

这是无法改变的，就像从她走出衣柜开始，就已经改变的命运。

9

乔安转身时，陆远扬也不在了。其实刚才她说跟陈公子老子打牌的事，是说给他听的，没想到陆远扬没听到，倒是陈公子反应这么强烈。

乔安跑上楼，找个借口，说公司里催得紧，拿起包和陈总他们匆匆告别，像逃似的跑出会所。

会所在郊区，老板都是司机开车送过来的，周围除了一些夜排档和此起彼伏的狗吠声，屁都没有。乔安踩着高跟鞋往人多的地方走，想说不定运气好可以拦上一辆送疯狂赌徒来的出租车。

夜排档上喝啤酒吃烤串的大叔们看到乔安，不自觉停下话题，安静一下，吹两声口哨。虽然这边经常出没此等美女，但穿成这样长途跋涉的倒真不多。

乔安走了十多分钟，一辆车也没看到，她想如果走到下个路口再打不到车就让齐飞来接她。刚这么想着，一辆卡宴Turbo缓缓从乔安身后开过来，停在她旁边，车窗降下来，一副无奈的样子。

“散步呢？上车吧，一起去喝一杯。”陆远扬说。

乔安看看陆远扬的车，“换车了？”

“托您的福。”

乔安绕到陆远扬驾驶座旁边的窗户，对陆远扬说：“不坐竞争对手的车，我手机没电了，借我电话，找朋友来接我。”

“有骨气。”他点点头，把手机解锁递给乔安。

乔安拨了个号码，等了半天，都是忙音，她皱起眉头，拿着手机又拨了几个号码，一水儿的无人接听。

“行了，别拨10086装自己朋友多了，上车吧，送你到能打到车的地方。”

乔安向周围看看，实在荒凉，无奈坐上了副驾驶。

10

那天乔安还是和陆远扬喝酒了，而且是在陆远扬家里。乔安说要喝就去家里喝，你敢不敢。

陆远扬说有什么不敢，怕你挖了我的肾吗？

他也知道，这一天对她来说不好过。她和陈公子剑拔弩张的时候，他在远处静静看着，觉得有意思。

他有时候很诚实，因为在其他时候说了太多谎话，说实话就像随即洗涤罪恶。他的确有点喜欢乔安。像喜欢一只流浪猫，看她无助的时候他就想给她一点猫粮，看她洋洋得意的时候就想泼她一身冷水，提醒她自己是只流浪猫。

陆远扬向乔安抛出了橄榄枝，让乔安去他公司。乔安斩钉截铁地拒绝。

“上次的事儿你根本没理由生气，你太嫩了，但是我不能输，我的位置，输一次就是死。”

“可是我不再信任你了。”

“那么你信任冯缈缈？你要知道，她曾经也出卖过我的。”

“你看你那么记仇，我刚砸了你的车，怎么敢去你公司。”乔安拿着酒杯，脑袋枕着扶手，双腿自然地蜷缩在咖啡色的皮沙发上，“我也不信任她，但是她和你不一样，你渴望我信任你，她没这种奢望。”

坐在地上，背靠沙发的陆远扬和乔安碰了个杯，“渴望被人信任是卖广告的职业病，我们要帮助客户骗消费者，再为了钱骗客户。你爸可是我那个时候最成功的骗子，你应该遗传来不少。”

“最后还不是跑了。”乔安冷笑。

“能跑就不错了，03年非典，经济不好，多少老板跳楼了。”

“我宁愿他跳楼了，我讨厌对人有期待，特别是对让我失望过的人。比如说你。”

比如陈公子，比如她爸爸。

其实她不允许自己这样的。可是她还是难过了，鼻子发酸，想掉眼泪。还是在深夜把话说开，趴在陆先生的沙发上，装作满不在乎地玩弄着卷曲的黑色头发，像说一个昨天看到的小说故事，而不是说自己。

如果他不走，一切都会不一样。今天的事都不会发生，她会像那个无趣的名媛，穿着蓬蓬裙风调雨顺地成长，不为生计着急，积极向上无知可爱。也有可能日子辛苦一些，那就平平凡凡找份工作，为升学嫁人发发愁，也不会这样，成为一个眼里带着血丝，随时准备杀戮的凶猛女孩。

“乔安，这个世界本来就很糟糕，你应该庆幸，自己不是什么好东西。因为是人类，所以才能为自己的软弱起一个好听的名字，叫‘善良’，如果大家是动物，生在热带丛林里，他们早被吃了。”

“你也不是什么好东西。”

“是，所以我们不会死。”

陆远扬扭头看着乔安，她娇艳欲滴，纤细的手指捏着酒杯，把酒杯举到他面前，碰杯声清脆简短。

“干杯吧，庆祝咱们都不是好东西，长命百岁，万寿无疆。”

一直活着，长命百岁，万寿无疆。

陆远扬放下酒杯，手按住乔安的脖子，用力吻下去，乔安闭上眼睛双手钩住陆远扬。今晚她想要一点爱、一点赞赏，哪怕是一点虚情假意的喜欢，一点酒精里的意乱情迷。证明她不是，这样那样可以被装进罐头摆上货架分类的女孩。

她手里的酒杯，滚到地毯上，洇了一地暗红色。

11

第二天陆远扬起床的时候，乔安已经坐在办公室。刚去楼下的快餐店吃完早餐，和我短暂接头，拿了一套新衣服换上，香水口红睫毛膏，一个都不能少。之后笃定地去冯缈缈办公室报到，递上一份整整齐齐的，从陆远扬手机里拿来的宾客名单和通讯录。

“我要留下。”乔安对冯缈缈提出条件。

冯缈缈看着名单终于露出一个久违的笑容，“你的确比韩铭磊能干多了，有点像当年的我。”

12

后来我才明白，那个晚上接通却不说话的号码，是乔安用陆远扬手机打过来的，她就是想看看他手机的密码，从她在牌桌上看到陆远扬时，乔安心里就已经打好如意算盘。

她走的时候，在陆远扬的备忘录里写下一句：

还好我们都不是什么好东西，所以我们一直活着，长命百岁，万寿无疆。

chapter 8
成功的错位

我们是彻头彻尾的都会动物，
我们的骨骼血液，肌肉皮肤，
都弥漫着都会的味道，钱的
臭味，欲望的温度。

看伍迪·艾伦的《赛末点》时，被啰嗦的对话折磨得几次想放弃，最后坚持看完，这部电影却成了伍迪·艾伦电影里我印象最深刻的一部。男主角把能否定自己罪的关键证据扔进河里时，却偏偏有一枚戒指因为碰到了栏杆而未掉进河里。我都为他捏了一把汗，最后却没想到，这个漏网之鱼反倒救了他。

生活中常常出现偏差，我们沉浸在小小的悲戚中，有没有想过，正是这错误才造就了我们，没有偏离轨道我们又怎能坠入爱河。

1

我实在不想开篇来说乔安或者陆远扬的无聊大秀，作为这个故事里不可或缺的女二号，我已经很久没和各位汇报我的情况了。

还记得我的失恋专栏吗，就是每次给你们讲乔安的故事为了凑多点字数，又要看似不经意间转场时，我会讲那么一两个失恋故事，告诉大家我现阶段是有工作的，能负担房租，还活着，写《LUV》杂志的专栏。春风吹，战鼓擂，喜人的是，这个无心插柳的专栏竟然在白领圈悄然走红，可能是无论月薪如何提高，都无法避免失恋这种经历吧。我也接到了其他几个杂志的约稿，这事儿让我连续几个晚上斗胆思考关于女屌丝如何才能华丽转身成白富美这个宏伟问题。

当时我还没意识到，思考这个问题就像小学时我们思考到底是考清华还是考北大，中学时思考嫁给金城武还是柏原崇，大学时思考找强尼·德普还是布拉德·皮特打炮，毕业时思考是认巴菲特还是比尔·盖茨当干爹一样，有个很美的统称——天方夜谭。可是我们就是那么贱，相信世界上有这种童话故事般的华丽转身，只要时机够对，爱凑热闹，迟早会捡到一双改变命运的水晶鞋。

特别是当陈乔治激动地甩着双手，脚后跟踢着屁股跟阿甘似的冲进办公室通知我，我俩会在秀后Party上作为栏目撰稿人的真身亮相，当时肯定倍儿多媒体，说不定一夜之间我们俩就火了，分分钟成为上海版的Hyperlink凯莉·布雷萧。我听后也是相当地激动，虽然没听明白Hyperlink凯莉·布雷萧这回事，而且觉得我俩顶多成为中国的武藏和小次郎，但依旧大手一挥打翻了俩咖啡杯一盆栽。我们小手拉小手在众目睽睽下原地转了好几圈，就差唱一段“让我们红尘作伴活得潇潇洒洒”了。同事们纷纷投来看琼瑶剧时那种欲罢不能又恨之入骨的眼神。

我和陈乔治中午去隔壁大楼顶层吃了顿法餐，下午跑去公司周围商圈逛街，看到什么都浮现出一种穷人乍富的心理：哎呀，这算什么，老子身价马上不一样了呢，无数品牌会跪在地上求我穿他们家的衣服。在这种飘飘欲仙的小王八犊子心态中，我被陈乔治怂着爆卡买了一套Valentino春夏新款的仙女蕾丝裙子。当时我只是想一试，大家也都明白，试一试之后随便找点诸如，太大太小颜色不适合我或者赶着去上班等理由都能推脱掉。不过能试已经很有勇气了，平时我连店门都不敢踏进的。没想到那天陈乔治来劲了，宛若刚收了商家的贿赂，夸张到拍手称赞，说我穿上这条裙子才有点人样。我白他一眼，假笑着说，“好多件这种类型的了，不要了吧。”

陈乔治翻了一个更大的白眼给我，“呵呵，难道在你眼里这裙子和你平时穿的棒针毛衣萝卜裤是一个类型么？”

陈乔治不容分说，指着我跟营业员说，“买了，包起来。”

我瞠目结舌地看着陈乔治，饱含感激的泪水，双唇颤抖着问他，“你，太客气了吧，送这么贵重的礼物给我。”

“谁说送给你了，我是让你自己买，快，刷卡去。”

陈乔治说，这种机会就是你抓住水晶鞋的时机，你不能怠慢，该花的钱花出去，才能赚到不该赚的钱。

我脑子被他吹昏了，心一横，潇洒拿出了我的信用卡。

裙子的确很漂亮，买的时候我对着镜子频频点头，说，“等到见媒体的时候穿一次，给乔安当伴娘的时候穿一次，自己结婚时候敬酒也能穿一次，算是赚回本了。”陈乔治特别瞧不起我这种观念，“是啊，你再多结几次婚还能穿到烂呢。亲爱的，这种衣服只能穿一次，知道吗，这些礼服之所以奢侈，是因为它们都是一次性的，一个明星可以脚踩八条船但是不能重穿两次衣。”

“我又不是明星。”

“你很快就是了。”他坐在沙发上，接过旗舰店里营业员递过来的咖啡，翘起兰花指拿着杯子，笑吟吟地对我说。

2

距离陈乔治说完这话的三十小时，离着我俩暴露真身只剩半小时的时候。

我盛装和齐飞蹲在荒郊野外的洗头房门口，盯着面前没油的小跑，四周是此起彼伏的犬吠以及极具初夏色彩的牛粪味道。洗头房的玻璃，映照出我万念俱灰的衰脸。看着洗头房里坐在沙发上玩手机的小姐，我何其后悔买了这条裙子，要是当初是去淘宝买一件小香风就不会像现在这么心疼，但是往好的方面想，这件衣服没有机会曝光了。它不会变成我成为Hyperlink凯莉·布雷萧之路的奠基石，它会成为我这辈子最贵的一件衣服，我穿着它当伴娘，结婚敬酒，参加儿子毕业典礼，遗嘱上写着，入殓时就穿那年补了三次的古董Valentino，最后带着这辈子最靠近巅峰的时刻入土为安。

这样想着想着，我难受得想挖个洞现在就埋了自己。

我不明白，为什么我的人生屡次要接近小高潮时必然一个惊涛拍岸被打回沙滩从头再来，而乔安却总能乘风破浪呢？

凭她是女一号吗？可是有没有搞错，这个故事明明是老娘在讲。我在一个小时内看了起码三百次手机时钟。终于有些明白《秒速五厘米》里远野贵树去寻找明里而被困在车厢里的心情，时间从未因我们的绝望目光而放慢脚步，反倒是洋洋得意地踱步离开。

让我们一个个本应快乐到疯狂的时刻，变成了无言的沮丧。

3

我们还是从二十八小时之前开始说吧，仿佛是因为这二十八个小时都过得太过缓慢，所以现在的时间才跑得这么赶，试图把白天跑错的路找回来。

4

乔安公司的秀的筹备工作，紧锣密鼓进行着，临开场前一天，所有宾客名单和活动现场布置都经过反复确认。乔安拿着对讲机，站在半岛酒店的喷水池前，星空布景的伸展台沿着江边在延续，所有模特会绕着半透明的玻璃管道环绕一圈，像是那种诡异商店里，装在玻璃里没有生命的精致小人。

上海没有海，所有想博得噱头的活动只能拿黄浦江那么一块大做文章。

真可惜，上海没有海。乔安这么想着，韩铭磊从身后拍拍她的肩膀，递上一份明天最后确认到场的明星名单，上面涂涂改改好几次，最近大事太多，天灾人祸的，这次邀请嘉宾也显得更加艰难。好在最终尘埃落定，还是请来了不少重量级的嘉宾。自从乔安通过陈总拿下两个剧组后，韩铭磊的工作渐渐变得外围，没人说过什么，但是一切在不知不觉中都变了，你身在其中会感觉得异常明显，工作一点点交给别人，所有人还是对你和颜悦色，但到了什么重要内容，都会故意岔开话题，谈论晚上去哪吃，加班结束要不要唱个K。甚至不去直视你的眼睛。

当然，这些乔安默默看在眼里。大概是因为冯缈缈一直没有正面处理泄密一事，久而久之，在别人心里，暗自认定是被逐渐架空的韩铭磊捅的娄子。因为有时他太过殷勤了。这是韩铭磊的死穴，无论在哪里，太过殷勤的人反而会被人孤立。如果你没做错什么，为什么要对我这么好呢？这是都会人的通病，当利益互惠和等价交换的思维模式根深蒂固时，所有人都紧张地算计着，无论是付出还是回报，必须保持在一个平衡的水准。

只有乔安最明白，他只是怕失去，太害怕失去。越是拥有韩铭磊般完美履历的人，越害怕失败，他们都是落入“不能输”怪圈的人。

5

韩铭磊拎着便利店的纸袋，六神无主地站在乔安面前。也几天没睡觉了，眼睛充血，发蜡让头发显得僵硬，下巴带着若隐若现的胡碴，衬衫也出现了皱褶。显然他没有一个我这样的室友，鞍前马后地帮他带换洗衣服来。

乔安接过名单，过目之后客气地微笑点头，“谢谢，辛苦了。”

“怎么，现在就开始用一种领导者的口吻和我说话？”韩铭磊的话带着尖酸的自嘲。

穿橙色外套戴黄色安全帽的工人站在银色的梯子上，挂上了最后一颗星星，乔安对工人比了一个OK的手势。

“你太敏感了。”乔安拿着对讲机让布光的工人收队。

韩铭磊从纸袋里拿出一杯咖啡递给乔安，她手里拿着对讲机稍作犹豫。

“怕我下毒？”韩铭磊笑得十分不自然，看样子这杯咖啡底部沉了一层鹤顶红。

乔安把对讲机夹在胳膊下面，腾出手接过咖啡，“谢谢。”

之后两个人看着搭建好的伸展台、渐渐抽起烟散开的工人们、对面已经熄灯的高楼，以及安静得不像话的江面。

“我听到风声，大秀结束后Miu姐就会宣布我们的去留，你觉得我们谁会留下？”韩铭磊还是开口问了。

“没感觉。”

“其实，泄露策划案的人是你吧。”韩铭磊苦笑着。

乔安没说话，她搅拌咖啡，抬起头，看着关灯的上海，很快就是早上了，这座城市也够可怜的，每晚真正的睡眠时间，也只有那么三四个小时吧。不知道为什么，她有点想陆远扬，想到和他坐在IKEA沙发上的夜晚。

韩铭磊故意沉默着等待乔安的答案，但是她始终没有开口。

“这不公平，我觉得自己处处都比你强，为什么获益的总是你。”还是韩铭磊打破沉默。

“因为就像你说的，这个世界不公平呀。”

说实话，她压根没想过自己会走，从走进办公室的那一刻开始，她就没想过。被冯缈缈打压的时候，被韩铭磊鄙视的时候，被陆远扬出卖的时候，她都没想过会走。乔安当惯了别人的眼中钉，所以她很明白如何顽固地立足。

这种时候除了拿出刀捅她两下，他再也没什么闲聊的余地。所以，两个人没再说话，看着太阳一点点冒出头来，天笼罩着薄雾，微光透过林立的高楼，投向江面，映在他们的脸上。之后乔安眯起眼睛，拿起放在手边的咖啡，站起来拍拍屁股走开，没说再见。韩铭磊依旧坐在那里，也不知道他在看什么，在等待什么，难道还指望乔安忏悔或者抱歉吗？

他以为乔安会不知道他开着手机的录音功能，准备誓死一搏吗？他太小看乔安了。在乔安的世界里，如果做一件事，不想让别人知道，就要先欺骗自己，在夜深人静的时候重复一百遍，我没做过。这样，到了最后你自己都相信这些事从来没发生过。她从不忏悔，不道歉，不反省，所以她也从不后悔，她只想着怎样生存。

韩铭磊递过来的咖啡，乔安一口也没有喝，原封不动地扔进便利店门口的垃圾桶里，伸手拦了一辆出租车。在天即将亮起的时候，从包里拿出眼罩，在出租车里安然睡去。

6

上学的时候有两种神人，一种平时拿着弹弓满院跑和全世界玻璃都有仇，见着漂亮小姑娘就蹲地上狠劲儿吹气，但是最后考试还能考到全班前三的变态天才型选手。还有一种，平时兢兢业业，笔记都能拿到拍卖行当绣花作品卖向海外市场的认真娃子，最后徒有一本破笔记考试永远不及格。很遗憾，我就是后面一种。我为这件事困扰良久，直到乔安帮我找到了方向，她让我把笔记复印几份，高价卖给学弟学妹。果然供不应求。

而我长大之后就是这个怪圈的无限重复版本。无论什么事，我越是重视，准备得越充分，就越觉得临门一脚时会被UFO吸走。特别是我拥有了这件高档礼服后，不祥的预感逐秒递增，在我心里它太贵重了，贵重到我觉得只可能出现在乔安身上，不属于我，这种情况的学名好像是叫“墨菲定律”吧。

晚上十点才开始的Party，我早上七点就开始准备，陈乔治帮我订好了美容SPA护发造型一条龙。他说只要在指定的时间去到指定的地点，绝对不会出差错，他千叮咛万嘱咐，哪怕只有五十米的距离，也要打车，千万别为了图便宜走路或者挤地铁，天有不测风云，说不定地铁出轨或者一个花盆从楼顶掉下来了呢。说着他还紧张地双手握在一起，“被花盆砸死最可怜了，都找不到人赔钱！”我像小丸子班那个家里着火的洋葱头同学，身后出现了浓浓的阴影。

陈乔治对这件事也相当重视，送了我一罐他平时吃的养生蜂蜜，让我早中晚吃三次，皮肤保证能两天上一个档次。皮肤的改善我倒真没感觉出来，排毒功能的确十分强烈，我去洗手间的频率上了好几个档次。

做好脸，接好头发，连化妆都让造型搞定了，一切就绪后也只有下午三点，离着我要去会场还有几个小时。为了确保没有不好的事情发生，我决定回家静坐。我像一尊雕像，开着恒温二十六度的空调，搬了把椅子静坐在客厅正中间，尽量减少喝水和尿尿次数，本着减少移动次数，提高安全系数的原则。其间齐飞敲了几次门，他晚上受邀参加乔安的大秀，问我要不要一起出发。我懒得解释，每次都气运丹田，为了保证口红不沾到嘴巴，轻轻张开嘴，动用最少的脸部肌肉，心平气和地说一个字“滚”。

前几天我也邀请了齐飞，希望让他和我共襄我平凡人生的少有盛事。齐飞指了指桌子上乔安的请柬，也是说了一个“滚”字。虽然我找不到缘由，但我还是为此闷闷不乐。

就这么坐了两个多小时，我觉得这事儿弥漫出一股坐以待毙的味道，这样静坐示威下去估计支撑不到晚上我就饿死了，还是要找点食物支撑到晚上十点的。可是吃什么好呢，快餐容易吃得油光满面，泡面的动作幅度过大流程过多，到底吃什么呢。我越想越饿，眼神四处张望，桌上那罐养颜蜂蜜散发出耀眼的光芒。

虽然排毒功显著，但我也只能选择它，至少这种食物积极向上简洁安全。我小心翼翼地踱步到厨房，打开那罐蜂蜜，拿起调羹，优雅俯身，一切顺利完美地进行着，我接好的头发也有条不紊地戳进了蜂蜜里。

这就是我说的，每当临门一脚时被UFO吸走的感觉。

平时我的头发没有今天像海飞丝广告似的飘逸灵动能勾引罗志祥，压根没有注意到这种惨剧发生的可能性。我拎起黏了一坨蜂蜜的发梢，简直瞬间要爆发出绝望的哭嚎，我尚存的一丝理智让我保持紧张团结严肃活泼。

于是我压抑着焦躁和悲痛坐回到椅子上开动小脑筋，开始了新一轮真正意义上的坐以待毙。

7

等到我即将要出发的六点钟，乔安推门进来，已经穿了件红色玫瑰花似的平口礼服，白肌配着红唇，浓眉，黑色的长发倾泻而下。我呢，举着因为蜂蜜纠葛在一起的头发诚惶诚恐地看着突然被打开的大门。

她一扬眉毛，有点惊讶，“今天状态不错啊。”

她打开鞋柜，手指划过一排按照颜色排列整齐的高跟鞋，拎出一双细高跟，瞥了一眼我举着的头发，漫不经心地调侃，“抹了这么多发胶，你们在风口办秀么？”

“是蜂蜜。”我绝望地说。

“还知道用蜂蜜护发了，进步真快。”乔安穿上高跟鞋，走进房间拿出手包，把口红、手机等一堆零碎装进去，对着镜子转了一圈，走到我身边。

“怎么办？”我无助地看着万能的乔安。

乔安没搭腔，看了看我的头发，之后走进厨房，拿出一把剪刀。接过我举着的头发，咔嚓一声，把蜂蜜部分剪掉了。

“我靠！”看着落地的头发，不禁风中凌乱，“你要死啊乔安！接这个头发要一千多呢好吗！”

我看着镜子里自己凌乱的造型，即将无语泪流。

“那你想顶着蜂蜜去？”

“不想。”

“那就闭嘴。别啰嗦了，快点起来，我跟你一块去你们会场。”乔安不耐烦地站在门口催我，“齐飞送我们过去，在楼下等着呢。”

我愤愤回头，“你不是今天有秀吗，去我们那干吗！剪了我头发不够，还要拆我台啊！”

“你当我想去，还要多亏你老板。”乔安终于绷不住，露出怒色，狠狠用手包砸了一下门。就像高中时候老师把考卷狠狠摔在桌子上，全班瞬间安静，她看阶级敌人似的看着我，“我们班数学这次又是全年级垫底，倪好，都是你拖的后腿！”

8

在齐飞车上我才知道事情的来龙去脉。

不知道陆远扬怎么知道的，乔安品牌的设计师得了支气管炎，戴着口罩，在大街上咳嗽了两声，品牌设计师得禽流感的消息火速散布在各个网络平台，设计师还真被相关部门拉去测体温。当然，也就一个下午，设计师就被放了出来。但是谣言却持续蔓延，导致人心惶惶，好几个明星一下飞机看到这个消息，以此拒绝出席大秀。冯缈缈气得肝儿都快炸了，赔着笑脸拿着设计师三十六度七的温度计照片，拍着胸脯到处解释，所有明星连同经纪人全升一个等级的套房。即便如此，陆远扬还是趁乱凭着私交，撬了一对明星夫妻去他的秀场。

冯缈缈的性格必然不能就这么算了。乔安主动站出来，说去现场看看，尽量把人请回来。于是把整个流程单交到韩铭磊手里，在他没反应过来之前，离开了现场。

乔安说这些的时候，齐飞义愤填膺地应和着。我其实没多认真听，我坐在后排，盯着后视镜里的齐飞，直到他发现回头疑惑地看了我一眼，我赶紧收回目光，装作看路边的花花草草。心里想着，不应该是这个情节啊，我今天这身人模狗样的造型，就算没惊艳了时光好歹也温柔了岁月吧，连乔安都勉为其难地夸了一句，他哪怕像坏男生那样带着窃喜，说句“还是那么挫”也好。

可是他都没有，他的目光自始至终没有在我身上停留片刻。他使劲踩油门，暴躁地按喇叭，把车开得快要飞起来。他想让乔安早点到现场把事情解决，之后两个人再风风光光现身大秀，欣赏她的作品，江风扑面而来么，让站在他们身后的所有人忍不住小声议论着这对金童玉女。

他没有说，但是我还是知道他这么想的。

我也没有说，但是他压根不知道我怎么想的。我用橡皮筋草草把头发松散地盘在脑袋后面，不知道怎么的，陡然觉得自己身上的礼服在一点点消退着光芒。

变得黯淡，渺小，一文不值。

9

在停车场乔安就看到尚未入场在不远处打电话的陆远扬，黑色的西服套装，渐变银灰色领带，一丝不苟的袖扣，精致的别针，胸口的手帕。所有的一切，像是打怪通关的装备，齐全严谨无趣，和陆先生一样。

乔安让齐飞停车，迫不及待推开门，踩着高跟鞋气势汹汹地跑过去。这时齐飞才回头跟我说话，露出他平时使唤我如使唤小兵的德行，“这是你老板。”

“……算是吧。”我支支吾吾。

乔安站在他身后，怒不可遏的样子，他挂断电话回头看着乔安，不意外，不说话，倒是笑起来。

“你今天真漂亮。”

“你干什么抢我们的人？”乔安开门见山。

“为什么算你的人？”

“你为什么散布谣言说我们的设计师禽流感，趁机抢我们的人？”

我第一次看到乔安眼里喷射出这么强劲的气焰，“陆远扬你为什么处处针对我！怎么接走的给我怎么送回去！”

“乔安。”陆远扬步步逼近，俯身看着她的眼睛，乔安也丝毫不畏惧，一股宁死不屈劲儿看着他，“这些本来都是我的人，不是我针对你，是你先偷了我的宾客名单，在床上。”

这段话我是听得清清楚楚，第一反应是看向齐飞，他正看着后视镜倒车，皱着眉头，埋怨车位太狭小。我怔怔地看了齐飞半天，特别想说点什么，可是说点什么都不对劲。

齐飞停好车，抬头看向乔安和陆远扬，两个人竟然都不见了。天啊，不会是UFO吸错人了吧。齐飞下车，一头雾水地看着停车场，喊乔安的名字。

我一直坐在后座，不想下去。如果真有UFO，并且吸错人，这个人还是乔安，对此时此刻的我来说，简直是一惊天喜讯。刚才一直停在角落里的集装箱车开过，铁皮箱里传来乔安叫齐飞的声音。车子呼啸而过，我们两个愣了十秒，齐飞坐回车里踩着油门追出去。

这个时候，我才真真切切地明白，真公主和后天装的区别。我是个冒牌货，还自以为是地生吞了毒苹果，和真公主不同的是，她们无论落入多么万劫不复的境地，都会有王子骑着白马翩翩而来，出手相救。而我呢，注定被后院藏尸长睡不醒。

路上我们是怎么堵车，齐飞多着急，再跟错车开到这个荒郊野外之后没油的，都没必要多赘述。不过改革开放的春风还是很令人欣喜，这样的荒郊野外还有一家粉色洗头房，并且提供了免费WIFI，让我们和世界手拉手。

10

好吧，还是先讲讲乔安在集装箱里的故事吧。

乔安在停车场时着急了，跟陆远扬说要是不把客人给他们送回去，一不做二不休，接着把陆远扬刚才承认自己散布假消息的录音发网上。陆远扬云淡风轻点点头，说你发啊，顺手把乔安晃着的手机给扔集装箱里去了。之后两人就跟饿狼扑食似的去抢手机，还是陆先生比较绝，干脆把集装箱门一关，压低嗓音跟乔安说，和我争，你根本玩不起。可是他也没想到，把门刚关好，在驾驶座睡觉的司机竟然醒来把车给开走了。

车一开动，乔安就各种崩溃，毕竟那些在车里圈圈叉叉之类被憋死的新闻都不是假的。开始乔安还使劲呼喊，喊了十分钟发现没人理她，手机也没有信号。集装箱里漆黑一片，他们都看不见对方，乔安一直忙着砸门什么的，都没发现陆远扬沉默好久了，只能听到他急促的呼吸声。

乔安狠狠对陆远扬说："除非咱俩憋死在里面，只要我能出去，这事绝对不可能这么算了。"

陆远扬的语气一反常态，用乔安复述给我的话说，基本上就是气若游丝，"我保你肯定死不了，先帮我找找药。"

"行了吧，别给我装幽闭恐惧症了，治神经病的药吗？"

"哮喘。"

乔安愣了一下。脑子里闪画片似的过滤关于陆远扬的信息，的确，上次在陆远扬的床头柜上看到过哮喘喷雾。陆远扬的呼吸声越来越急促，乔安什么都顾不上，即便车子在颠簸，她还是毫不犹豫趴在地上摸索，紧张得不行。

"放松点，别着急。"乔安一边找，一边和陆远扬说话，生怕他没有回应。

终于，车子好像正在上坡，哮喘喷雾滚到门边，发出了撞击的声音。乔安连滚带爬，拿着喷雾递给坐在角落的陆远扬。

她蹲在他身边，在这个伸手不见五指的空间里，只能感知到彼此的大致轮廓，感受到他手心的冷汗。乔安小心翼翼地，坐在陆远扬的身边，感受着车的颠簸，可能已经远离了市中心。但是这些，都不再重要了。她像是一个小孩看着他，惊魂未定的，像是抢救了一个差点融化的雪人。就这样，又是五分钟的沉默，她静静听着他的呼吸声变得均匀起来，皱着的眉头才逐渐舒展开来。

“害怕了？”虽然在黑暗中，还是感觉到他在笑。

“嗯。不想和尸体一起被困在集装箱里。”乔安这次回答得倒是坦诚直接。

“放心吧，这个集装箱是给我们拉灯光器材的，今天肯定会再次开箱的。”

“我不害怕出不去，我担心你……”

乔安说着，陆远扬伸开胳膊，揽住乔安。她猝不及防地已经吻到他的衣领，透着爱马仕大地香水的味道，整张脸贴着衬衫那种高档挺拔的棉质。乔安喜欢那种草本的味道、雨后泥土的味道、夏天热气里树木蒸腾出的味道。非常复杂，又与最单纯的记忆相关，当用心记忆这种味道的时候，还是全是泥的小孩，在外面疯到天黑，汗流浃背地往家跑，意犹未尽，心里却担心着没做完的作业。

这是人生中最早出现的焦灼、无奈，和模糊的怅然若失。

陆远扬亲吻着乔安的头发，语速变得温和缓慢，“小时候分苹果的时候，每次都是弟弟妹妹把又红又大又光洁的挑走，我拿剩下来带虫子洞的。”

“从小就这么假。”

“不是假，是他们不明白，现在挑苹果我也挑有虫洞的，坏的才甜，谁吃谁知道。坏女孩也是，像是你。”陆远扬开口说话，她能感觉到每一个字节，如何从他的胸膛爬到喉咙，之后钻出嘴巴，“我说乔安，辞职来我这里吧，没有人能比我更明白你的野心和欲望了。我明白你想要什么，我能给你。”

乔安犹豫着，不知道过了多久，她才开口，“你不安全，我不知道你想要什么。”

“我想要你。”陆先生脱口而出。

乔安没有回答，只是用白皙手臂环绕他的脖子，红色嘴唇贴近他的嘴巴，在这个看不清细节的箱子里，用轮廓和他紧紧拥抱。

无论能给予否，先短暂地忘记吧。

11

我和齐飞，跟站街似的站在门口。我使劲定位叫出租车来接我，齐飞一遍、一遍、不厌其烦地拨打乔安无法接通的电话。直到手机没电。

离着我和陈乔治在媒体前亮相不到半个小时了，我必然是赶不回去了。陈乔治最后给我通报的消息是，可能会让Fiona顶替我应付媒体。

也不知道哪个王八蛋想的馊主意。不过Fiona是大老板的女儿，于情于理，这个安排也没什么不妥当。对于除了我之外的人来说，这并不是一件大事，随便糊弄一下，也就过去了。我又不是什么会成为日后获得诺贝尔文学奖或者其他途径扬名立万的人。让谁顶替我一下，就像舞蹈队的一个女孩换下另一个女孩，除了被换下的女孩以外，对谁都是无关痛痒的。

我听到这个消息时，身边还有两个洗头房的小姐正闲得无聊在压腿。我转了个身，小声说出，好，我知道了。其他的解释，我一概听不到耳朵里，机械式地“嗯”过之后赶快挂了电话。跟着小妹的压腿伴奏音乐，“最后知道真相的我眼泪流下来了”，我的眼泪也流了下来。

原来被UFO吸走的还是我啊。

我这样小心翼翼、战战兢兢地保存关乎完美的一切，可是结果又怎样呢？江齐飞一回头，就看到我神情恍惚，无语泪双流。

他不明就里地晃晃我胳膊，“借我电话用用。”

“不借。”

“别闹了，人命关天的事，我们得报警。”

我死死握着电话，终于忍不住跟齐飞爆发，“为什么乔安屁大点儿事都是人命关天的事，我人命关天的事连个屁都不算！”

“你吃错药了吧。”齐飞不知道我为什么生气。

“我倒宁愿自己吃错药！今晚是我专栏的媒体见面，现在我本应该站在高档酒店的宴会厅里，特别虚情假意地晃着杯子和一群很装的人扯谎聊天像乔安那样的，现在被你拉到这个荒郊野外！香槟没了！闪光灯没了！巧克力没了！没了没了，什么都没了！”

“你怎么不早说。”齐飞拉着我往公路上走，“咱们现在拦车回去。”

我甩开他的手，他不松开，我就拿牙咬，他放开手，也忍不住脾气了，回头对我吼，“喂！你疯了吧！”

“江齐飞！”我的眼泪鼻涕一起喷出来，“你就是仗着我喜欢你，乔安也就是仗着你喜欢她，你没看见她看到陆远扬那样吗？跟你看见她似的，咱们半斤八两差不多惨，你凭什么一直欺负我！”

我小宇宙燃烧完，齐飞站在原地，睁大眼睛，没接话。说完我就后悔了，特别后悔，因为我看到了我最不想看到的，齐飞难过着，还在掩饰难过的样子。

我们之间的喧嚣过后，沉默显得尤为可怕，身边尘埃牵引起的空气，颤抖得快要出现裂缝。“哎呀，其实我，就是，觉得，我没，什么……”我开始语无伦次地试图解释刚才的话。在乡野间的洗头房门口，纵然大条如齐飞和我，也经受不起这样的尴尬。没等我把语言组织囫囵，他上前一步，突然扛起我，像拎一袋大米，把我甩到身后，他就这样扛着我走向公路边，站在没油的小跑前拦车。

“喂，喂，放我下来，脑充血了！”我张牙舞爪挣扎着。

“充点血比空壳好。”车头灯一次次晃过我的眼睛，车屁股灯又一次次映照我的后脑勺，齐飞不满地嘀咕，“还巧克力没了呢，明明是在心疼名与利吧。”

“活动还有五分钟就开始了，已经来不及了。”我依旧无力挣扎着。这时候手里的手机响了，是陈乔治请求的Facetime。我心想这家伙也太残忍了吧。我都已经参加不了活动了，还非要给我直播一下活动现场吗？

我犹豫了几秒，还是接起电话。脑袋倒着，妆全花了，头发飞起来，特别像爱因斯坦，面对满屏摄像机镜头，完全不知道发生了什么。

“快给大家问个好呀。”我听到陈乔治妖媚的娘娘腔，之后屏幕上出现他的大脸，他看到我立马露出惊慌的表情，恨不得焦虑得瞬间额头冒汗，“要死啊倪好，怎么搞成这个样子。”

我悬在半空中，傻乎乎地对着摄像头傻笑，呵呵。呵呵。

我想起几天前买完衣服回办公室，陈乔治对我说他们同志圈有两个特点，一是要一眼能看出对方是不是Gay。几次和公司以外的人开会他坐我旁边，用笔戳戳我胳膊，眼神特别暧昧地告诉我，“三点钟方向的那个男的是个Gay，”我反驳他，“你怎么知道，万一人家只是个单纯的娘娘腔直男呢？”他特不屑地哼一声，“我们同类就那么几个，再认不出对方，这个圈子怎么繁衍后代，早灭绝了。”三点钟方向那男的突然抬头对陈乔治说，“是啊，我是Gay，怎么，你想泡我？”

气氛僵住，我惊讶地看看三点男Gay，他再看看我，我再看看陈乔治，他也看看我，这段无厘头的对话终于结束了。后来这三点男Gay和陈乔治还真成了一对，不过这个有机会再说。

陈乔治说他们Gay圈另外一个特点是讲究仗义，虽然可能常常不仗义，但是每个人都标榜着自己会仗义。因为圈子小，人少，爱八卦，稍微哪点做得不周到一定臭名传千里，“所以你放心吧倪好，我一定和你共进退。”

如果他不这么做，我真的会忘记这句话，因为这个职场上放这种屁的人实在太多了。我从不对某个同事会产生这种期待。但是后来别人和我说起当天的情况是，陈乔治从一开始就在会场四处找我，后来知道我身在荒野，便跑出去到处找车接我。直到临上场前还在外面联系车，后来是从会场外冲上台的。他知道大家想让Fiona顶替我，一上台就抓着话筒说，我们作者出去采访还没回来呢，我这就给大家电话连线。其他人看着他都特别尴尬，好歹Fiona算是个大方的人，在后台点点头说，就应该这样啊。

于是接着Facetime了我。大家都挺震惊的，虽然我的形象特别惨，但是戏剧效果还是挺好的。

平心而论，如果是我，一定不会有他当时的勇气，毕竟Fiona是大老板的女儿，如果她计较起来，肯定逃不了被炒鱿鱼。但是陈乔治这么做了。等我再次回到公司，见到他，他还是那个拿着吸油面纸想从脸上吸出一瓶花生油的男生。说起那天的事，嘲笑我土鳖，好不容易买了件好看衣服，最后还是搞成那样。

当我不好意思地向他言谢时，他爆发出小贱人似的浪笑，“我可说过，咱们是共进退的好姐妹哦！”

我们总是轻信一些喜欢欺骗我们的人，又容易去怀疑一些默默善待我们的人。A欠你的，你蛮横地向B要。而受伤害的B，又去让C来弥补。像是一个怪圈，所有挥旗的胜利者，身后总有一个心碎的半圆。

后来我和齐飞好不容易搭一辆小巴回市区，我坐在窗边，车一路颠簸，挤满了散发汗臭的中年男子和蛇皮袋。司机放着邓丽君的歌一首接一首。没十分钟，齐飞就睡着了，脑袋靠在我的肩膀上，睫毛长长的。

“你今天还是挺好看的。”齐飞闭着眼睛，继续佯装着熟睡，在我耳边说了句假梦话。

我看着他，心情特别复杂，有了希望这辆车刹车失灵的奢望。沿着这条一点也不美丽的小路一直开下去吧，这样我们就不用靠站下车，面对琐碎繁复的生活，不用考虑纠葛难辨的感情。也不去计较，我们付出的每颗糖，是不是去了该去的地方。

12

乔安，我，陆先生，江齐飞，作为故事的四个主要人物，都错过了精彩的都会之夜。两个大秀我们都错过了。

但是，这个缺失我们的夜晚照样精彩至极。等到乔安和陆远扬从集装箱里走出来，我和齐飞历尽颠簸回到市中心，打开手机时，映入眼帘的是今晚的最新新闻。

韩铭磊在秀场后台割腕自杀。用剪刀。用来参加活动的总设计师随身带的Lucky剪刀。

还好被及时发现送去医院，已无大碍。他以死相拼，最终成为了这场秀的最大亮点。新闻上大多说是因为个人的情感问题。只有乔安看着这个标题，不寒而栗。

我说过，这座城市不会因为缺少任何一个零件，停止运动。它的心脏藏在钢筋水泥里，藏在奢侈品皮包的标签里，藏在豪华跑车的发动机里。它并不需要我们，也能活得生龙活虎。

但是我们需要它，我们是彻头彻尾的都会动物，我们的骨骼血液，肌肉皮肤，都弥漫着都会的味道，钱的臭味，欲望的温度。

我们不断刷新微博和它保持联系，聚会消费，虚情假意。我们废寝忘食，甚至出卖灵魂地吸金赚钱，就是害怕错过一班车，下错一个站，成为一个被淘汰碾碎的人。

chapter 9
天堂向上
生活向下

乔安，好好活着，你只有活得好，他们才能看到你，看到你离开任何人都能活得好，如果你死了，死给谁看。

我们曾经都以为乔安和陈公子百年苟合，互相恨着，捅着对方刀子，永远不会有一天缴械投降，说我们差不多得了，直到他们死，直到他们不知不觉白头偕老，死在对方的血泊中。

相爱的人不害怕憎恨，害怕的是突然某一天释然了，一笑泯恩仇了，扔下刀子说我输了不想和你玩了。

乔安和陈公子经历了很多大事，坏的多好的少，但是坏的容易忘，好的记忆深刻。在他们爱情的贞观之治时，他捧着她的脸，说乔安你是坏女孩，你不会上天堂的。乔安说，我不去天堂，天堂里没有你。

后来我也和乔安说过一样的话，她的脸在阴暗处，我看不到她的表情，但是听得出声音中的无奈。

她说，在这个纷繁乱世走一遭的人，我们根本没有信仰，你以为谁能上得了天堂吗?

1

乔安知道韩铭磊割腕的消息，立马去了医院，还穿着那条为大秀准备的裙子，从集装箱出来，拦了辆车就奔医院去了。

乔安到的时候，韩铭磊已经脱离了危险期，同事们已经走了，她在门口看到两个记者，向值班的护士打听刚才自杀的那个人住在哪个病房，护士和他们打着太极。

办公室的Rubby跟乔安通的气，说韩铭磊差点死了，电话里Rubby还讽刺地说，一小时前还想自杀呢，救过来就变那么惜命了。

但是乔安明白，他是碍于面子。这样回家怎么跟父母交代，又怎么面对同事，韩铭磊把自杀这件事看得太重了，也把自己看得太重了，以为能达到万人惊愕的效果。其实，冯缈缈怕麻烦来都没来，交代

Rubby，如果记者问，就说他不是正式员工，给点慰问金，但是千万别让他跟记者瞎说些什么，如果他说了什么，也一定要想办法和公司撇开关系。

冯缈缈一定是预期到了各种新闻标题，像什么“外企公关部逼死员工”之类的。

乔安到医院已经是后半夜了，医院没安排出病房给韩铭磊，他坐在急诊大厅里。

后半夜的急诊大厅特别像香港的黑帮片现场。急诊台边上坐着两个打完群架的混混，医生正在为其中的一个混混消毒，那混混呲牙咧嘴地喊疼，医生讽刺说，打人的时候那么勇猛，现在倒知道疼了。混混大概是为了不丢帮派的脸吧，都憋着一口气说自己摔的，医生笑着，说没见过能摔出刀印的。还有一个酒精中毒的，吊着水，刚清醒过来，看到两个血肉模糊的混混，吓得全身哆嗦，满脸愁苦地对着医生说，“真不是我干的。”

韩铭磊那点伤和全是血的混混比起来实在算不了什么。他手腕上包着绷带，低头坐着，脑袋靠在墙上，身上还搭着那件在会场时穿的银色西装外套。乔安走过去，混混和酒鬼都不吭声了，眼神一路追踪，直到她停在韩铭磊面前，他抬头，脸色惨白，看到乔安时不知道是恐惧还是尴尬，最后挤出一个扭曲的微笑，像是对自己的笑，嘲弄的笑。旁边正给混混消毒的医生看两个人不叫了，跟着回头看，看到乔安。

乔安站在韩铭磊跟前，还没开口，听到门口护士喊着，这不能进的，一道闪光灯就射了进来。门口那两个记者争先恐后往里钻，挥舞着记者证给护士，说我们是合法的采访，你为什么不让我们进。

乔安二话没说，侧脸对着他们，啪嗒两滴硕大的泪珠掉在韩铭磊大腿上，混混们倒抽一口冷气，全都忘了疼准备看好戏。

乔安深情地伸出颤抖的手，抚摸他的脸，酒精中毒的也不哆嗦了，看得目瞪口呆，当然最惊恐的还是韩铭磊，他下意识地躲，乔安索性另外一只手伸出来，捧住他的脸，忧郁地看着他，一眨眼，又一滴眼泪滑下来，“以后别再做傻事了。”

闪光灯的闪也停了，她用哀怨的神色看两个记者，其实是想确认他们失望的表情。

韩铭磊惊得身体僵直，比那个酒精中毒的哆嗦得还厉害。

韩铭磊看着记者，想开口，乔安皱着眉，小幅度摇头，手指捏着他的肩膀，力气大得甚至在他的衬衫上留下深深的褶皱，帮他把滑落的西装搭回他身上，像熟悉到一定程度的夫妻，自然地扶他起来。韩铭磊坐着不动，但也没什么力气挣扎。

乔安俯身在他耳边小声说：“你如果现在对着镜头说话，肯定还得再死几次。”她再一次伸手扶他的胳膊，“都是我不好，原谅我吧。”

护士这时候把两个记者拉出去了，她不用拉两个人也会走，这里并没有他们想要的新闻，不是生活逼死人的故事，不是因为压力大而绝望的情节，只有无聊的夫妻不和。他们怏怏离去。

医生瞥了他一眼：“你也不用住院了，输完液可以回去了，夫妻吵架难免的，如果你们需要心理咨询可以明天来我们这的精神科。”

韩铭磊咬着牙对医生说，“让护士把针拔了，我要去见记者。”

医生哼了一声，“夫妻吵架要死要活的多了去了，你也冷静一点，对你身体好，你们好好聊聊吧。”说完把蓝色的围帘拉上，把他们和黑帮世界隔开。乔安还不忘一脸愧疚，点头感谢医生。

“低头快走，这两个是记者。”乔安这样拖着韩铭磊，快步走出医院。

乔安站在韩铭磊面前，没说话。韩铭磊两只眼睛布满血丝，脸色却是惨白，他有气无力地对乔安说，“你够了吗？现在还要来奚落我？我一定会让大家知道真相的！”

乔安瞬间丧失刚才亲密的样子，双手抱在胸前，冷眼看他，“你这是不是血放得还不够多，你怎么那么没种，都下手了还不来点狠的，现在演砸了吧。”

韩铭磊把肩上的西装摔在乔安身上，丧心病狂地大喊：“滚，我再也不想看到你，别他妈来这装圣母玛利亚行吗？！我他妈就不信了，只要我去找，要是老天有眼一定有人会检举揭发，是你泄密的！”

乔安笑起来，带着嘲讽，“我还真告诉你，别再威胁老天了，刚才人家已经放你一马了，世界这么乱，你自杀给谁看啊。”乔安捡起地上的西装，重新搭在他的肩膀上，“我不会留下的，你安心养病，不用麻烦去找什么检举我的人证物证了，找不到你又要寻死了不是。”

乔安这句话像是一盆冷水浇在他身上，让他瞬间冰火两重天，脸色还是狰狞的，嘴里却再也蹦不出一个狠字儿，变成一根冒着黑烟的大头火柴，手足无措地坐在那里。瞬间安静，仿佛都能听到点滴顺着塑料滴下的声音。

“韩铭磊，如果我是你，第二天会大大方方地出现在办公室，说今天的事是因为女朋友闹分手，感情受挫，好好跟冯缈缈赔礼道歉，让她留下你。”乔安冷静地讲着，“这个世界上，除了你爸妈，没人在乎你的死活，谁生活压力不大啊，就咱们两个从这说话的时间，都不知道有多少人在为生计着急难过绝望想死，可是你见过哪个企业因为员工自杀倒闭了？你当你是谁啊？你今天死了，顶多明天冯缈缈再招个人，也可能连人也不招，只是把放在你桌上的文件夹堆到Rubby面前。你最好现在想想怎么才能把这件事的影响变小，明天乖乖认错，努力留下来，在能保证自己生存之前，先熟悉游戏规则，别光想着改变世界，你不是阿基米德说的那根杠杆，你就是根一次性的筷子，轻轻一折，‘啪’就断了。”

“你安的什么心，为什么告诉我这些？”

乔安呆在原地，窗外月亮照着她的黑色头发，月光是没有温度的，为什么还是会让人感觉冷呢？

“因为你运气好吧，现在还能站在这。”乔安扔下这句话，立马转身走了。

她低着头，不停摩擦着自己的肩膀，白色的路灯一盏盏晃在她脸上，她盯着自己的脚背快步走，这次她是真的想哭，想用快速走路的方法让自己麻木，变得不会感受和回忆。

乔安也说不清楚，为什么要和韩铭磊说这些。也许生猛如她，也惧怕死亡。

她想过，如果哪天她死了，千万别给她举行葬礼，她不想一群平时巴不得她死的人，最后来虚情假意掉眼泪，委屈了别人也委屈了她自己，只要记得，每年清明节，给她烧上十亿冥币。

2

在乔安的十六岁，那天也没有什么特别的，乔安回家，妈妈在饭桌上，破天荒地帮她把牛排切好，分成大小适中的小块，刚好放进嘴里，推到她面前。好像电视上在放女高中生因为压力过大跳楼身亡之类的新闻，坐了一圈专家，义愤填膺地分析，现在教育多么害人，对面还有老师和他们辩论。乔安没在意，低头想着自己的事，妈妈盯着电视，突然跟她说："不管什么情况，你千万要活着，想想看，连你爸都跑了，死给谁看。"

乔安点头，哦了一声，这个话题就结束了，看上去是再平常不过的晚饭话题。第二天乔安的妈妈就远嫁国外了。前面乔安也知道，妈妈在和一个褐色头发、绿色眼睛的叔叔交往，可是她没想过会这么快，也没想过会扔下她。

其实无论当时还是现在，乔安都挺理解妈妈的，毕竟在考虑是不是能一家三口其乐融融逛公园之前，先要考虑生存问题。如果三个人在不同的地方，都能买得起公园门票、爆米花和氢气球，那样也不错，乔安常常这样想。

因为妈妈的远嫁，她能保证每月丰厚的零花钱，虽然她离开后，只见过自己两面，一次是回来办理相关的手续、护照、身份证什么的。还有一次，纯属巧合。乔安和陈公子去马尔代夫玩，在马累机场见到妈妈，已经整整两年没见过了。免税店里，隔着几排香水，乔安开始不敢确认，只是看到一个非常熟悉的女人背影。后来女人回头，的确是妈妈，一秒钟之内就能辨认，因她还是那么年轻，漂亮，连发梢的活力都不曾丧失。乔安小心地跟在她身后，她希望她不经意地回头，哪怕看到她像看到老同学那样，假笑寒暄，说些无关痛痒的近况，之后各走各路，都无所谓的。她应该了解自己，不是难缠无理取闹的人，为什么就不能回头看她一眼呢？

她始终没回头，静静地听导购小姐推荐两款香水，用蹩脚的英文说它们的区别，但是她还是耐心听着，温婉地点头，不知道的人一定会觉得她是个好妈妈。小姐说了半天，她还是为到底挑选哪款香水的味道为难。乔安了解她，她就是喜欢选择时挣扎的快感，自己果断的行事风格完全遗传了爸爸。后来陈公子叫她走，乔安索性从她们面前走过，路过两人时，导购小姐刚好按下香水的喷雾，香水在乔安面前散开，时间仿佛定格了，这个味道在她的鼻子里变得具象，像是梯田，用肉眼就能看出深浅有致的层次。前调是风信子和白麝香，中调带香根草和红胡椒，柑橘味道过度，后调有琥珀和广藿香。

原来这就是久别重逢的味道。

可是，她依旧没看到她。也可能看到了，没认出来，乔安不愿意承认第三种情况：看到了，也认出来了，但是没上前打招呼。当然，这也不意外，乔安不也是这样的吗？

她临走时把两款香水都买了，留在柜台，给妈妈写了一张条子：

我是乔安，我很好，以后不用再打钱给我了，也祝你好。

她也嫉妒韩铭磊，嫉妒他能像个任性的小孩甩着胳膊对天大喊不公平，她多想揪着他的衣领质问，凭什么你有资格把自己看得那么重，而我却要一直提醒自己：乔安，好好活着，你只有活得好，他们才能看到你，看到你离开任何人都能活得好，如果你死了，死给谁看。

3

你说，这样长大的女孩，怎么可能懂得相依为命，她只知道唯利是图。

她看到在门口亮着灯的出租车，乔安赶快仰起脑袋，捏住鼻子，让还没流过眼眶的眼泪跑回去。陆远扬还在车上等着，她必须振作起来，在新的公司，把自己卖个好价钱。

她坐进车里，陆先生撑着脑袋看着乔安，眼里还带着刚才的温情。她甩上门，深吸一口气，陆先生刚开口问她同事的情况，乔安简洁地回答，“人没事。”

陆先生点点头，乔安还是盯着他，也不说话。他以为她要一个吻，又或者要点别的什么，陆先生给出疑惑的眼神，试图靠近她，直到快要贴到她的脸颊，乔安终于开口，直切正题，“我决定去你那里，但是条件必须事先谈清楚，一条一条谈清楚。”

陆先生拉回身子，露出喜悦的表情，“好呀，你想什么时候谈来我办公室。”

“现在就谈，去你家。”乔安说。

出租车在这一刻跳表，司机听到他们对话忍不住笑了一声，是那种确认下来“果然是一对狗男女”的得意微笑。鸟开始叫了，路灯在一瞬间熄灭，天也亮起来，万物生灵的千呼万唤中，夏天来了。

4

也是那一天，从郊区回来，我和齐飞饿得要死，去火锅店胡乱吃了一堆，吃的时候谁也没说话，不停把牛羊肉往嘴里塞，那架势像是我们开了一个吃肉PK，我们不让自己的嘴停下，一停下沉默就显得诡异，可是谁都不知道应该说点什么。

吃完之后我们又到了另一个极端，撑得要死。反正车还扔在郊区离家也不算很远，齐飞说走路回去吧，消化一下。开始我还是挺开心的，因为两个人要掏心掏肺聊一聊的开端就是一起走走，我搓手撅嘴皱眉头，说好冷，他英姿飒爽地脱外套，说穿上，然后我们俩就莫名其妙地好了。

电视剧里都是这么演的。

可是齐飞好像没这个意思，我搓手搓得都快手心着火变八神了，他还是没回头。齐飞像一架没有方向盘的喷气机，笔直向前开，把我扔在身后，我小跑地跟着他，深夜遛狗的老奶奶无不揪住身边老爷爷的衣服，对着撇撇头，潜台词是：老头快看，有两个在黑夜中盛装竞走的疯子。

走到后来我脚都磨出泡了，还是没和他说上一句话。我偃旗息鼓，小心提出一个极具建设性的建议：咱们打车吧。提了好几次，飞机驾驶员齐飞也不回头，呼呼向前。后来我蹲在地上对他喊，老娘不走了，要打车。

齐飞停顿了几秒，背对着我，我看着他的背影，心中一万只小鹿在翘首期待，希望他回头看我，随便说点什么，希望他像之前那样像扛麻袋似的扛起我，把我带回家。没想到他直接挥了挥手，说拜拜，自己接着呼哧呼哧向前走，不等我站起来，风一样的男子已经消失在风中了。我还蹲在那里，心里的一万只小鹿沮丧地跑开。

最可悲的是，当我想骄傲地伸出手，拦下一辆车时，发现自己身上一分钱都没有。我打电话给齐飞，已经是无法接通的状态，乔安也是。于是我只能像中弹的烈士，咬紧牙关，一瘸一拐地走回党的营地。

那天晚上，乔安没有回家，我也一夜没睡。

这个晚上实在发生了太多事情，比我愤怒吃下的所有牛羊肉生菜萝卜蘑菇虾滑还要多，不知道要消化多久才能变成一坨随着大江东去的大便。我一个人坐在电视机前，拿着游戏机使劲打和齐飞上次没打过去的那一关，麻木地操纵手柄，前进，后退，匍匐，跳跃，中弹，等待回血，从头来过。一遍又一遍，看着光慢慢从窗帘里渗进来，也不知道现在是几点了。

中间我几次想去敲齐飞的门，可是敲开门之后，又能说点什么。到底是解释昨天是我情急之中才说出那些，大家一笑泯恩仇接着丢手绢做朋友。还是说，让我们好好谈一谈吧，我是真的喜欢你，你能喜欢我一下吗？

九点多种，乔安才回来，没有倦怠，还是平时不卑不亢不喜不悲的死样子，她看我坐在地上玩游戏，问我要不要一起下楼吃早餐。

我问她不用上班吗？她说再也不用去上了，跳槽了。

我对此开始还怀着震惊的态度，但是五分钟后就豁然开朗，也没什么好问的，她是乔安嘛，女王身上发生的一切都不是意外，都是惊喜。她从冰箱里拿出矿泉水，瞥见我满脸油腻，花到像京剧脸谱的脸，“不至于化次妆兴奋成这样吧，就算十天不卸妆那条眼线也不可能长在你脸上的。”

我怏怏地从地上站起来，伸个懒腰，去洗手间卸妆，一圈圈用卸妆油涂抹脸颊。看着脸上的粉底、睫毛膏、眼线、口红，丑陋得混为一谈。

女王的水晶鞋坚不可摧，而我的水晶鞋，是糯米纸做的，大白兔奶糖外面的那层糯米纸，经不起推敲，一触碰到舌尖就融化了。

“乔安，你知道齐飞很喜欢你。”我实在忍不住心里翻江倒海的复杂情绪，从洗手间探出脑袋，对坐在沙发上用我的养生蜂蜜抹面包的乔安说出这句我都找不到逻辑的话。

“我知道啊。”她头也不抬，用餐刀把蜂蜜在吐司上涂抹均匀。

“但是你不喜欢他？”

“没说不喜欢。”

“那为什么不和他在一起？”

“这个蜂蜜味道好奇怪啊。”乔安咬下面包，皱着眉头，“不是你上次把发胶弄到里面了吧？”

“如果你喜欢他，为什么不和他在一起？”我正儿八经，一字一句重复这句话。

“倪好。”乔安把面包扔进垃圾桶里，走到我面前，伸手抽过我身后挂着的毛巾递给我，“你喜欢江齐飞的吧，那么按照你的逻辑，喜欢就对他说，说完就在一起，没必要大清早在这里质问我。”

乔安说完，伸着懒腰转身回到房间。我拿着毛巾，怔怔立在原地。

是啊，我的逻辑就是喜欢他，然后在一起。一个故事的男二号和女二号本来就应该在一起，爱着不对的人，之后幡然醒悟，像是卖不出去的牛奶和面包，被写着“打折促销”的黄色胶带绑在一起，放在货架的最前排，紧紧抱在一起，看着无数双错过我们的手指，之后静静过期。

本来就应该这样。

我扯掉毛巾，打开门往楼上跑，我根本等不得电梯。上一次这样跑还是上学的时候，害怕迟到，每一步都卡进心跳的节奏了，很可悲的是后来我变成旷课老油条，也在生活中越来越难以捕捉心跳加速的瞬间。如果电视剧里，这个画面应该是我的脑海中狂闪各种画片儿，我俩怎么遇见，他炸坏了我的羽绒服，之后乌七八糟搞在一起的，可是现在的脑子里什么都装不下，只有一颗拟人的心脏，穿着西装，扎着领带，有一搭没一搭地蹦跶着，在公交车站等待八点半的49路，拎着公文包，不断看手表，握着手绢直擦不断涌出的冷汗。

我使劲砸齐飞的家门，大声喊他的名字。像小时候喊楼上的小男生一起下楼玩，用尽全部力气喊，让他的名字在整栋楼里荡气回肠。

让江齐飞的名字在我脑袋里荡气回肠。

砸了半天，江齐飞围着浴巾悠悠然地开门，抢在我脱口而出的喜欢之前开口，“喂，倪好，昨天折腾了一晚上你不困么？！”他一脸被吵醒的焦躁。

“不困啊！”我回答他，声音特别大，像是给自己壮胆。

突然两只白皙娇嫩的胳膊绕过齐飞的腰，之后长长的黑发从齐飞肩膀上垂下来。靠，白天闹鬼吗？我揉了揉眼睛，一个尖尖下巴的女孩从他的肩膀上抬头，身上晃着齐飞的衬衫，吻着齐飞的脖子，眼睛笑笑地看着我，“你好呀。”

“嗯？”我瞪大眼睛，对这一幕猝不及防。

“Hello.”她伸出手来，微笑昭示着友好。

我心里骂了一万遍，齐飞这速度也太他妈快了吧，我们吃火锅的时候都快十二点了，短短几小时去哪找了个小妞啊！还有这妞，你丫不就一个一夜情的小妞么，有必要跟个女主人似的跟我装亲切么。可能我这番内心活动十分鲜明地表现在脸上，齐飞看我一直没动作，跟身后女生说了句，“她就叫倪好，倪萍的倪，好坏的好。”

“好好笑哦。”女生捶着齐飞肩膀，发出细碎的笑声。像是所有台湾电影里，看得电视机前女孩们想乱箭射死的假清新。

“既然都起床了就一起去吃早饭吧。”乔安的声音在我身后出现。齐飞的表情变得警觉，并凝固了这种警觉，下意识把女孩的手从身上抽开，生硬机械。之后眼神回避，和我一样，变成一尊石像。

“好耶！”女孩高兴地转身去换衣服。乔安笑着跟齐飞说这个女孩挺好看的。

谁也不知道，其实我们的石膏身体里埋了一颗会跳动的心脏。因为颤抖得太厉害了，身体都开始出现裂缝。

单恋本身就是一件足够卑微的事了吧，卑微到齐飞回到了从前的生活，失落到在迷幻的音乐和灯光中抓起一个搂住他的陌生女孩。比他更卑微的是我，我当时在想，就算是生乔安的气，他为什么不找我，我明明是一个信手拈来的利用对象，方便快捷经济实惠，就像一家汽车旅馆。

让我做一下汽车旅馆也好啊。

5

不过那一刻我突然有点明白问题的答案。

我们不被选择，是因为我和齐飞都是汽车旅馆，建在某个高速路边，不会离开。而陆先生和乔安不一样，他们是客人。他是一个开着墨绿色复古老爷车的客人，他狡猾多变带着故事，随时都会走。客人只会爱上客人和五星酒店，不会爱上一家汽车旅馆。

当他们讲起旅途中的冒险时，肯定早已把小破旅馆的名字忘得一干二净了。

真正发自内心地讨厌乔安，把她放在完全的对立面，不顾情面地用刀枪厮杀。厌恶，背叛，应该都是从这个初夏的早晨开始的吧。

6

每个夏天都过去得特别快，那段时间我们都过得不太快乐，但是时间也没能好好停下来让我们梳理情绪。

乔安很忙，忙着进入新公司的事，我和齐飞也很忙，装着很忙。各自忙各自的，谁也不去干涉对方。

我一直跟着陈乔治混，他帮我联系了一个平面模特当采访对象，我们一起去唱K，说是他朋友，反正刚失恋，就当一块玩吧，他说，别看她现在是不入流的平面模特，但是她马上要红了。

谁都不知道她为什么要红，反正她声称自己要红，但是个秘密，到时候大家就知道了。也没人当真，觉得是她失恋创伤过大，只有陈乔治特别当回事。

因为她要红了，我们暂且叫她小红，反正她真名也是挺土的什么什么红，但是她不叫真名，她有一个高端冷艳上档次的艺名。陈乔治信誓旦旦地说，这次她真的能红，那咱们不就沾大光了吗，现在的流行更迭多快，十年河西十年河东这句话已经彻彻底底过时了，现在是十秒天堂十秒地狱，没什么好奇怪的，哪怕是全人类生存的地球，也不过是悬在宇宙里的一块大石头。

好比最近国内时尚界的神话“静染”。

“静染”二字非常符合品牌形象，在边远山区静静的染布，无人问津。这是个默默无闻的国内服装品牌，卖得还不便宜，但是能消费的精英阶级一般都是对欧美大牌趋之若鹜，所以这个品牌沉寂多年，无论时尚圈刮多少阵国货风，也只能带来片刻的销售高峰，和那些奢侈品大牌比起来它的高峰也顶多算个旺仔小馒头。在商场有一些专柜，搞得跟卖古玩字画似的。我每次路过时都会感慨，得多少青春期没得到发泄、多不食人间烟火的中年妇女才能踏入这家店。我相信好多人带着和我相同的疑问，为什么这样的牌子能卖这么多年，那些店就像是商场里的冷宫，富丽堂皇，无人问津。

直到最近才真相大白。政要人物的太太穿上了这个品牌四处出访，出奇端庄大方，第一夫人范儿扑面而来，原来品牌创始人是政要夫人的好朋友，于是这个品牌一时风头无两。这件事让好多时装推手和设计师感慨自己瞎忙活了十几年。

不知道多少广告公司疯抢这次新品发布的生意。几年前，陆先生的上司，奥里斯的大老板，也就是Fiona她爹，很会用发展观看世界，接下了“静染”的单子，每年的新品发布都是奥里斯在做，虽然合约刚好会在今年到期，但是也不会有什么意外，至少陆先生和乔安都这么觉得。

不过意外还是发生了。这是后话，我们先说小红。

小红当野模当了好些年，每年攒够了钱就去托人把身份证上的出生年月向后改一改，再做点微整形什么的。她谈过无数段恋爱，做过无数次肮脏交易，但还是在第一次见面时，对着我用一脸纯洁说出，我从来没喜欢过别人，真不知道爱是什么滋味。后来也绷不住了，她还跟我不好意思地说，没对我真诚，可是她们这行没办法，大家都假，别人也知道她们假，不过没人戳破，这么年轻美丽的身体，需要一条裤衩。

她一边混世，一边等着，等待下一个机会和冤大头。签公司也就是去年的事。那天小红找了好些人一起喝酒，我因为需要收集素材，一晚上都开了录音笔。

小红特别兴奋，酒量也好，喝吐了一拨又一拨，她却屹立不倒，拿着话筒感谢她那群姐妹，说是以后红了绝对不会忘了她们。姐妹们应付着说好。野模的生活其实很艰辛，并不像大家想象的那样，凭着胸大无脑，活得轻松自如。

拿大家最好奇的傍大款这点来说吧，她们的确接触大款的机会比一般女孩多，因为有专门的介绍人，但是大款也不是傻子，也不会把她们当一般女孩。之前我说过，乔安就做过这种介绍人。定期的各种游艇或者跑车俱乐部聚会，或者销售会什么的，她们会集体被空投过去，扔在派对的各个角落，像是那些放在高档服装店门口的糖果，不过她们不是免费的。

后来小红也喝多了，只有我清醒。因为陈乔治说我们必须坚挺一个，送另一个回家，所以他喝酒我负责扛人。小红看大家要么倒在沙发上，要么就是蹲在厕所吐没回来，抱着唯一竖着的我讲起好多自己的事。她说如果不是家里特别困难的女孩，过了青春叛逆悸动期，不可能出来当野模的。以前她参加过一个局，找了好多“小红”女孩，几个老板一起玩，玩High了让会所的服务员拿出一盆活的黄鳝，说谁能玩“活进活出”谁就拿下北京内环一套房。

所有女孩都傻了，但是短暂的惊吓后，真的有女孩颤颤巍巍走过去，抽出一条黄鳝，之后第二个女孩，第三个女孩纷纷走过去从盆里拿起黄鳝，她也不是没动过心，但始终不敢迈出步子。那天小红眼睁睁看着其中一个姑娘拿下了那套房，也亲眼看着救护车怎么呼啸而来，把女孩们抬上车，然后她们哭着跟医生说，就算我死，也别联系我家人，求求你们了。

她说这辈子再也不会点黄鳝来吃，别说点，在菜单上看到都想吐。

她不顾我惊呆，自己又干了一杯轩尼诗，说可是有什么办法呢，一家六口都要我养，还好我弟考上大学了，也没白辛苦那么多年，但是之后就不一样了。说着说着她眼泪掉下来，明明脸上还在笑，“我会红的，以后就赚大钱了，说不定还能当演员，也能当歌手，那些甩掉我的男人都会后悔的，谁没点不堪的过往，你说对吗？你看电视上那些明星，哪个没经历过那些事。”

说到后来她已经语无伦次，我也不知道自己该说什么，安慰也不对，赞许也不对，对于真实世界里的食物链，我们到底该说点什么呢？

拿起了当晚的第一杯酒，真心诚意地祝贺她，祝她大红大紫，红透半边天。

这大概是我酒场上最真心诚意的祝福了。

小红拿起话筒，对我说她唱歌其实真的特别好听，要我点她唱，我说唱她最拿手的。她自己晃晃悠悠去点歌台那忙活了半天，点了首据她自己说是她最喜欢的大款最喜欢她唱的那首歌。她唱了一首王菲的粤语歌，叫《邮差》，内地版本叫《蝴蝶》。那时王菲还没有再次当妈，还是和谢霆锋在谈恋爱，还是那个装酷女青年，整首MV，吃饭走路打保龄球，都是生活的片段，墨镜没摘下来过。

你是千堆雪，我是长街。怕日出一到彼此瓦解。
你是一封信，我是邮差。最后一双脚惹尽尘埃。

这个故事里我写了太多拜金的女孩，写到我自己都有些烦了。可我们生活的城市，不就是一个金钱帝国么，我每天看到的，接触到的，哪怕是在便利店里擦肩而过的，都是这样的女孩，除了她们我又能写下点什么呢？

遇到了这么多在食物链底层挣扎的女孩，我对小红的印象最深，她唱歌的样子日后常常像突然弹出的广告出现在我脑子里。不仅仅是因为她唱歌最好听，还因为她显而易见的真挚灵魂，她们和乔安不一样，她们不伪装，野心显而易见，知道自己要什么，但是没有足够心机来算计。她抽着烟和朋友们说起以后再也不用五个人凑钱买一只Chanel之后轮着用了，她红了之后一人买一只，不一样颜色的，一起背着拍照片。这个瞬间让我想起了好多老港片，邵氏还没垮台的那个时代，像是《花街时代》里面的女孩，去鸡店把自己卖掉，说出“我爱慕虚荣啊”那句话时像吐烟圈似的轻巧。

这是多俗不可耐的一件事，但我依然祝福她，如果哪一天我真的能从网上看到她们背着不同颜色的名牌包，凑在一起撅嘴照相，我一定衷心祝福，她在沉沉浮浮中笑得猖狂。

7

那天晚上我干了一件令我之后特别后悔的事，绝对能在临终前排入人生十大悔恨Top3。

我回到家特别激动地把小红的故事讲给乔安听，还拿出我录下来小红唱歌的视频给她看。她看完之后也没说什么，只是轻轻点头。我说原来她们也好不容易啊。

乔安说，谁都不容易。

好女孩，坏女孩，不好不坏的无聊女孩，都不容易。

那时候我们坐在沙发上，还在分享同一个西瓜，看着小红喝醉的视频。谁都预料不到不久后的分崩离析，像是一颗从卡车上滚落的西瓜，摔在高速公路上，死了一地。

不过我们终于知道，小红没有骗人，她其实真的快红了。在“静染”没一步登天之前，经纪人帮她拿下了“静染”发布会的主秀，没想到“静染”火了，这个主秀和之前某国产品牌主秀的地位瞬间大相径庭。可是后来，她还是没能当上主秀，所有本来可能会真实发生的事变成了酒后的谎言，醉倒时的美梦，吐过之后，再去乘49路公交车回家，坐在最后一排，戴着Logo明显的A货太阳镜，搞得好像真有人能认出她一样。

最后，我也想问你们一个问题。

乔安有句名言，高尚让人名垂青史，下流让人现世欢歌。

天堂向上，生活向下，你会怎么选择？

chapter 10
血腥玛丽

有句话不是这么说的吗：磨难是特意为那些坚强的人准备的，弱者只能享受放弃后的悔恨和悲伤。

我曾经和魏冬一起养了一只流浪狗，它有个文艺的名字，叫万宝路。因为是魏冬去买万宝路的时候遇到它的，看它可怜，喂了它一根火腿肠，就跟上了魏冬。

房东不让养宠物，我们就把它养在家附近的公园里。我们每次见到万宝路就畅想，等我们有了属于自己的房子，就把它接进来。后来乔安来了，魏冬走了，可我还是坚持喂着那条狗。突然有一天，乔安跟我说，有个客户想养动物，问我要不要把万宝路送了。

我开始坚决不同意，指责乔安太没良心。但是后来乔安说，那个客户家庭条件很好，万宝路跟了他就不用再流浪了。

我说，那我和万宝路的感情他能比吗？而且留着万宝路，说不定魏冬哪天会回头，起码是个期待吧。

乔安问我，你怎么知道万宝路怎么想的，你说的只是你的感情不是它的感情，你这是一厢情愿。

考虑了三天，我还是把万宝路送了，比离开魏冬还要伤心，从客户家出来就开始哭，哭到睡着。虽然痛心疾首，但我不得不承认，乔安说得对。乔安递给我一张面巾纸，让我擦干眼泪，她对我说，倪好，我爸妈都是不折不扣的浑蛋，他们离开我的时候分别给我留了一样东西，我爸给我留了期待，之后我经历了无数次期待破灭，我妈给我留了钱，让我活到今天，你说谁更残忍。现在客户搞定了，我赚了钱，我给你买条漂亮裙子。

所以，你要明白，生活中有些时候必须经历一点残忍，有时候残忍了才对大家都好。

1

音乐剧即将开场，无数穿着黑色长裙礼服的女孩勾着穿笔挺西装的先生从那个玻璃顶的剧院走出来，入场的玄关地面上镶嵌着一块浮夸的玻璃镜面，每一个走过的女孩都像是八音盒中间旋转的少女，谁都忍不住低头对镜子看一眼自己，沉醉在这种短暂的眩晕中。

时间像尾在小孩指缝间溜走的金鱼，游过了一条条小溪，“哧溜”一声，已经是蝉鸣此起彼伏的夏天。这次意大利剧团的《仲夏夜之梦》来得恰如其分，巧妙植入了当季最当红的成衣定制，让音乐剧在中国观众眼里变得不那么乏味，也给那些贵得离谱的成衣镶了一层富有内涵的边，像给一个波霸装了个大脑，没想到，城里的中产阶级还挺吃这一套的。怪不得在夜总会里，大学生妹是一个长盛不衰的业务精英团体。

出口处的喷泉边，陆远扬陪着假洋鬼子龚总和他的法国太太寒暄。乔安穿着短裙，像束黑色的郁金香，站在旁边梧桐树的阴影下打电话。

“您好，我是菱美公司的公关部门，希望和您合作新一季的广告宣传活动，请问有否意向？”

电话那头传来声音，“不好意思，我们新一季广告已经有合作对象了。”

“是吗？已经签约了吗？可是我们能给你们提供很大的折扣。”

“谢谢，我们公司一向追求品质，对折扣没有需求。”

“如果您能选择菱美，我们可以赠送免费的软文推广。最近我们在App Store也有应用，也可以为您做免费推广，是很好的平台，您再考虑考虑吧。”

“感谢，但是不用了，我们已经有合作意向的公司，之前合作多年，非常满意。”

“是吗？真可惜，打扰您了，希望下次有机会合作。”乔安挂断电话，嘴角还拐着她的小恶魔微笑，转身时已经换上一副新的面孔，亲切怡人，笑容可掬。那首歌怎么唱的来着？小船儿推开波浪，迎面吹来一阵凉爽的风，凉风乔安向陆先生他们走过去。

龚老板和法国太太的车开过来了，陆先生抢在司机下车前有礼貌地拉门。乔安和他们亲切地贴面拥抱，乔安用法语在龚太耳边叽咕了两句，然后两个人心照不宣的样子，那开心劲儿像是闺蜜分享了什么天大的秘密。

不过是说了拜拜再见认识你很开心，咱们下次再约之类的，其实把他们塞进车后大家也不会再约了。不圈你钱的时候，谁有空约你。

“搞得真会欣赏似的，刚才音乐会他鼾声大得台上演员都以为打雷了，你说这假洋鬼子待遇可真好啊，龚总趁着有个法国老婆得扭过多少漂亮女孩的脸蛋儿啊。”陆先生嘴上这么说，眼神却还真诚地看着车里的龚总，频频点头。

“别吃不着葡萄说葡萄酸。”乔安还在微笑和车里的两位挥手告别，从牙缝里挤出这句话。

“谁说的，葡萄都是我的，他也就能闻闻葡萄的味儿。”车开远，陆先生扬起下巴，一副音乐剧里公爵的高傲自负样。

“这次的项目十拿九稳了？”

“难道刚才龚太用法语告诉你要和我们续约了？”陆先生挑起眉毛看着乔安。

“我刚才假装菱美公关部给他们公司打了个电话，问‘静染’的合作意向，他们拒绝得挺干脆，看样子对我们现阶段工作还算满意。”

陆远扬忍俊不禁，勾住乔安的肩膀，“年纪不大，手段真多。”

“你能不能别每次都装着咱们‘人生只若初见’啊，要是我手段不多能跟你站在这吗？”乔安把陆远扬的胳膊从肩膀上拿下来，“注意形象啊陆总。”

“男未婚女未嫁，我勾你肩膀怎么了？”陆先生得寸进尺。

乔安神色倒是变得认真，“‘静染’的单子我想跟。”

“勾一下肩膀要付出这么大代价？”

“我没开玩笑。”

陆先生表情变得严肃起来，假装没听见乔安的话径直走向前，乔安拿着手包跟在身后，快步跟着，也不说话。

“你一来公司就要跟这么大的单子，不害怕做砸了？”他按电子钥匙开门，显得对这件事并没多在意。

“你为什么总在问我害不害怕？害怕我就不来了。”乔安挡在陆先生前面，支撑着车门不让他进去。

要不是她精心打理的眉毛，卷翘的睫毛和唇线分明的红唇，她的样子就像个不知天高地厚的女高中生。那种下课会去老师那里抱作业本，总能考第一名，戴着讨人厌的三道杠，坏孩子最喜欢的好学生。

乔安有一个谬论：所有重要的事，一定不能在严肃的场合谈，越在意就越要漫不经心地说出来。就比如乔安来奥里斯，和陆远扬签合同谈待遇的事，就是在陆先生家完成的。两个人在床上热闹着，电视机里还放着黑白默片，唱片机里转着巴赫的钢琴曲，传真机里传来打印的声音，乔安的合同一页一页飘在书房的地上。不过她这个理论倒是挺节能减排提升效率的，可以一心好几用。

2

乔安静悄悄地去奥里斯报到，没有比静悄悄这个词更适合形容的了，谁都在刻意回避这件事。

以前哪怕乔安涂次指甲，齐飞都能找理由庆祝，但是现在不同，在楼道里遇见，齐飞对乔安都是副欲言又止的受气包样，我呢，眼神哀怨地看向他，乔安倒是维持着惯常的冷漠，觉不出什么异样。他身边总带着姑娘，各种各样的姑娘，又都长得差不多，可以统称为俗气好看的姑娘，乔安看到她们都会礼貌地点点头。齐飞以前说过，他觉得女生有种想法特别天真，鄙视男生找的漂亮女孩没大脑，天啊，我们找个姑娘回家搞而已，又不是找她回家搞科研，为什么要有大脑。

我想想也对。但是他这条理论对乔安来说却是例外，乔安有大脑，他也没搞她。

每次我们三个人一碰面，就会产生古怪诡异的阴云，僵在我们头顶，直到我们各自散开阴云才跑到一边。我特别受不了这样，我特别受不了齐飞不跟我贫嘴。如果他的不快乐挂在小卖部出售就好了，我一定拿出从小到大所有的压岁钱把那些不快乐都买回来，然后迅速吃掉，大家还是像以前那样胡乱扯淡玩游戏。

实际上我也这么做了，我去敲齐飞的门，敲了半天他从我身后冒出来，也不说话。你说他现在堕落成什么样了，在身后抄着手观赏我敲十分钟门并掏了两次磁卡试图把门撬开他都能不说话，我怀疑他的语言系统已经严重退化了。

“你怎么在外面？”我吓了一跳，靠在门上万念俱灰地回头看他。

“闪。”他把我推到一边准备要开门。

我跟黄继光似的，死死用后背堵住钥匙孔，“我买了好多特别好玩的游戏，咱们可以一起玩。”

“闪开。”

“那我们一块去看电影，你难道不想念我们看电影的美好时光么？”我咧开嘴，笑得特灿烂，像米高梅公司片头那头狮子，张开血盆大口。

“我们什么时候一起看过电影？”

很好，他已经能说一句完整的话了，“盗版碟片也是电影啊。”

“闪开。”

“这样，你开个价吧，要是你好意思就跟心理医生似的给我开个价，我买你时间和你聊天行吗？”

“我心理医生一个小时八百，每次治疗两个半小时起看，一共两千，掏出来就跟你聊。”齐飞靠近我，一只手撑住门，一只伸到我面前。

我从钱包里掏出一百块给他，“聊二十分钟的，不用找了！”

“二十分钟是两百六十六，你还不用找了？”齐飞把一百块钱塞进我的领口。

我突然脸红，真没想到竟然这个时候脸红，到底是先把手伸进衣服里去摸那一百块钱呢还是继续和他抗衡，真是好矛盾啊！

“江齐飞你可以啊，几天不说话在家苦练算数呢？以前听乔安说你到二年级连十以内加减法都搞不定，现在算那么快！”说完我就想抽自己俩大嘴巴。

糟糕，糟糕，说到敏感词了，要被绿坝了呢。

齐飞的手从门上放下来，那个表情我不知道如何形容，因为太短暂细微了。但是我还是轻而易举察觉到这个过程，像是回放爆米花的过程，看着膨胀的爆米花在千分之一秒内再次缩回成一粒粒玉米，快乐不快乐，痛苦不痛苦都紧紧地缩在了一起，用所有情感拥抱着对方，哭着说咱们不伤心了吧。

“倪好，你到底想干什么？”

我也着急了，“我不想干什么，我就是想和你掏心掏肺聊一聊。”

齐飞停顿了五秒，夸张地笑起来，“我没心没肺，你想让我掏出什么给你？”

他拿出电话，拨通号码，只说了俩字，“开门。”

我正惊叹，想丫痛苦到换电子门了么。门果真开了，我重心不稳人仰马翻摔在地上。有一个穿着运动背心和短裤戴着大耳机的女孩巧妙跳过我的身体，从门里跑出来，抱住齐飞，像树懒熊那样抱，齐飞面无表情地看着我，女孩亲了亲他脸，“亲爱的，你可回来了，想死你了，原来刚才是你敲门，我戴着耳机还以为楼上装修呢。”

还是人肉电子门。我从地上爬起来，齐飞给了我一个“我说我就是这样的人吧”的眼神。

别说我瞎猜，您别忘了，我们可是能用眼神进行长达十分钟对话的哦。

“哎呀，不好意思，我没看见你。”女孩从齐飞身上下来，“是齐飞朋友吧，进来坐坐？”

“呵呵。”轮到我嘴角抽筋，“不用了，你们坐吧，我不参与了。”

我拍拍屁股转身朝楼下走，特别委屈。

鼻子里像是吸进一颗酸味彩虹糖，酸得头皮发麻。

3

出乎意料地，当晚齐飞又像第一次敲我们家门一样，吊儿郎当地出现在我面前，要和我打游戏然后吃夜宵。我挺生气地站在门口，说瞧不上他的小妞们，不稀理他。齐飞推开我往房间里走，“大爷今天摘你牌子。”

我脊梁一紧，“啊？这样不好吧，你不是说你没心没肺没什么掏给我吗？咱们那么熟，你下得去手吗？”

“行了，你脱光了大爷我都没兴趣。你不是说买了好多新游戏吗？”

我都能听到心里“噗——嗤——”的泄气声，害我空欢喜。

齐飞在送走美女到走到我家之间的过程，经历了什么，自己冥想了什么，幡然悔悟了什么，或者这些都没有。反正做了什么我都不知道，但是他又像他说的那样，变得真正没心没肺，这样就很好了。他开心，我就很好。

后来我才知道，那天在他家的运动系氧气美少女又是昨晚不小心带回来赖着不走的。我走后他和美少女说，看到了么，我老婆，我们家楼上楼下两套房的。

女孩呆了，说你他妈不是说你单身么。

齐飞说，不骗你我单身你能跟我回来么，你刚才也看到了，我老婆生气了，好在她这个人特别善良，大度，不计前嫌，我没见过这么好的女孩。我上午是去跟她坦白了，她能原谅我，我很感动，这辈子我也只爱她一个，你是不可能比得上了，该给你的我也给了，你别在这赖着不走了行么。

这些美妙的屁话是好久好久好久之后齐飞叙述给我的。

当然，也可能是好久好久好久之后齐飞为了骗我现场编的。

4

上海出其不意的连续晴天，不过怎么看都像是强颜欢笑，让人惴惴不安为老天爷担心，不知道他遭遇了压力多大的事。可是那天晚上下雨了。陆先生和乔安也被困在家里，他的家里。两个人一起坐在沙发上，陆先生看着电影，乔安做自己的事。

乔安上班之后，在公司里，陆先生照样做他的笑面虎，乔安当她的扑克脸，各自忙碌，除了Fiona看到他们站在一起时就忍不住笑，其他人也察觉不出什么。也可能他们本身也没什么吧，除了工作上的往来，并不会出现男女朋友关系的牵制，所谓的约会，也不过是一起见见客户，真正的二人独处时间基本都局限在陆先生的家里。不过这种局面也非常可以理解，如果乔安和陆先生两个人正襟危坐地吃饭谈天送礼物，然后诚恳地说一句，咱们交往吧。想想也觉得恶心。

他们都是坏人，有目标的坏人，有共同目标和各自私心的坏人，必须装得对你爱我我爱你这种事不感冒。

不过陆先生也不总是乏味，这样的王老五多少有些让小女孩着迷的业余爱好。其实小男生也有业余爱好，但是小女孩觉得小男生的业余爱好都是不务正业，只有事业有成的大叔才配有爱好，哪怕是遛鸟养鱼这种也高级得不得了，有生活品质的象征。二十岁的男生养个鸟，女生会异口同声地说，堕落！

除了之前说的，养了一缸喜欢吃对方的鱼，陆先生还有一个爱好，看老电影，黑白的、无声的都喜欢。这是他二十几岁就形成的爱好，很可怕的是，这是他跟着乔安她爸林总的时候养成的习惯，可能他都不记得。当时是为了拍喜欢看老电影的林总马屁，在面试助理前租了几十张VCD，趁闫涵睡了连夜看，怕开那台老电风扇吵醒她，看得汗流浃背，奇怪的是，他看着看着都感觉不到热了，抬头发现天都亮了。

后来，他坐上了林总当初的位置，乔安细长白皙的腿随意放在他身上，手里拿着iPad，看些行业数据，对影片内容漠不关心。人生很妙吧。

陆远扬按下暂停，盯着乔安看，外面的滂沱大雨洗刷着玻璃，仿佛整个房间变大了，比海洋还要大呢，他们被扔在沙发这条小船上，漂啊漂啊，靠不了岸。但是他喜欢这样的时光，他喜欢她卸下防备，也不像在公司那样假装。其实乔安也喜欢，她虽然戴着耳机，眼睛盯着数据，但是一个字也没看进去，她也在感受这种安宁的沉默。

乔安后知后觉电影暂停了，对陆远扬笑笑，摘下耳机，“不看了？”

“你不喜欢看老电影吗？”

“我喜欢看新的电影。”乔安随意看向电视机，现在放的是《卡萨布兰卡》，“老年人才喜欢老电影。”

“那你干吗喜欢我？”

“陆总，我可从来没说过喜欢您，我是敬重您。”

“敬重我在公司敬重就行了，现在在这躺着算是什么意思？”

“不是现在提倡献爱心，多去社区关怀孤寡老人么。”

“乔安，你来我这工作可真长进不少啊，连幽默感都直线上涨。”

"有吗？我不觉得，我说的都是真心话。不过，有的老电影我也喜欢。"乔安托起下巴，看向屏幕。

陆先生看着乔安的样了，突然想到闫涵喜欢《卡萨布兰卡》，喜欢亨弗莱·鲍嘉眼里充满泪水，对英格丽·褒曼说"我们拥有巴黎"的样子。他强行打断了自己片段式的回忆。

"让我猜猜看。"他也把腿拿到沙发上，学着乔安的样子，胳膊抱着膝盖，和她面对面坐，"你这种天不怕地不怕，革命女烈士劲儿，应该喜欢《乱世佳人》吧。"

乔安摇摇头，露出小动物的可爱样，"不喜欢，斯嘉丽拒绝克拉克·盖博，有点不知好歹。"

陆先生心里笑着，你又何尝不是。

"我喜欢《蒂凡尼的早餐》。"乔安说。

"因为你喜欢奥黛丽·赫本？"陆先生问。

"不是，我喜欢物欲横流中带点真爱。一点就够了。"

一点才显得珍贵。这句话乔安没说出来，因为一旦说出来，这一点就显得更奢侈了。

"你是喜欢坏女孩也能拥有好结局。"陆先生无情地戳穿乔安，靠在沙发一边笑着。

乔安看看墙上的挂表，从沙发上站起来，"我该回去了。"

"说你是坏女孩生气了？"

"不是坏透了的人能陪你玩吗？"乔安眼里带着狡黠学着陆先生的语气，"和我玩，你玩不起！"说完她从沙发上爬起来，把桌上零散着的自己的东西装进包里，走到他身后摸摸陆先生的头发。陆先生伸手拉住她的胳膊，像要糖吃的小孩那样耍赖，"不准走，孤寡老人要求你留下再玩一会儿，你不陪我我明天去公司告你老板说你没爱心。"

"我老板也是孤寡老人，我明天还得打起精神陪他呢，你要是把'静染'的Case给我，我就再陪你一会儿。"

“你太狡猾了，趁机和我谈条件。”

“和上司除了谈条件还有什么好谈的？”

“谈恋爱啊。”陆远扬松开手，扭头看着站在身后的乔安，故作生气状，“孤寡老人不能谈恋爱吗？”

乔安忍不住笑起来，笑得停不下。陆先生喜欢她笑，包括一眼就能看穿的假笑。但是他从来没有告诉过乔安。雷电过去了，海变得平静，一群白色的海鸥展开了翅膀，贴着海面飞过，发出短促的声音和漫长的壮观。

5

如果，闫涵不回来，陆先生一定会觉得，就这样下去也不错。这样开着电视机，说一些对方喜欢听的话，没有承诺，不去苛求，也没奢望。她不尖锐他不狡猾，两个人就这样安安静静地坐在沙发上，像两个涉世未深的高中生，利用中藏着一点喜欢，用最小心的方式去和对方相处。

可是上帝怎么会如此善待乔安呢，她是一个坏女孩，所以她的生活必然充满荆棘。

有句话不是这么说的吗：磨难是特意为那些坚强的人准备的，弱者只能享受放弃后的悔恨和悲伤。

坏女孩的天敌出现了，闫涵回来了。

就像那场突如其来的大雨，别看它们都是天上云彩的叹息，世界上多少城池毁于这些微乎其微的水蒸气。

6

第二天雨过天晴，乔安却是晴天霹雳，陆先生宣布，“静染”的单给了其他同事。乔安用质疑的眼神看他，陆先生补了一句，乔安你要是没什么事就协助她一下吧。乔安没吭声。陆先生问，有什么问题吗？乔安微笑摇头，说，领导安排，言听计从。当然少不了惯常假笑，握手拥抱合作愉快。

憋了一上午，该干什么好好完成，看到陆先生也是热情地问候，谁也察觉不出她气得快要内伤。

趁中饭时间，她扔掉面具走进陆远扬办公室，敲敲他的桌子，陆先生正在接电话，示意她稍等。她就盯着陆远扬打电话，也不打岔，直勾勾盯着。他放下电话，皱眉看着虎视眈眈的乔安，“什么表情，要吃了我？”

“你为什么不把‘静染’给我？”

“奇怪了。”陆先生转靠在椅子靠背上，一脸理所应当，“我为什么要给你？”

乔安一时语塞，总不能说因为我跟你上床了吧，再说上床的时候也没签合约，说上了床就把单子给她，于是转移到别的方向，“您能告诉我我哪里不如她吗？”

“‘静染’和我们合作好多年了，一直是方菲在跟，今年给她有什么不妥吗？”陆远扬发问。

“几年前我还没来呢！这有什么可比性。”

“你也知道自己刚来，根本没有可比性，还来理直气壮问我为什么！”陆先生冷笑着。这种冷笑，以往都是乔安准备给别人的，今天被他先笑了出来。

陆远扬站起来，走到乔安身边，看着她的眼睛，“乔安，你不会以为我让你来是因为和你上过床吧。”这种直接，以往也都是乔安准备给别人的。不知怎么的，陆先生今天并不冷静，反而显得急躁，没耐心，每一句本应该调侃的话说出来都像是咄咄逼人的质问，“我相信你的能力才会让你来，如果你真有本事就自己抢过来，就像当初在冯缈缈那里一样。你还真当地球围着你转吗？”

“我知道了。”乔安深吸一口气，压抑着情绪。

“要不要一起吃中饭？”他像是什么都没发生过似的自然抬头问乔安。

“不用了，我约了同事一起吃，正好彼此熟悉一下。没别的事，我先出去了。”乔安转身离开。

不应该生气的。她开始后悔自己的恼羞成怒，更后悔冲进陆远扬的办公室。她拿起马克杯，走向茶水间，同事基本都去吃饭了，办公室里空空如也，她走着走着突然笑起来。

竟然还真生气了，明明是赤裸裸的利用关系，谈条件的时候说得一清二楚，如何加薪，如何规划她的晋升之路，现在自己倒恬不知耻地来质问他。这样也好，再次提醒了我们的女王，她的人生是一个起起伏伏的证券交易所，在残酷中要用尽心机才能生存，而不是一个用滥情和眼泪填满的三流电视剧。

Fiona不知道什么时候从乔安身后冒出来，笑吟吟地拍了一下她的屁股。她一向这样打招呼的。乔安一惊，差点洒了手里的咖啡。

“别紧张，是我。”Fiona倒是每天一副森林里狂奔的快乐小白兔样，也难怪，她是没什么值得焦虑的，整个公司都是她家的，这就像复兴公园一样，有旋转木马和酒吧，是她的游乐场。

乔安心中不快，但还是得赔着笑脸，“怎么没去吃饭啊。”

“减肥呗。”Fiona凑到乔安旁边，一脸热火劲儿，“我发现了一个素食餐厅特别好，要不咱们一块吃去？”

乔安强颜欢笑，“你再减就变骨头了，你现在身材已经很完美了。我手上工作还没做完，你约别人陪你吃吧。”

“整个楼层就剩你和陆总了，我还能找谁呀。”她按下了咖啡机的按钮，咖啡机磨豆子的机械声掺杂在她们的对话中，“再说全公司我最喜欢的就是你，你没来咱们公司的时候我就喜欢你，我想变成你这样的人，别人不知道，但是我清楚，陆总是头笑面虎，没对其他人认过怂，但对你不一样，他拿你没办法。”

乔安心想，我他妈还想变成你呢，身在福中不知福。她硬着头皮应付着，“别瞎说，像我没什么好的，我还羡慕你呢。”

Fiona笑嘻嘻地对乔安勾勾手指，示意她过去。乔安一头雾水，把脑袋凑过去，Fiona看看周围，小声说：“刚才你们吵架我听见了，别和陆总生气，他也不好过，‘静染’新上任的公关经理，是他EX。”

这一刻乔安几乎快要忘记了自己豺狼虎豹的身份，像只无公害的小动物，警觉得尾巴都竖了起来，“前女友？”

“这可是内部消息，你陪我吃饭，我就告诉你，很值得吧。”Fiona晃着脑袋，说起这些，就像说一条事不关己的娱乐新闻。咖啡机发出一声长长的警报声，一杯减肥特供黑咖啡已经老老实实躺在咖啡机的喷嘴下面。

7

陆先生在大雨的夜晚，送走乔安之后，的确见到了闫涵。在他们母校门口的烤肉店，他已经好多年没来过了，他以为这里早已搬迁或者改造，没想到它一直都在，老板也没变过，只是头发更白了一些，背更驼了一些。客人也没有变，一批接一批的大学生，三三两两的，中间掺杂着早就过了青春保质期的他和闫涵。

其实这些他都没注意到，他只看到闫涵。染了亚麻色的卷发倾泻而下，一双大眼睛，带着“只可远观不可亵玩”的无辜眼神。十五年前是这样，五年前是这样，现在还是这样。她叼着筷子，四处张望着，桌上的烤盘上已经工工整整摆好烤肉，最中间是五花肉，之后是牛舌，最外面是香菇，她对面的盘子里，也放好陆先生最爱吃的牛舌。看到陆远扬出现在门口，她高兴地挥挥手，不顾周围目光，大声喊着他的名字。

闫涵真的一点也没变过，这样招呼着他，不带愧疚，甚至岁月在她脸上都没留下丝毫痕迹。一切如前，她对他的熟稔程度，就像昨天两个人还在图书馆里偷偷接过吻。

她和乔安最大的共性在于，她们都善于伪装，只不过乔安总在伪装世故，遇到什么事竭力让自己做到宠辱不惊，闫涵总在伪装天真，哪怕一只蟑螂也能引起她的尖叫，其实呢，这个姑娘她什么都不害怕。

什么都不害怕。

说起陆先生和闫涵的事倒也很简单，概括成一句话就是闫涵卷了陆远扬的钱跑了，跑了不说，还嫁了别人。不过概括起来这件事也不复杂，闫涵和陆先生大学时候开始谈恋爱，后来一起工作创业，都是一个专业的同学，陆先生家境并不优厚，所以闫涵也跟着他经历了比较困难的时期。故事里出乎人意料的是，后来他们条件好了，自己成立了公司，有了积蓄，陆先生都已经买了钻戒求了婚，闫涵还是跑了，拿着公司的所有流动资产跑去国外嫁人。闫涵拿着所有钱跑，陆先生不在乎，别看他现在干个什么狗屁事都挺处心积虑的，但是对闫涵，他真是不在乎。在当时，如果她想摘果子，手臂又不够长，让他剁个胳膊给自己接上，他下刀见血，也绝对不眨眼。

很好理解，也很讽刺，就像齐飞对乔安的感情也是这样。再复杂的男生，掉到真正的爱情里面都单纯得像条狗。

但是他在乎她悄无声息嫁别人，她不能剁了他的胳膊送给别人，让别人去给她摘更大更好的果子。

闫涵后来也跟他解释过，用各种途径，说自己要留下，想拿绿卡。走的人永远不会知道留下来收拾烂摊子的人多么艰难，这是陆先生人生中最害怕被揭开幕布的一场舞台剧。他因为闫涵的离开，一蹶不振，公司的状况也很不好，最后关门倒闭，为这件事他住过院，精神科，后来吃着百忧解过了两年。不过还好，他还是站起来了，虽然过程痛苦而艰难，但他还是站起来了。这才是我们喜欢的陆先生嘛。

Fiona说这段的时候，特别崇拜，她跟乔安说，自己的爸爸可是陆总的恩人。陆先生的事情，公司里只有Fiona最清楚，也都是跟她爸打听来的。

闫涵点了米酒，每次倒给自己之前都先帮陆先生满上，碰杯，再娓娓道来自己这些年的事，养的狗，读的书，走过的地方，细微到学会做的糕点，整个过程中，他不说话，像欣赏一样仇人捏出来的展品，渴望找出些许破绽，很可惜，这么多年过去了，她还是面面俱到。带着让人迷失的单纯眼神，对桌上的杯子筷子都有好奇心，爱笑，最令陆先生憎恨的是，她还是讨人喜欢，她的笑能触动他脑子里最不愿意被提起的那根神经。

“远扬，我其实特别羡慕你，我挺后悔结婚的，如果婚姻是爱情的坟墓，那么生活就是爱情的火葬场，根本不给爱情留全尸，烧得连灰都不剩。”闫涵夹起一块五花肉，蘸酱，滚上孜然和胡椒，最后包在白菜叶里，张开嘴巴，巧妙地躲过裸色唇膏，放进嘴巴里，这一系列动作无比缓慢，她是想等待他的回应。

“你告诉我干什么？我没有兴趣知道你的私事。”他的话冷得每个字儿上都能掉下冰刀来。

“因为我对你的事情有兴趣，可你又不告诉我，所以就随便说说我的事，如果咱们两个大人在这儿傻坐着无语凝噎，周围那些学弟学妹看着多丢人。”

“你其实根本不用找我的。”

“可你还不是出来了。”闫涵托着腮，盯着陆先生看，“我想你了，我知道你也想我。”

“我不想你，我出来只是为了减少不必要的麻烦。”

“原来你也这么薄情，有了小姑娘就把旧情人抛到脑后了。”她眯起眼睛，故意责备，依然带着笑意。

陆远扬紧张起来，“你什么意思？”

“在你家楼下看到的，刚才我开车去找你，你送她下楼，虽然下着大雨，但是我也能感觉出来，女孩长得真漂亮。后来我想打扰你也不好，就开车走了。转着转着肚子饿了，正好开到这，没想到这家店还开着，我想着自己吃饭的情景，觉得实在太可怜了，打个电话给你碰碰运气，没想到你还真来了。”说完她忍不住笑，带着娇嗔，“那女孩挺好的，下这么大雨还不让你送回家，善解人意。”

陆先生听着她说，闷不吭声，自己把杯子里的米酒干了。

“我说陆远扬，”闫涵举起自己的酒杯，碰碰他的空杯子，“你现在是不是一点也不愤慨我当年离你而去了，你看，我说过谁离开谁都不会死，我们都会好好活着，活得更好。”

你最好有多远，给我滚多远，这辈子也别回来。陆先生在心中这么喊着，手指已经开始微微颤抖，但还是尽最大努力，维持着沉默、冷静，不带情感，“闫涵，我的确一点也不愤慨，不是因为我现在过得挺好，是因为我不在乎你了，你说什么我都不在乎，你在我心里没分量了，所以，以后你是好是坏，我是死是活，咱们都别再联系了，你当初走了，就该想到今天的场景。别再联系了，当给对方留点美好回忆吧。”陆先生拿出钱包，对着远处的老板娘招手，“买单！”

“其他我都能做到，留美好回忆恐怕很难。”闫涵没抬头，用长长的金属筷子夹着烤炉边缘的蘑菇，她还是一样，看似什么都不在意，其实心里比谁都条理清晰，连吃烤肉都不例外，从最里面开始吃，之后一层层向外蔓延，“远扬，我没有要打扰你的意思，可是咱们以后难免工作得接触，我也是出于旧交想跟你提前打个招呼。”闫涵一拍脑袋，责怪自己的样子，“你看，我光顾着聊天都忘了给你名片。”

她从手边的包包里掏出一个刻了她名字缩写的精致牛皮夹子，拿出一张名片，双手恭恭敬敬呈到他面前，“下午刚印出来的，还热乎着，你可是第一个接我名片的人呢。”

陆先生像提防一个陷阱似的接过名片。

上面正楷字，印着她的名字。职务是，“静染”的公关部经理。

“如果你不想多看见我呢，我就努力回避，反正‘静染’和奥里斯的合约也快到期了，好多公司都想和我们合作，我觉得菶美给的条件也挺好的，反正都考虑着吧，我刚回国，对国内行情并不了解，还请陆总多关照。”她用最温和柔软的语气说出这些，让陆先生不寒而栗的话。

闫涵这个女孩多像是一部制作精良的恐怖片，条理逻辑清晰，所有的情结都埋在平和的叙述下，是一幅空旷无垠的风景画，可是在风景画的角落里，藏着一个偷看你的迷路女孩，你用放大镜才能看到她上扬的嘴角带着阴森森的杀气。

8

Fiona在冷气充足的素食店里讲这些。桌面上的食物乔安碰都没碰，闫涵的出现让她变得无比警觉，全身开启了自我保护模式。这是一间装潢清新，食物清淡，能用清心寡欲来形容的食肆，乔安却拼命张望四周，想知道是谁点了生鲜，因为她分明闻到了一股扑面而来的血腥味儿。

相信你们都在酒单上见过血腥玛丽这个名字吧，你们知道这款酒名的由来吗？今天就用它的故事来作结尾吧。

这款酒的名字来源于四百多年前的苏格兰统治者，玛丽·斯图亚特女王。她美貌绝伦，倾国倾城，据说见到她身材的人都难以自制。但她生性却极其暴虐残忍，一生中充满了背叛、阴谋与谋杀。现代史学家们认为玛丽女王是一个荡妇和说谎专家，为了能与情人结婚，她谋杀丈夫；为了权力，她勾结外人意图推翻自己的表姐伊丽莎白一世的统治，手段极其凶残暴力，所以得名血腥玛丽。

可是你们知道她最后的结局吗？英格兰女王伊丽莎白一世将她监禁，直到处死。

没有人能预知未来，谁会笑到最后，猎豹或者小白兔都可能成为被加冕的幸运儿，但是，历史上从没有一个女王，能手上不沾满别人的血腥，轻而易举走上王位。

好了，今天就到这里，女王们晚安。

chapter 11
交换立场

我看见乔安面前盘子里的蟹壳没有丝毫破损，如果不是已经变成红色，看上去还能虎虎生威地横行霸道。像是那些被揭穿秘密的人，他们坚硬外壳之下，已经被人吃光了肉。

我以前看球赛不明白，为什么一伙人上半场往左边球门射，下半场往右边球门射。后来我和齐飞看球的时候问他，他说，你没发现他们射的门不一样，连衣服颜色都不一样吗？我恍然大悟，哦，原来他们在中场要交换球衣啊！齐飞斜眼瞥我，你是傻逼吗，你没发现人脸也不一样了吗？

从那以后我终于明白，原来上下半场都要交换场地的，为了刨去风速观众等影响，为了公平。这是谁都能明白的道理，但是在现实生活中，我们很难做到真正的交换场地，所以才有那么多情侣对着彼此咆哮，你根本没站在我的立场着想。

我和乔安曾经有一个共同的朋友，通过陈公子认识的，她是陈公子阔少朋友的小三，她长得素然恬静，有少女般的纤瘦，是个小演员，说出名字大家都能知道，大家不知道的是，她是个小三专业户。每次谈恋爱，都是介入别人的感情。我不知道乔安怎么样，但是我一开始很抵触她，甚至讨厌她。我觉得她表面再和善，也是个本性劣迹斑斑的人。可她又总是朋友中最体贴的一个，出门玩乐，她计划得最周全，夏天伊始她会给我们准备好抗敏防晒霜，而且开车给每个人送过去。有一次我说起，月经不调，然后一群人应和，世上没几个真调的，她就去打听了中药方子，做作到用毛笔在竖条纸上抄写了好几份，再用牛皮纸袋封好，下次见面，人手一份。而且在乔安和陈公子闹得最凶的时候，都是她出面调和，有一次在郊区的度假别墅两人大吵，陈公子生气，跟朋友说，谁都不准借给乔安车让她开回去。乔安也是不愿退让的人，凌晨两点，拎着包就往外走，打电话给她，她二话不说，从床上爬起来，出门开车接乔安，虽然到了的时候，乔安已经被陈公子哄好，两个人在别墅门口伴着清晨薄雾法式长吻。乔安都挺不好意思的，让她留下来一起玩，她却很开心，说你们和好最好了，连口水也没喝，说今天要试镜的，又开车走了。

就是这么一个人，虽然我们知道，她所有的付出很有可能只是为了讨大家的喜欢，让我们接受，感情可能是假的，可是我们得到的福利却是真真切切的。到底是应该站在道德的立场上质疑她呢，还是应该站在情感的立场上包容她？我曾经问过乔安，乔安说，我不讲道德的，道德不过是拿火腿肠喂狗，从来不考虑猪的感受。

后来这个女孩消失了，好像是又去当了有权势人的小三，被更有权势的正房发现了。大家说她下场很惨，可是我不愿相信，她给我的那张手抄药方我还留着。用小楷写的“枸杞”特别好看，好看得浮现在我眼前的形象不是枸杞，而是栀子。

认识乔安这么多年，她受到的质疑不比这个女孩少，她也消失过，可是她不断地回来。当那些女孩笑她急功近利，不屑示弱，伤痕累累太可怜。她笑那些女孩买只包还要分期付款，才是真可怜。

也有很多人问我，为什么会始终如一地支持她。因为我相信，只要上帝让她活着，必然有她活着的理由，而她活着一天，我就会支持她一天。我不知道，这能不能算得上交换立场。

1

和Fiona吃完饭，乔安回到办公室，不动声色地打开电脑，动用一切资源，了解菱美关于这次“静染”所做的工作，以及，闫涵的背景。她这些年做了什么，为什么突然出任“静染”的公关经理，知己知彼百战不殆，她要比陆先生还了解她才行。

原来当时闫涵嫁的，也不是一般人物，是个媒体业有头有脸的大拿，移民海外后，闫涵还当了一阵子情妇，后来才上位成功。闫涵有个比乔安强很多的地方，她很知道如何讨人喜欢，她一个人就像是一个小型公关公司。在国外和“静染”的设计总监、“静染”老板的洋太太都是混一个姐妹圈的，难怪回国就能立马上任。乔安敲着鼠标，不禁点点头，如果是她看到这种机会，说不定也会做出同样的选择，毕竟是个一劳永逸的婚姻。

她忍不住朝着陆先生的办公室看过去，他站在窗边，看着窗外林立的高楼。她只能看见他的背影。

最能体现一个人的无力感的，就是他的背影。这句话是我多年来的研究成果，最有力的证据就是朱自清的《背影》。看着他爹的背影，文豪朱先生体会出了那么多老泪纵横的东西。现在，乔安看着陆先生，也有这种感觉。

脸上的尊严维持得再好，后背也骗不了人，脊梁支撑着一个人的所有痛苦。每个人都是一个马戏团，脸是舞台，脊梁是后台，小丑从圆筒中钻出来，大象低头吃香蕉尾巴赶着苍蝇，狮子在发臭的笼子里睡觉，后台总是承受着过分狂欢之后的冗长落寞和不为人知的丑陋。

她想起上次见到陆先生，在床上鱼水之欢后，他闭上眼睛转过身让乔安从身后抱住他。乔安伸手扯过枕头下的内衣，听他这么说，扑哧笑了出来，“咱们能保持单纯的利益关系，别来这些含情脉脉的行吗？”

“五分钟。”

“抱五分钟有什么好处？”她穿上内衣，重新躺下，对着他的脖子说。

“五分钟让你少上半天班吧。”

“那十分钟明天能不上班吗？”

陆先生突然睁开眼睛，从床上坐起来，转身看着乔安，“没机会了，明天上班晚一分钟这个月没奖金。”说完迅速站起来，穿起棉质T走向客厅，倒是乔安愣在床上。陆先生在客厅喊她，“咱们是纯粹的利益关系，你就快出来吧，别回味无穷了，到时候你舍不得走我还不知道怎么办呢。”

乔安回过神时，他已经坐在椅子上，皱着眉头低头看文件，拿着笔准备签字。她赶快把视线收回，现在可不是走神的时候。纯粹的利益关系，也没什么好值得回味的。乔安这样告诉自己。

乔安下班，在电梯里碰到陆先生，两人在狭小的空间站着，乔安目不斜视盯着电梯门，多少显得尴尬。陆远扬先开口，"'静染'的单子不顺利，接下来可能会比较忙。"

"嗯。"

陆先生看看手表，"今天我大概十点钟能离开公司，到时候去接你，还是你去我家等我？"

"不用了，今天晚上我有约。"

他转身看她，乔安依旧微微扬着下巴盯着电梯门，对陆先生的疑惑无动于衷。

"你不会因为'静染'的事和我生气吧。"

"您多虑了，我和您的关系，没必要因为任何事生气。"乔安说完，陆先生还未开口电梯门打开，她礼貌性地对他点头告别，离开电梯，向大厦门口走去。

2

乔安约的人是我。表面上是我，其实也不是我。她辗转打听到今晚闫涵会约见菱美为"静染"介绍的几个拍新一季广告的平面模特，约在一个挺有名的会员制餐厅，所谓"会员制餐厅"就是专门为那些大牌、有情妇的成功人士和自以为大牌的人开的。乔安想去探探风声，可能探探风声也不是重点，重点是看看闫涵。

她也好奇，陆远扬这样的人，到底能被什么样的女孩伤害。

餐厅在法租界特别隐秘的一个新式里弄里，十分隐蔽，隐蔽到完全可以做走私贩毒之类的勾当。外面就像个居民区，顺着狭小的巷子七拐八拐走进去，别有一番洞天，出现一座精致的公馆，据说曾经是老上海某位亦正亦邪风云人物的府邸，一圈草坪围绕着小公馆，高耸茂盛的树上挂着油纸做的奶黄色球形灯笼。这些很梦幻的场景全然不入乔安眼，她快步走到餐厅门口微笑着向里走去，门口接待人员客气地拦下，问乔安的会员号码。

我站在她身后，一句话都不敢说，捏了把冷汗。乔安从容地打开包，翻找，然后抱歉地说："不好意思，我忘带会员卡了，电话号码可以吗？"

接待员笑吟吟点头。

乔安熟练地报出一串号码。接待员在电脑上查找，"请问，这张卡是您的吗？"

"不是我的，是我先生的，姓陈。"乔安微笑回答。

"您好陈太。"接待员连忙九十度鞠躬迎接，乔安带着我就向里走。

她报出来的是陈公子的电话号码。我跟着她一脚踏入装丫挺名流的世界，内心感慨这段恋爱真是谈得一劳永逸。

果然是私密性很强的餐厅，有古典的隔断和屏风，所有人看所有人都若隐若现的，我当时心里特叛逆地想，这要是狗崽队来偷听，那明星是一定发现不了的。

乔安挑了一间能看到门口的座位，点了一桌菜，主要是我吃，乔安恨不得拿出望远镜，从竹片门帘的缝隙中望着我身后的入口处。她拿着茶杯，基本没眨过眼睛。大概半个小时后，闫涵带着两个高挑的女孩姗姗来迟。乔安放下茶杯，用手敲敲桌子，沉醉于红烧肉的我方才抬头，她俯身小声说，"你身后三点钟方向，栗色长卷发的就是闫涵。"

我回头看，这是我第一次见到闫涵。她绝不是第一眼看就能被惊艳到的女孩，栗色长卷发，相较乔安显得朴素平凡，瘦瘦小小的，但是，你一眼看过去，即使她身后跟着两个高挑貌美的模特，你也会注意到她，她小小的身体里散发着不知何来的魅力，带着一股和她年龄截然不同的东西，你看过她的眼睛就会明白，你能从她的瞳孔里看到一个小女孩的灵魂。我的目光几乎是活生生从闫涵身上拔开的，看向她身后的两个女孩。

我视线一转，嘴里的茶水差点喷出来。她身后的两个女孩里，其中一个是小红。

就是那个在KTV里喝醉大哭唱歌，却永远红不了的小红。我赶快回头梗着脖子跟乔安说："她身后那个低头玩手机的是小红。"

"哪个小红？"她用筷子向盘子里夹菜，但是一口没吃。

"上次我和你说起来的那个，陈乔治的朋友，在KTV认识的那个小红。"

乔安如梦初醒，重新看回去，闫涵已经跟着领位员，带着两个模特向包厢里走。乔安低头吃东西，佯装事不关己，对我说："打声招呼。"

"打什么招呼？"

"和小红打招呼。"

"啊，这种时候不好吧……"

"小红，这么巧。"我还没开口，乔安先开口，她从桌子下面踢了我一脚，我慌乱中站起来。

小红下意识放下手机，看向我们这边，但很快又低下头。倒是闫涵停住脚步，看向我们这边，问身后玩手机的小红，"认识？"

"不认识。"小红回答完迅速低下头。像是说出，我没有谈过恋爱时的样子。

"不好意思，我认错了。"我连忙点头致歉。我知道，她也不想在这种时候被别人认出来。

我赶快坐下，特别羞愧，不断夹菜来缓解当时尴尬的气氛。闫涵看着乔安微微点头，笑得意味深长，接着她们走向远处的隔间。

我赶忙坐到乔安旁边的座位跟着她一起朝着那个方向看过去，一边怀着狗崽心态看得欲罢不能，一边指责乔安刚才的行为，“你神经病啊，干吗要叫人家？”

“谁知道她不愿意承认认识你。”乔安紧盯着她们的方向。

“这种时候谁愿意承认，要是换你你肯定也不愿意。”

“我可没说不愿意，如果我是她刚才肯定不会这样反应，我会大大方方认了，和你握手微笑，现在谁看不出她有猫腻。”

整个对话过程中，我们怀着极大的好奇心时不时向那边桌子看过去，恨不得自己变成顺风耳和火眼金睛的葫芦娃。

“倪好，小红说没说过自己签的哪家公司？”

“哎，那天喝了那么多谁记得，好像是什么美吧。”

“菱美？”乔安诧异地看着我。

“对，好像是这个名字，怎么了？有什么不妥吗？”

“还真被说中了。”乔安也想不到自己之前打电话试探“静染”公关部时随口说出的公司在闫涵上任后真的抢了他们的生意，一语成谶。

我们两个正看着，服务员走进来，抱歉地对乔安说：“这位小姐，不好意思，刚才我们向陈先生确认了一下，他说……他没结婚，所以您……”

我吓得把吃到一半的虾立刻吐出来，试图减少万一被告诈骗后的经济损失。乔安气定神闲地对服务员说：“就算我不是陈太，那你的意思是，赶走菜吃到一半的客人吗？”

“您误会了，我不是这个意思，那边桌的闫小姐说你们都是朋友，这一单算在她的账上，让我来跟您说一声，不好意思。”服务员说完，跟明月彩霞似的默默退下。

乔安格格哪受过这样的奇耻大辱啊，简直恨不得一个跟头翻过去飞踢闫涵，当然，这是我揣测的乔安内心活动。乔安从椅子上站起来，整个餐厅里，乔安的高跟鞋声掷地有声。她走到闫涵桌前，正对着她拉出一把椅子坐下，旁边两个模特一头雾水，看闫涵和乔安俩人都带着笑脸，她们也不敢说话。

乔安毫不客气，伸手拿起桌上正中央的一只蟹，放在自己面前的盘子里，熟练地打开蟹壳，摘取蟹脚，用桌上的工具，把蟹脚里的肉剔出来。三人不说话，乔安看上去倒像是东家，她们是不请自来吃白食的。

“吃啊，看着我干什么，你们接着聊呀。”她抬头看闫涵，客气极了，“让您买单，我不来跟您道声谢，怎么也说不过去。”

闫涵微笑，举起酒杯，“欢迎呀，叫你朋友一起过来坐嘛。”

“我酒精过敏。”乔安轻描淡写地对闫涵说。小红为了掩盖尴尬，赶紧举杯和闫涵碰了一下。

“不用客气了，我吃完这只蟹就走。”乔安接着说。

“乔安妹妹，那我们借一步说话吧。”

闫涵知道她的名字，看来之前也做过功课。原来陆先生只喜欢爱预习课文的女同学。

“您有什么话就对我直说吧，如果有什么话想对陆总说，我也听着，回去一字一句传达给他。”

“远扬让你来的？”

“不是，我自己来的，就是想和朋友吃个饭，不巧碰上您。”

“哦。”闫涵的手指摸着酒杯边缘，“我和陈总是旧交，这地方还是他领我来的，我谈事儿经常来，刚才门口碰到经理，说陈公子的太太也在这，我的确听说陈公子要结婚了，好奇想看看，到底是哪个姑娘能让他这个花心大少收心，想不到果真是个大美人儿，我特别高兴想认识你，打电话一问，没想到是个误会，实在抱歉。”

乔安心里咯噔一声，但是手上的动作没停下来，用银色的小勺把蟹壳里的肉挖出来送进嘴里。乔安刚才还跟我理直气壮地说自己不会害怕秘密被揭穿，还不到一顿饭的时间，倒成了那个陷入尴尬的人。

小红和另外一个模特交换了眼神，会心一笑。她知道小红她们在笑什么，她为这笑已经做好了心理准备。

她本来一定以为乔安是和闫涵一样的大家闺秀，上过名牌大学，嫁过牛逼老公，事业做得风生水起。可是闫涵笑里藏刀的话一说完，她们也就明白了，乔安和她们一样，即便多努力用红酒漱个口就能知道产区，也懂吃大闸蟹每样精细工具的使用方法，能得体优雅地拆解一只蟹，也不能掩盖她劳苦大众的真实身份，不过是削尖脑袋想混上流的漂亮姑娘之一。

可是这些都不是让乔安心里咯噔一声的理由。真的击中她的那颗子弹是：陈公子真的要结婚了。

他可以不爱我，可以恨我，可以爱别人，但是怎么能随随便便和别人结婚呢？当我和乔安趴在床上边用电脑看着美剧边吃蟹时，乔安说出这句话。

乔安用湿巾擦干净手，拿起放在一边暖好的黄酒，倒在小杯子里，一饮而尽。她放下杯子站起来，“行，您刚才说的，我会如实跟陆总汇报的。还有，我也代表陆总表个态，奥里斯不会放弃‘静染’的Case，感谢款待，我们会再见的。”乔安笑着把话说完，转身离开。

我看见乔安面前盘子里的蟹壳没有丝毫破损，如果不是已经变成红色，看上去还能虎虎生威地横行霸道。像是那些被揭穿秘密的人，他们坚硬外壳之下，已经被人吃光了肉。

3

我此行的最大收获是听到服务员说闫涵买单之后，让服务员把所有菜统统打包，又当机立断点了两对本店特色阳澄湖皇家大闸蟹。你听听这名字多好笑，有皇上那会儿也只有渔民在吃螃蟹吧。

我觉得我的主要功能就是特别顺其自然地把乔安拉不下脸干的事儿干了。不仅仅是乔安，我能把大多数人拉不下脸干的事儿干了。如果我知道，这可能是我和乔安最后一次亲密无间地趴在床上吃着东西追看最新的美剧，我一定整张大盘子脸都不要了，把店里所有的大闸蟹包圆，带回去和她慢慢吃，吃到死。

当晚乔安要走了她的录音笔，就是我借走，装着小红在KTV里所有录音的录音笔。她像要一块口香糖似的和我要，我像交出一块口香糖似的递给她。

我对乔安的信任和依赖十分奇怪，她就像一个喜欢抽我耳光的人，天天抽，有一天她突然拉着行李箱站在门口，说，我不抽了，走了，就此别过吧，临走前你也抽我一耳光好了。我一定会特别不习惯，无力扶墙抹泪擦鼻涕。这应该就是传说中的斯德哥尔摩综合征，好多公司的管理层都用这一招管理职场新人。乔安用了这个策略管理我，从高中到大学毕业，再到工作，我们背着两个麻袋向两个极端的方向冒险，路上遇到狗屎扔了，遇到宝石总是不忘回头看对方一眼，摊开手里的金光，向对方挥一挥。毕竟我们是最好的朋友，搭档，作恶伙伴。

可惜的是，没有人能预知未来，花再多钱去查DNA图谱也无法预测下午一辆疾驰而过的吉普车可能会把你压成肉饼。

4

第二天是我每周去公司开会的时间，我一不留神睡到中午，崩溃地爬起床匆匆往公司赶。害怕陈乔治生气，特意从楼下买了一盒小蛋糕，一路分一路走，直到走到最角落里陈乔治的办公桌。他低头看电脑，我拿着在他面前晃，还自配“铛铛铛——”的音效。他丝毫没有反应，我把蛋糕放在他桌上，用指头戳了戳他的肩膀，他厌烦地躲闪开了。

我捏着嗓子学台湾腔，“哎哟，不要生气了嘛！人家不是故意睡过头的啦！你帮我转达一下下领导旨意好不好嘛！”

“滚。”

“你不就是起得比我早心里不平衡吗？下次我六点起床来等着你行

不行啊？”我把蛋糕放在他桌上，“这可是楼下那家蛋糕店的新产品，买蛋糕的说是夏日限量特供，‘抹茶先生’哦——基佬最爱哦——你不是就喜欢享受限量吗，特意给你买的。”

“我可受不起。”陈乔治一副视我为杀父仇人的样子，抽起桌上的杂志样刊，轻巧地把蛋糕碰到地上，抹茶先生扑哧一声摔死在我脚边。

“你今天来大姨夫啊？”我一腔热情被他浇灭，头顶冒出缕缕黑烟。

陈乔治回头，恨恨地看我，“倪好，平时看着你挺单纯的，没想到你是这种两面三刀的人！亏我平时当你好姐妹，也怪我自己，把狗当人看！”

“我怎么两面三刀了？你干吗血口喷人啊。”

“你自己做的什么恶心事儿自己知道，为了跟公司邀功，不顾别人死活吗？如果我也这么对你，你现在还能站在这吗？现在谁会知道你是谁，谁要看你写的东西，大家都会以为Fiona才是你！”

“我真不知道自己做了什么，麻烦你让我知道知道。”听他说这些，我也生气了。

他狠狠地把电脑屏幕转到我面前，打开了一个标题为“‘静染’新一季主秀模特‘外围’生活曝光”的新闻页面，里面附了几张小红的照片，之后是一段音频。

“你知不知道，小红家里其实很困难的，一家好几口都要她养活，这是她最好的机会，你知道你发这些东西对她来说就是灭顶之灾吗！你有没有良心啊倪好。”陈乔治红着眼圈深深吸了口气，“小红上午来公司找了你一圈，你自己小心点吧。我没办法再和你合作，我会和主编提出来找别人交接我的工作。”说完他站起来走开。

我几乎是双手颤抖着滑动鼠标，看完这段新闻，鼠标在播放按键旁边转了几圈，最终也没勇气点下去。

小红终于红了，用她料想不到的方式，让她一夜之间到达事业的巅峰，很不幸的是，这种走红代价太大，注定面临着漫长的销声匿迹。

我们总是不愿意承认自己与生俱来的弱点，以为一切弱点都可以通过其他方面的强势来弥补，所以这个世界才飞速地运转着，人们都在使劲奔波，认为只要不停下来就能变得更好，就能进化，就能直立行走。但又不得不承认，哪怕科技发达到所有人的防盗门全换成任意门，我们还是会盲目乐观，会自负，会失望而归。

哪怕再自卑的人也会有股莫名其妙的自信，这种感觉有个假大空的好听名字，叫“信任”，但是事实会在适当的时候给你一耳光，指着你脑袋告诉你，这的确是种莫名其妙的自信。

5

我跑出公司，在电梯里拼命砸电梯按键，最后按了好几层，我站在电梯里，电梯门一开一合，让这段路程显得更加难堪漫长。

我终于在这种迟缓的循环中失重，忍不住哭了。

我从来没这么难受过。我总能帮乔安找到一个值得原谅的理由，那么这一次，谁又能帮我找个理由呢？

我在大门口看到乔安，她在送客户，弯腰对着车窗里招手，车缓缓驶离。她在转身的一瞬间收起笑容。从高中到现在，她一向精确计算，哪怕是笑。

“迟到也不用哭吧。”乔安从我身边走过，甚至都没停下脚步，像每一次，她忽略我的擦肩而过。

“乔安，你等等，我有话跟你说。”我叫住她。

“上去说呗。”她停下来，回头看我。

“我没脸上去。”

“呵，要是你因为迟到就没脸见人的话，应该早在高一那年辍学了吧。”

“那么你呢？”我看着乔安，这是我第一次和乔安说话这样理直气壮，眼泪一直打转，那个时候我也顾忌不到路过的人怀着一颗看拉拉分手的心看着我们。

“我什么？”

“如果你有廉耻心的话，你高中就跳河死了吧，我觉得自己太傻了，其实从高中的时候就应该知道你是什么样的人，我都想不明白自己为什么一直相信你，是不是对你来说，世界上只分可以利用的人，和没有利用价值的人，根本没有朋友。”

乔安愣住，像是被人在身后给了一拳头，而后后知后觉，问我，“你在说小红的事吗？”

“我在说你的事，你为什么要出卖我！”

“我什么时候出卖过你，我出卖的是她，她又不是我朋友，她也没把你当朋友，你忘了昨天她怎么对你的招呼视而不见了吗？”

“你怎么能昭然若揭地说出这些话，只有我一个人有这段录音，你现在曝光出去，不是出卖我是出卖谁！乔安你太自私了！你可以为了自己把我的狗送给别人，可以为了自己剪我的头发，可以为了自己根本不考虑我的感受，可是我从来没想到你会背叛我！你只想着自己，你有没有想过你这么做，你得到的只是一个订单，她失去的是改变人生的机会！”

“倪好，你不觉得这话说起来都很没底气吗？你觉得这只是一个订单吗？你知道我爸当初为什么破产的，也就是一个订单，我的人生不也改变了吗？一个订单的失败对于一个广告公司来说就是一颗直穿胸膛的子弹，多少人就是这么一枪毙命，我走到今天这一步也没比她轻松，你有什么资格用她的失败来责怪我自私。况且事情已经发生了，你现在还想怎么样？”

“我以为你是我最好的朋友，在你最困难的时候帮你，我也相信你会在我最困难的时候帮我，我从来没想过你会这样对我！”

“我高中时也没想过，你会把那些短信的照片打印出来，交给校长，放在网上，你还配讲‘最好的朋友’吗？”乔安一字一句说出这些话，每一个字都是一根针，插到我的眼睛里，我们没有哭，我们在流血。我再也看不清眼前的她、她身后的高楼、她周遭的一切，我所能看到的都再也看不到了，我也感受不到自己，我也不知道自己站在哪里，穿着什么颜色的球衣，脚下的球该往哪儿踢。

我本以为的信任，原来是她根本没有怀疑，她认定，做这件事的就是我。的确，当时几个女生说，乔安这样做太不公平，拿出她的手机拍下照片时，我就趴在桌子上，所有人都以为我在睡觉，其实我比谁都清醒，甚至还带着一点兴奋，兴奋着她的肮脏被暴露，我是同谋，我是分享着嫉妒的同谋。不能说，之后对她的仗义相助，带着百分之七十的自责，可是自责越来越少，感情越来越多，我渐渐站在她的半场，和她并肩作战，配合射门。从一开始我就说过，我恨她，恨到希望她死。可是我没想到，我更依赖她，依赖到她死了我也不再是我。

我们两个在一天中最热的时候站在街边，这是上海最热闹的十字路口。这个十字路口是无数电影里出现过的空镜头，白天是川流不息的商务人士，和门庭若市的奢侈品店，在晚上是流光溢彩的车来车往，他们都说，这个十字路口中间藏着上海的心脏，一颗坚强奢靡的钻石心脏。

“那时候我还不了解你。”我无耻到还在为自己开脱。

“倪好，这个世界上什么都能拿来攀比，就是别攀比谁比谁肮脏。我比你强的是，我敢承认，你是不了解我，你现在也不了解我，我就是这么卑鄙，如果你觉得我出卖你，这次就当你还给我的，以后我们两不相欠。”

乔安上楼了，我还站在那里，不知道是谁，扭开了我头顶的水龙头，眼泪不受控制地流下来。直到我们分开之后，我才知道自己多心疼她的每一步成长，也在心疼自己的。好人当英雄，坏人抱团哭，我们都不是好人，可不也是相互扶持着对方，跌跌撞撞长大了吗？

天气热得我都出现了幻觉，乔安转身走的时候，好像又变回了高中时候，被男生拦在校门口，我跑下楼接她。她不说话，扬着下巴，扎着马尾，太阳也是这样，火辣辣的。纵然阳光像是一盆水，不留情面地浇在她脸上，几个男生咄咄逼人地围着她，她却还是带着一双没有温度的眼睛。

6

我以为自己这种时候脑子里会疯狂闪回我和乔安的点滴，电视剧里都是这么演的，其实根本不会。我脑子里一片空白，除了哭，什么都不会，在大街上哭，在地铁站哭，在地铁里哭，哭得一个老大爷都看下去要给我让座，我连忙摆手，说您坐着您坐着，我没事儿，就是忍不住想哭。

老大爷劝了我一路，场面估计挺搞笑的，但是我一个字也没听进去，哭着哭着走到家楼下，然后不知道自己该不该上去，到底是我赶快把东西收拾收拾搬走，还是睡一觉，醒来之后再和她若无其事地做朋友，如果她现在已经在家里了，我又能和她说点什么呢？不过还好，十分钟后我眼前一黑，终于结束了这场糟心的挣扎。

7

我们确实没资格，上帝都没有资格，来判断宇宙的对错。宇宙里也本没有对错，说不定在一个与我们相反的世界里，人们头朝下生活，和我们的原则完全相悖，坏人变成好人，恶人变成圣人。我们只是有不同的立场，只是为了自己的立场而拼死战斗的凡人，然后在血腥的杀戮之后给自己洗脑，我们不过为了生存，没什么大不了的。

8

这个下午，对于我们的女王也并不好过。她强撑着上楼，不停提醒自己，深呼吸，什么都不去想。她几乎是用跑的，走到陆先生的办公室门前，他不在。乔安站在玻璃门前感觉自己快撑不住了。

她用自己最后一格血，上到最顶层的天台，只感到全身心的疲惫，她都忘记上次这样被掏空的感觉是何时出现的。讽刺的是，天台上竟然有一把椅子。看来能在这座大楼里扎根的人，谁又没崩溃过呢?

她从十四岁就明白，天下没有不散的筵席。可是她从来没有预期过这种局面，不是没预期过和最好的朋友闹崩，是没有预期过，自己还是会为此痛苦。超乎想象的痛苦。

乔安站在天台边上，楼下的喧嚣不见了，风呼呼地吹，头发粘在唇膏上，潮湿的肌肤。她坐着坐着，看太阳一点点坠落，这座城市没有海，也没有山，所谓的夕阳西下，不过是太阳在高楼大厦里捉迷藏，最后碎成成千上万个小块，藏在千家万户的灯泡里。之后趁主人睡觉，它们再偷偷地聚集在一起，第二天又是一个好太阳。

她明白，为了得到自己想要的，都要付出代价，这是一种交换，但是这种交换太不公平，她感觉自己失去得太多了。乔安的家里没有灯，倪好就是属于她的那个电灯泡。

乔安坐在天台上的整个下午，风云依旧变幻着。“静染”忙着四处撇清和小红的合作。

这对奥里斯可算是一道清新的风，“静染”和奥里斯的签约仪式成为今天的热门新闻，都被放在“外围女”某某某曝光模特圈黑幕这个热点专题里。和“静染”签成了，乔安功不可没，当乔安拿出录音的时候，陆远扬承诺“静染”的单子让乔安全权负责，这将是她事业的绝佳跳板。

“别这样，你应该兴奋才对。”不知道什么时候，陆先生已经站在她身后，她回头看他时，还红着眼睛。他的轮廓被夕阳镶了金边，把阴影面留给乔安，让她看不清他的表情。

乔安使劲掩盖着自己的哽咽，“你觉得我这样做对吗？” 她感觉自己坐上了一列超音速列车，顺着轨道勇往直前，她看了一万遍票根，确认自己的目的地，以至于错过了沿途所有美好风景。

乔安脸上终于出现了她这年纪应该有的迷惘、无助、不安。她看着陆先生，渴望在他的表情里找到答案。

陆先生指指那把椅子，告诉乔安，“看到这把椅子了吗，是我放上来的，但是我相信，除了你和我，肯定有不计其数的人坐上去过，你也不会是最后一个，这是一个过程，你经历的，别人也在经历，你明白吗？”

乔安看着陆先生，摇摇头。他轻轻抱住她，她机械迟缓地也用双手环住陆先生。

“这个世界本没有绝对的是非，你还记得当时跟我说的话吗？这件事如果让你离着目标更近了就是对的，如果让你走远了，就是错的。”

“可是我现在不知道目标到底是什么啊！”乔安像个受了莫大委屈的小孩，红了眼圈。

陆先生看到这一幕，滋生些许不忍，他紧紧抱住乔安，仿佛抱住了当年自己的心酸。可是我们都要经历，都要失去，这就是可怕的公平吧。

乔安再坚强，也不过是一个刚刚二十四岁的女孩，大多数这个年纪的女孩，烦恼的还只是玻璃橱窗里那条买不起的裙子。但是乔安呢，却要付出这么多，也没得到一条漂亮的裙子。

“你知道我缸子里那些鱼从哪来的吗？我本来只有一个缸，之后我每赢来一个单子就会往里面扔一条我喜欢的鱼，当然，很多鱼是不能养在一起的，所以很快有些鱼就被另一些吃掉，我用它们提醒自己，再厉害的鱼也可能被更厉害的鱼吞掉，这就是生态圈，不仅是它们的，也是我们的。”他在乔安耳边低语，“所以，一会儿下楼给自己买条裙子，让你记住这次胜利，但是它也只能让你辉煌一次，很快就会过季，你就要努力去买另一条。”

乔安不知道，陆先生这一仗是一定要赢的，从闫涵那里赢回当时失去的所有尊严，付出的痛苦，和成熟的代价，一笔笔全要赢回来。所以从Fiona看似无心邀约的午餐开始，都已经在陆先生的掌握中了，中间的些许误会，也并非偶然。

她想到在冯缈缈手下干活的时候，冯缈缈常讲些奢侈品发家致富的段子给下属洗脑，“这几个响当当的品牌现在瓜分着一片天是因为他们当初的坚持，LV在二战期间都不曾关店。”乔安听到总在心里偷笑，LV能熬过二战是因为加斯顿·路易对纳粹的妥协。

谁说不是呢，你看到所有金光闪闪的大牌，凝聚了爱和坚持的历史，不过是一种掩盖，掩盖了他们所有辉煌的源头是不堪入目的肮脏，并且坚持肮脏。

但是亲爱的女王，失落片刻，就别计较那么多了，毕竟这世界没几个人知道自己的终点站在哪里。

乔安在陆先生的肩膀上，看到了今天的最后一束光，云去南方，暮色降至，好在大家窒息前，令人兴奋的周五夜晚降临到这座城市。

chapter 12
梦醒时分

乔安是一本日历，撕掉每一个昨天，她不信天长地久，也不信曾经拥有，不相信今天的绿苹果明天会变成红色，她只相信当下。

有一个特别毁童年的真相，我们几个关系特别好的朋友私下聊天，问起对方的第一任性幻想对象，三个人说是夜礼服假面，两个说是《排球女将》里的教练速水大介，一个年龄小点，说是工藤新一。金城武、强尼·德普、吴彦祖都是八百年之后的事了。

那个时候连性是什么都不知道，已经开始了幻想，幻想能在大街上遇到受伤的夜礼服假面，之后把他带回家里悉心照顾，给他端茶倒水，打针讲故事，像是对待一个洋娃娃，之后岁月静好下去。

你们还记不记得，从几岁开始，不再相信圣诞老人，不再期待在大街上偶遇受伤的夜礼服假面，不再会在同学录上填下“我们要做一辈子好朋友”这样土气的鬼话。不再需要有人陪伴，手牵手上厕所。我曾经也不是没想过，人和人之间可以有真正的永久。可是后来越发明白，朋友之间，最精准的描写，是凉薄的太宰治，在《人间失格》里写的“若世上所谓‘交友’是彼此轻蔑，又互相来往，并使对方越发无趣，那么我与堀木一定是最好的朋友。”

谁都会在小时候做一个曼妙春梦，可惜的是，我们都会醒过来，只是早晚。更可惜的是，醒过来了之后，我们还有很长一段时间要活，比做梦的时间长很多。

1

我醒来的时候是在一张陌生的床上。

我揪着被角心头一紧，难道这辈子就当街晕了这么一次，难道还有幸被强奸了吗？我伸手迅速摸遍全身，睡衣、内裤、Bra都还在，于是松了一口气。然后再一想，不对啊，刚才晕倒的时候穿的不是睡衣啊，我拉开被子往里看，还是一套蓝色真丝的小睡裙，美剧里色诱老公和老板常见的那种。要不要这么可怕，难道说昏迷时已经被卖到天上人间了？

不可能，这一定是梦。我安慰自己，如果我在大街上晕倒，顶多是被挖个肾，乔安那样的才配被卖到天上人间。我紧紧闭着眼睛，小心翼翼再次睁开，齐飞不耐烦的大脸出现在我眼前。

完了，这一定是夜总会。

我警觉地坐起来，抱着被子，“你干吗把我带到酒店？”

“你看清楚，这是我家。”齐飞俯身，脸逼近我，皱着眉头，“你是不是做梦也想让我带你去酒店？”

我环顾四周，果然是齐飞的卧室，长长松了口气，然后又紧张起来，“我刚才是晕倒了吗？”

“是啊，在楼下被一群热心群众参观了起码一刻钟吧，都说你腿粗胸平脸大来着。”

“没人救我啊？！”

“看你这样子就是一上去扶你就蹦起来讹人的德行，谁敢救你啊。”齐飞递给我一杯水。

我才感觉到自己口干舌燥，猛灌到肚里，粗犷地抹了把嘴，“你说我怎么会晕倒啊，不会得白血病了吧？”

“目测不会，得白血病起码得长成宋慧乔那样吧，你也好意思得啊！没带钥匙值得你哭到中暑啊。”

他又戳中我的记忆点，想起和乔安闹掰的事，我赶快转移话题，“你把我背上来的？”

“没，花钱从旁边工地找了个民工扛你上来的。”

我一口水喷出来，“衣服也是民工脱的？”

“不然呢，我脱合适吗？”

我一个激灵从床上爬起来，“你死去吧齐飞，你脱不合适，陌生男子脱合适啊？再说为什么要脱我衣服啊？”我再看看自己这身诱惑睡衣，崩溃地对齐飞大喊，“还给我穿上不知道哪个小妞在你家过夜留下的衣服，江齐飞你太变态了，绝交，滚粗，炸地球！”

“我是看你中暑，先回家拿了一盆水，浇到你身上，你竟然没醒！只能把你搬上来了，总不能让你湿淋淋躺在我床上吧。”

我咬着后槽牙，“你从哪见过往中暑病人身上浇水的？我又不是植物。”

“倪好，不管怎么说我也算救了你一命吧，你得还我一个人情，现在就要还。”

“擦干一切陪你睡？”我故作矜持地往后退，却按捺不住激动的心情。

“有点创意行吗？”江齐飞双手撑着床，向前逼近我。

难道盼星星盼月亮的这一天终于到来了吗！一瞬间万千思绪涌上心头，忘了内衣是不是穿的成套的，好像昨天也没除毛，要知道这样昨天就全身用一次磨砂膏。齐飞把一包东西砸到我头上，我睁开眼睛，看见一个名牌购物袋。

“麻利换上，一会儿和我去见我妈。”齐飞站好在床边。

我接过购物袋，里面是一条特大家闺秀的裙子，我心花怒放地把裙子拎出来，“看不出你还挺传统的，这么快见你妈呀，我还没准备好呢。”

“不用你准备。”他从购物袋里抽出一张纸，“我都准备好了，你按照这张纸上背，背错一个字儿你就等死吧你。”

我接过纸一看，上面赫然写着几个大字：**请帮我寻找符合如下标准的群众演员**。下面是一大片密密麻麻的蝇头小字。

2

去的路上，我才知道齐飞变成我邻居的这半年，其实是离家出走进行时。和他爸吵了场大架，放出狠话说能自力更生什么的，然后这半年其实什么也没干，不是打游戏就是喝大酒泡妞，本来以为再次遇到乔安了能有点什么转机，然后也没有，只能借着错失真爱继续喝大酒泡妞。

他爸终于怒了，把他信用卡停了，意思就是你闹够了该回了吧。可是齐飞还没闹够，现在下个月房租都不知道去哪找，公子哥如他也不可能开口跟朋友借，更没打算和他爸低头认错，找工作这种事只能令人呵呵。他正发愁呢，妈妈突然从国外回来。齐飞简直做梦也会笑，淘宝上随便买了一个策划书，说要创业什么的，让他妈投资。齐飞妈好歹也是一代女中豪杰，一看这破策划案，跟齐飞说，咱们还是见面聊吧，交没交女朋友，妈帮你介绍一个。齐飞说交了，不用操心。江母绝非善类，说既然交了就带来给我看看一块吃个饭。齐飞本来是根本不会接这种话茬的，可是人穷志短，为了圈点零花钱，只能找个妞来应付过去。

他正着急找人呢，看见我在楼下扑街，就把我拖了上来，想想也是非常时期，经济萧条，随便找个人凑合凑合得了。

江母是个奇女子，当年和齐飞爸开火锅店，后来齐飞爸转战房地产，她倒是坚持在餐饮行业，离婚后两个人财产一分为二，各自为阵，之后开了个时尚中餐店，现在已经连锁店遍布全国，号称“时尚餐饮界的武则天”。

我在齐飞的车上仔细看了看他列出的群众演员要求表，什么优雅大方冷艳高贵，谄媚中带着不屈，温柔中带着刚强。也不知道二年级自己名字都不会写的江齐飞哪找出这么多互为反义的形容词。还至少会一种以上乐器、能盲品红酒、五国语言等等等等特别装丫挺的要求。我问他，“你从哪能找到这样的群众演员，这明显是那种恶俗偶像剧里心狠手辣最后不得好死的完美女二号的要求，别说这样的群众演员，连这样的人都找不到。”

齐飞说，“怎么找不到，我就是按照乔安的规格写的。”

我刚刚浮出水面的心又沉到海底。两个人，到了什么程度，就算她不在你身边，还是感觉如影随形，一个踉跄终身跌在她的阴影里。

我把举着的纸放下，“对不起，我做不到。我和乔安不是一个工厂产的，我不会乐器，更别说盲品了。”

“谁让你做到了，不是让你演吗？要是我真能找到这样的姑娘还轮得着你坐这儿啊。”

我没说话。

估计齐飞看出我的沮丧，嘻嘻哈哈圆场，“你吧，其实也不错，虽然有时候爷们儿了点，但打扮打扮也挺有人样的，真的，比如说你今天穿这身吧，就挺好的。总之今天你来的目的就是好好帮我演，让我顺利要到钱，知道吗？”

我被他说得哭笑不得。

一路上我始终没有开口跟齐飞说和乔安闹崩的事，我也不知道为什么，我本能地回避这件事，好像回避就能代表这件事没发生过，说不定只是个梦，是我下午躺在齐飞床上做错的梦。

3

陆先生第一次带着乔安参加聚会。座上宾不是些有头有脸的人物，就是抱住有头有脸人物大腿的人。乔安洗个脸，补个妆又能坐在席间把酒言欢。和陆先生一起默契地举杯，眉眼里带着默契。大家都在恭喜他们拿下了“静染”的单子。

恭喜啊。恭喜啊。恭喜啊，你未来一定会大有作为。乔安就听着，麻木地笑。不知道用了多久，终于把自己喝醉。临倒下时，还跟陆先生说，别送我回家。

赴宴的路上，他们从地下车库绕进商场，路过一家家奢侈品店，陆先生问乔安，要不要挑件礼物，送给她作为首战告捷的纪念。乔安的眼神轻轻飘过那些女孩们梦寐以求的衣服、皮包、高跟鞋和首饰，回头跟陆先生说，“来瓶香槟吧，我不喜欢纪念品。”

“为什么不喜欢，女人不是都很喜欢纪念品吗？”

“可是我不喜欢，我喜欢庆祝，但是我不喜欢纪念。”

“那敢情好，以后谁娶你可方便了，不用过结婚纪念日，连钻戒也不用买。”

“钻戒当然要，钻戒是永恒的，婚姻才是纪念品。”乔安说完走进Moet的门店，对店员指了指那瓶橱窗里的粉色香槟，“包起来。”

陆远扬在她旁边，看着她总是微微扬起的下巴，和微张的嘴唇，就像是那些挂在高档商场墙壁上广告里的女明星，不带一点情感。他甚至都有点想不起她刚才抱紧他哭着的样子，补了妆之后，泪痕不见了，摔碎了一个面具，又赶快戴上一个新面具。

小时候，大家都喜欢买那些包装精致、花哨的铁盒，或者晶莹剔透的玻璃罐装的糖。这样就能大大方方地拿出去给同学吃，带着优越感在班级里炫耀一圈，吃完之后还能把铁盒留下来收藏，代表你拥有过这种糖。

可乔安不是，她喜欢买包装最简单的糖，她说包装越简单的糖越好吃。

她和陆先生站在酒廊的走廊上，一面是放着插满红酒的蜂巢酒架，一面玻璃外是整个陆家嘴的星星点点。她感觉自己即将失去意识了，双手搭在陆先生的肩膀上，拉住他的领带，眯起眼睛问他，“你现在有点爱我吗？”

陆先生笑起来，“明天后天也有点爱。”

“只要现在，明天的份就留给明天再说吧。”

乔安吻着陆先生的嘴巴，脑海中却闪过了曾经失效过的所有誓言，陈公子说过的，男模特说过的，还有我说过的。

4

我跟在乔安身后绕了大半个操场，让她在同学录上写下，愿意做永远的好朋友。乔安嗤笑，拿过笔去，最后留下“祝你好运”。

乔安是一本日历，撕掉每一个昨天，她不信天长地久，也不信曾经拥有，不相信今天的绿苹果明天会变成红色，她只相信当下。

5

和齐飞妈妈吃饭，我以为她身为中国餐饮业武则天，就算吃不上满汉全席，烤个全羊还是可以有的。实际情况是，我们在一个会所吃，挂着欧式的水晶灯，坐着牛皮和木质的椅子，外面是画廊，还可以订制香水什么的。除了齐飞妈妈，还有艺术沙龙的老板娘——齐飞妈妈的朋友，以及朋友的女儿，显然，是个小型相亲会，我用哀怨的眼神看向齐飞，他用眼神跟我拍胸脯保证，他之前不知道还有别人要一起吃。

老板娘穿着乳白色拖地长裙，怎么也得有个四五十了吧，脸蛋却比我还紧绷饱满，整个人像是移动版自由女神，她的女儿也穿着拖地长裙，尖脸，大眼，睫毛长得能放上一把火柴，像个小版自由女神。她们娘儿俩在画廊转一圈，清洁工都不用请了。

落座后吃的东西完全不着烟火，跟油画里捞出来的似的，几片叶子配点奇怪的酱汁儿，还有些叫不出名的水果，越吃越饿，好不容易端上一个铁锅倒扣的盘子，我从厨师端着它出现在我们视野的一瞬间开始，便两眼发直地盯着它，一路追踪到它被放到我们桌上，我激动得胃都在颤抖，在《猫和老鼠》里这玩意扣着的都是烤鸡，厨师一掀开，“小女神”歪歪脑袋，“我们这里新出的坚果蛋糕，齐飞你尝尝看嘛。”

我原本兴致高涨的肠胃瞬间忧伤逆流成河。

齐飞的妈妈和我想象中的样子大相径庭，我以为会是电视剧里出现的暴发户老婆，要么是包租婆，要么是低眉顺眼，她都不是。她对人不过分亲切，距离拿捏得恰如其分，对她的朋友们是这样，对我是这样，甚至对齐飞也是这样。齐飞变得和平时贫嘴的样子也大不相同，斯文礼貌，不苟言笑，也不正眼看他妈妈，说话客气清淡，多是嗯嗯哦哦，像是应付着客户。落座以后齐飞妈没询问齐飞近况，更不问我。倒是她的其他朋友对齐飞和我抱有莫大的兴趣，反复询问着，我背诵齐飞给我写的脚本，手心紧张得一阵阵出冷汗。

齐飞说我们是读书的时候认识的，可是我对英国的全部了解，都来自憨豆先生。

我学着齐飞的样子晃酒杯，闻一闻，大口喝进去，还像漱口似的过一下，和吃奥利奥是相同的步骤。我真不明白，不就是瓶破酒么，在人家法国估计和中国人对待老白干儿一个态度吧，你看我们喝老白干的时候有谈论这老白干儿是几几年的高粱吗？“小自由女神”晃着杯子问我，“倪好，觉得这酒怎么样？”

“挺好挺好，酒体轻盈，香味浓郁，口感圆润。”我一字一句背诵出他之前给我准备的小抄，时不时偷瞄齐飞。他凑在我耳边小声说，“这是有一定年份的赤霞珠，酒体不轻盈。”

呵呵。你们的思路对了，我之前所说的蜘蛛侠的故事，在这里出现了。

我突然间灵光闪现，这就是传说中的“蜘蛛侠”啊！这我了解啊，在乔安的学习班里学习过的，我又装着喝了一口，感慨道，“酒体浓烈，有动物皮毛的香味，真是有年份的‘蜘蛛侠’。”

我说完全场安静。我从高考之后，再也没经历过这么严肃安静的情况。这个局面直到齐飞爆出一声大笑收场，他勾住我的肩膀，跟窃笑的“自由女神”母女和尴尬的齐飞妈说：“她就是爱开玩笑，别介意。”

6

那天的饭局，最终还是以我的血光之灾收场。

自从亲耳听到我把“赤霞珠”说成“蜘蛛侠”，一票半老徐娘对我的兴趣直线激增，跟我说，齐飞讲我会乐器，问我会什么。我扫了一眼周围，一架白色钢琴摆在旁边，那我就不能说钢琴了。我就随口说，小提琴。“自由女神”眼前一亮，说怪不得齐飞喜欢你，原来你们都是学小提琴的，正好在意大利订了一把手工小提琴准备送给齐飞，今天刚到，你来试试看音准吧。

齐飞妈笑着拦“自由女神”，“别麻烦了。”

“自由女神”说，不麻烦呀。在我眼里，她就像脱缰的野马，迫不及待地想让我出丑，她起身去拿，齐飞妈也没拦。

当天的第二道闪电又不偏不倚地劈到我头上，我和齐飞进行了短促的眼神交流。

我：我了个擦，你到底是谁啊，花泽类啊，还会拉小提琴，干吗不告诉我啊！现在我怎么办？

齐飞：告诉你这个干什么？相信自己，你可以的，I know you can！

我：Can个鬼啊，你让李云迪弹棉花他能弹出来吗？问题是我连弹棉花都不会！

齐飞：她们其实都是装的，除了我，在坐没一个人懂，你只要拉出声就行。

我：怎么拉出声……

齐飞：……

阿姨把小提琴拿了出来，满面笑容地递给我，一副等着看春晚小品一样的激动表情。我两只手小幅颤抖着伸出去，缓缓接近小提琴。齐飞先一步接过琴，“还是我来帮您试吧。”

“我们还没听过倪好拉的琴呢，齐飞你怎么能抢客人风光呢。”“小女神”说。

我看着齐飞，再看看他妈，又看看等着看好戏的“自由女神”母女，很想拔腿就跑。不过上帝仁慈，在人们身陷绝境时总会给出几个馊主意，一个舍身取义的办法瞬间涌进我的脑海。

我站起来拿琴，撞了一下桌子，碰掉桌上的杯子。红酒洒到我身上，杯子顺着裙子滑下去，在我脚边摔得粉碎。

我装作惊慌失措，连声致歉，赶快低头去捡碎玻璃。

我把手伸向杯子残渣，心想，眼一闭就过去了，咬着嘴唇用手指捏住最尖的那个玻璃渣，疼痛顺着胳膊一马平川，血顺着玻璃渣流出来。看着受伤的手指我嘴上叫着疼，心里却如释重负。

齐飞一把拎起我，“倪好，你是不是疯了！”

我极尽卑微，低眉顺眼，举起我鲜血淋淋的手指，“是我太不小心了，对不起大家。”

“不用说对不起！”齐飞抽起身上的餐巾，扔在桌上，站起来，拉起我就朝门外走，“带你去医院。”

齐飞妈妈没站起来，放下餐巾，低声说：“齐飞你给我坐下。”

“要坐你自己坐着吧。”

“江齐飞，你知道现在走了什么后果吗？”齐飞妈妈站起来转身和齐飞面对面，“别人手指流个血你就知道心疼，我上个月去国外动手术的时候你有没有来看过我？就知道要钱，也不知道你爸怎么教你的，我怎么会生出你这样的儿子！”

“我也很想知道，我到底做错了什么会有你这样的妈，我从小到大生病你又什么时候看过我管过我，我遇到困难的时候你又在哪，我现在走了能有什么后果，不给我钱，停我卡，你和我爸除了用以后遗产全捐了以外还能用什么办法威胁我，因为除了钱你们也没给过我别的。都说好人不长命，恶人活千年，我也不指望遗产了，你和我爸都不知道能活个几万年。”

齐飞的妈妈一个耳光抽到齐飞脸上。再次的冷场，让我觉得前面的“蜘蛛侠”也算不上什么了。

7

回去的路上，齐飞一直用富二代的特殊技能，七十迈极品飞车，我开着窗户，头发被吹得像超级赛亚人。

我为了缓和气氛，硬着头皮和他聊天：“我还是第一次亲眼看到这么刺激的吵架场景哦！豪门吵架原来能吵出这么有深度的东西，我和我妈吵架都主要围绕着我不穿秋裤、乱扔东西、半夜玩电脑不睡觉。”

齐飞一个急刹车，停在路边，愤怒转身对我吼，“把手拿给我看！”

我哆哆嗦嗦伸出手指，“没事，都结痂了。”

齐飞捏着我的手指，仔细检查了我那条小伤口，我心里油然而生一股洋洋得意，“说不定你妈也有她的苦衷，你也不用说刚才那些话吧。”

齐飞看着我，松开捏着我的手指，“你为什么要这样做？”

“我不是为了配合你吗，你能要到钱才能继续住在我楼上……”

“你凭什么自作主张。”

“我没想这么多……”

“你是觉得自己刚才那么做我就能感动然后想和你在一起吗？”齐飞打断我。

我傻傻地看着他，从来没见过齐飞这么生气。

“你刚才也看到我们家什么情况了，我怎么可能和你在一起，你了解我吗？你了解我家什么情况吗？你根本不了解我。”

你根本不了解我。一天之内齐飞和乔安都说了这句话。或许他们也不了解我。

我作为一个讲故事的人，没有拿到进入别人生活的入场券，表面上好像是我处处委曲求全，其实他们压根儿不领情，一切都是我自导自演，一厢情愿，还以为就能这么不动声色地从幕后小碎步移动到台前。

我强忍着眼泪从车里跑出来，狠狠摔上车门，穿着高跟鞋拎起裙子顺着马路走，齐飞缓缓开车跟在我后面。我加快脚步他就踩一下油门，之后我拎着裙子跑起来，脚也感觉不到痛了。齐飞把车停下，出来叫我。我告诉自己，我什么都没听到，我和他所经历的都不是真的。我拔掉耳机线，关上显示器，又回到了一个人的房间，只是看完了一个别人的故事。

我在网上看到过一个段子，说如果有人把你推醒，当你睁开眼，发现自己还在念小学，此时刚打响下课铃，大家在追逐打闹着，老师抱着作业本刚刚离开，你醒来之前发生的所有事都是一个梦，那该多好。

我看到之后却感到恐惧。如果这些年，我大快朵颐过的食物其实都没吃到，我看过的好电影其实都没上映，我流下的眼泪其实只是自来水，我爱过的人其实都没爱过我，这是多可怕的事。

就像他们坚信我无法揣摩的痛苦，我心里满满揣着的，是他们无法体会的委屈。

8

回到家的时候天都快亮了，我也不知道怎么游荡，最后竟然走到家了。这是我从小到大第一次明白什么是真正的精疲力竭，累到记忆都模糊了，我感觉好累，很想家，想我的爸爸妈妈。

乔安的东西都搬走了，房间并没有感觉比之前特别空洞，除了那几个碍事的高尔夫球和唱片机，所缺少的都是细节。缺少了她的冷眼，她笑我的声音，她拎着高跟鞋悄然走进房间的样子。

我艰难地脱下高跟鞋，血泡破了结痂，之后再破，脚和鞋子都粘在一起。穿不适合自己的鞋子，总要受到惩罚。我把它小心翼翼地放在空空如也的鞋柜里。乔安搬来的第一天，把鞋柜里我所有的鞋子都扔出来，整齐码好自己的高跟鞋，我只能又去超市搬回一个简陋的蓝色塑料鞋架，把我的鞋都放在上面，堆在门边。当时我对这件事颇有微词，乔安直接扔了一千块钱给我，说那个鞋柜她买了。

现在那个鞋柜里只剩下她的一双鞋。是一双模仿芭蕾舞鞋似的方头平底鞋，有漂亮的丝绸细带和薄薄的白色鞋底，我说我从小就特别希望能有双芭蕾舞鞋，可是我不会跳舞，也从来没拥有过那种跳舞女孩的优越感，她们昂首挺胸走过我最丑陋自卑的青春期。乔安说，你喜欢就送给你。我说我根本没场合穿。

她说你有了这双鞋，自然会有场合，那个时候不用有人教你，你也会昂首挺胸地走过那些羡慕你的人。我摇摇头，说还是不要了吧。乔安没接话，直接把它放进鞋柜里，跟我说，如果要穿的时候就拿出来穿。

现在乔安走了，她信守诺言留下了那双鞋。摆在鞋柜中间，在我最落魄的时候，看到那双我一直期待能用来见证荣耀的鞋子，真是莫大的讽刺。

这个房子在我眼皮底下不断交替着房客，只有我像是一条家犬，忠贞不渝。我躺在沙发上，脸朝着沙发背，紧紧闭上眼睛。

小时候我考试成绩不好，犯了错都会这样安慰自己。我喜欢睡沙发，沙发柔软的靠背仿佛可以抵御那些尖锐的伤害，我的沙发是蓝色格子的，还铺了一层珊瑚绒的绿色垫子，带着温馨的土气，和因为陈旧散发出的潮味，但是它旧得安全。

它像是一个慈祥的老奶奶，坐在院子门口折着锡纸银元宝，看见我哭着跑回来，放下筐子，对我张开手臂，抱着我，拍拍我的脑袋，倪好，你是一个好孩子，闭上眼睡一觉，什么都会好。它的身上带着迷人的老旧味道，它的怀里有老人家的特殊温度。

9

与此同时，在陆先生的床上，乔安拉开真丝眼罩，静悄悄从床上爬起来，绕过一个个装着自己东西的纸箱去餐厅倒水。她并没打算和陆先生同居，她让陆远扬不要把她的东西拆箱，她一定尽快找到房子搬出去。

陆先生默许了。

乔安把遮光帘拉开一条缝，看着窗外，送晨报的自行车正好经过楼下。她实在厌倦了一次次颠沛流离，她需要一个自己的家，而不是短暂停留的住所，养一只小动物，订一份报纸，和邻居热情地打招呼介绍自己，每个周六的早晨拿一本书走两个路口，找家店吃丰盛的早餐，卸下铠甲，没有朋友，没有恋人，只有自己一个人，像一座地中海上的孤岛，十分庸俗，十分幸福。

chapter 13
暗涌来袭

我和乔安攥着对方的手，场面特别肉麻恶心，但我们那一刻却异常真心，像两个掉进黑漆漆下水道的超级玛丽，世界上所有超级玛丽都被霸王花吃了，只剩下我们，相依为命。

乔安拿到“静染”的合作后，反而面临更大的挑战，比之前的工作艰难了更多。

闫涵成了她的客户，表面相处客客气气，波澜不惊的，每次开车走还要问问乔安是否顺路送她。暗中的刁难却无所不在，看着宣传的方案总是先微笑，再皱眉，跟乔安说：“我觉得你能做得更好。”模特也换了一拨又一拨，找那种性格女模吧，闫涵说怕中国大众接受不了，太国际脸，找比较漂亮的吧，闫涵说这怎么行，长得这么主观怎么当模特。乔安问到底要找什么样的，闫涵说，要大气却不能张扬，内敛但有股傲气。乔安拿着iPad记下来，点头说没问题，心中瞬间翻了几百次白眼，这是要找精神分裂吧。

乔安有时候不明白，闫涵到底是因为个人原因针对她，还是本身就是一个尽善尽美的龟毛性格。乔安也会忍不住在开会时分神打量闫涵，她喜欢用偏草本味道的香水，哪怕开会这种情况，也喜欢穿纯棉纯色TEE，果然是陆先生喜欢的类型。她思考问题时习惯用铅笔敲打桌面，赞同别人时左手摸下巴，点着头说，“嗯。”这些细枝末节的习惯，和陆远扬如出一辙。

而且闫涵喜欢让乔安带东西给陆先生，都是些无关紧要的小东西，有时候是一盒巧克力，有时候是一瓶红酒，一边信手递给乔安一边说，麻烦带给远扬，朋友带来的，都是他以前最喜欢的。

乔安一并接过，说好。

之后在晚饭时，原原本本交给陆先生。他看了看说，挺好的酒，以后她再给你什么说要带给我的，你自己吃掉喝掉就好。

乔安讽刺他，你怕有毒啊？那就现在一起喝了吧。

话音刚落，她的手机铃响了，接起电话是闫涵，她说这一季的新样衣到了，让她去公司看看，有什么新的想法。乔安看看手表，说好，一刻钟后到。

她拎起包要走。陆先生问她和闫涵合作有什么不适应吗？

“挺好的，没什么不适应。”

“听说你连开了好几个夜班，还受得了吗？”

“闫涵为了能让我开好几个夜班，她也开好几个夜班了，客户都能受得了，我怎么受不了。”乔安站起来走，拎上了闫涵让她交给陆先生的酒。

“干吗带走？不是要和我开了喝吗？”

“我今晚和她开了喝，看看她到底有没有恼羞成怒给你下毒。”

“你真是个好员工。”

“你真觉得我好，就直接体现在奖金上吧。”乔安匆匆跑出门拦车。陆先生透过玻璃看她跑出去的样子，难掩疲惫。

乔安心里想，忙一点也好，忙一点就没时间思考那些有的没的。我和她的交情，毕竟是她维系时间最长最稳固的关系。也是曾经众叛亲离的时候，唯一支持她的人。这是一种无形的怅然若失。

她说要找公寓的第二天，陆先生就在同一小区租了一套房子给她。她没拒绝，理所应当地搬了进去。她买了一个大鞋柜，把自己的每一双鞋仔仔细细摆进去。

乔安走进“静染”的楼层，几件样衣平摊在办公室中间的长条形木桌上，乔安看着一件件衣服，走过去到闫涵办公室的门口，看她戴着眼镜忙碌，看见乔安，莞尔一笑。

乔安客气地走进去，晃晃手里的酒，“陆总说谢过您，但是现在他戒酒了。”

“是吗？”闫涵摘下眼镜笑笑。

“我也不清楚，反正他这么跟我说的，让我带回来给您，说酒挺好的别浪费了。”乔安把酒放在闫涵的桌上。

闫涵靠在椅背上，看着这瓶酒手指摸着下巴，又看向乔安，“是啊，别浪费了，我去拿两个杯子，咱们边喝边聊吧。”

“抱歉，我工作时间不能喝酒。”

“没关系，现在不是工作时间，而且，陆总没教过你们客户至上吗？等着，我去拿杯子。”说着闫涵站起来，走出办公室。

乔安看着她的背影，长长舒了一口气。她感觉和闫涵说两句话都累。

1

乔安和闫涵坐在桌边，把样衣都堆在了一边，两个人晃着酒杯聊天，闫涵时不时发出大笑声。

她们聊起好多事。闫涵并不避讳，聊起和陆先生的过去。说起两个人度过了最艰难的岁月，闫涵说，但是想起来那也是两个人最好的时候。有时候生活的困难对于爱情来说反而是一件好事，两个人的关系不仅仅被感觉和爱所维系着，不仅是爱人，还是战友，一起打怪的战友。闫涵说那时候刚毕业，住最简陋的房子，一下雨楼梯间里就弥漫着一股旧纸箱发霉的臭味，但没觉得辛苦，买样台灯之类的小家电也会满足。

“你知道吗？远扬刚工作的时候，犯过一个小错误，是送错文件，还是给客户送错礼物我忘了，是一件很小很小的事儿，几乎每个刚入职场的人都会做错的吧，老板要把他炒了，无论他说什么，怎么弥补，他都不松口，让远扬一定要走，小事儿决定成败。你知道之后他做了什么？”闫涵晃着酒杯，看看乔安。

乔安摇摇头。

“你应该知道的。”闫涵微微扬起嘴角，眼睛却带着伤感，“他找去老板家，跪在老板面前，说开除他可以，但是一定要让他把这件事弥补好，给他一个机会以后能在这个行业立足。后来，老板的家人也看他可怜，从旁边劝说，他留下了，因为这件事他反而有了机会，拿到了两家大客户，成为公司升职最快的人，再后来他出来和我自立门户。”

闫涵喝光了酒杯里的酒，狡黠一笑，“这个老板，就是你爸爸。”

她话锋一转，“不过你别担心，他一点不恨你爸，而且这行业本来就是这样的，竞争残酷，容不得一点错误，所以，我们这行每个人都特别急功近利，必须争取眼前的一切利益，今朝有酒今朝醉，谁都保不齐第二天有没有命消受这些。”

“你不必和我讲这些。”

“我也就是随便感慨，感觉我们老得真快啊，一转眼，都是十年前的事了。对了，你爸联系过你吗？我在国外的时候听到过一些他的消息。”

乔安被她戳中要害，拿起酒杯看向别处，“咱们还是聊点儿别的吧。”

她们开了一瓶接一瓶酒，可能在这种夜里，所有人都等待一个释放的契机。闫涵说，其实所有人都觉得是我爱利益，离开远扬，但是谁会去体会具体的细节呢，你早晚有一天会明白，其实两个人经历得越多，能在一起的可能性就越小，因为热情消磨得太多，彼此又太了解，连对方一个松懈的眼神都能看穿，多可怕。

乔安没吭声，想到自己和陈公子的关系，未尝不是这样。他们曾经一起参加朋友的婚礼，陈公子对她说，我们早晚也有这样一天，手牵手，漫不经心到永远。乔安泼他冷水，说，我们可能手牵手，但是很难到永远。陈公子问她，如果以后我和别人结婚了，你会怎么样？乔安说会包一个大红包给他。他问，包多少。乔安说五亿。陈公子给了她一个诧异眼神，这么看得起我？乔安笑了一声，说，冥币。然后乔安问陈公子，如果以后自己和别人在一起，他会怎样。他说，都得死。乔安也给了他一个诧异眼神，这么看得起我？陈公子笑说，你和他，都得死。

现在呢，果然他要和别人结婚，她也要跟别人。但是他们都再无心绪去杀了对方。

闫涵对乔安说，其实我特别喜欢你，如果不是我曾经特别喜欢过陆先生的话，我们一定能成为最好的朋友。

她趴在桌子上，听闫涵说这句话，这是她当晚听到的最后一句话。

最好的朋友。

乔安突然想给我打个电话，毕竟在她的关系里，和我的这段，最长久稳固，接近永恒。刚有这种想法，就趴在桌子上睡着了。太好了，在说出真心话之前，终于睡着了。

2

乔安睁开眼，不知道怎么躺在自己床上的。她穿着睡衣，晃晃悠悠从床上爬起来，手机上看时间，已经十点半了，跳出陆先生的信息：放你半天假。

乔安拿着床头柜的水杯向客厅走，走着的时候脚下被绊了一跤。她低头看地板上，抽起一根皮带。乔安疑惑着，拿着皮带向客厅走，客厅的开放厨房里，站着一个穿着蓝色衬衫的背影，在手忙脚乱地煎鸡蛋。是感觉特别熟悉，但看上去不是陆先生。

乔安拿着皮带，屏住呼吸，悄悄向那个背影走过去。如果是不认识的人，就这么勒死他。

他突然回头，陈公子一手拿着锅铲一手拿着锅，看着拿着皮带的乔安，露出尴尬的笑容，“醒了？”

乔安看到陈公子，突然想把皮带甩到房梁上，干脆利落地吊死自己。

3

乔安打车去上班，脑子里一直闪出些昨天断片的记忆。陈公子说是闫涵打电话让他来接的，碰巧他也在外面就来接了。乔安看着他煎糊的鸡蛋，觉得自己这次真的中招了。

陈公子的确要结婚了，家里选中的对象。可是陈公子说他并不快乐。

乔安坐在沙发上喝着冰水，冷静地对他说："你现在快不快乐又与我何干。"

陈公子说，她昨天勾着他的脖子，认认真真地对他说，不要结婚。乔安说，"你以前喝醉的时候还说过爱我一辈子呢，你好好结婚，我好好过，咱们的事早就翻篇了。"

"你一定还对我有感觉。"陈公子拦住拿着杯子要回房间的乔安，"如果没感觉，上次你见到我不会是那个反应。"

"哦，原来是上次那件事，你想多了，我演给陆远扬看的，慢走不送，记得关门。"乔安绕过陈公子走回自己的房间。

五分钟后，她听到外面人门关上，才松了一口气。打开门，房间一样空，除了空气里的气味。他的香水味，和鸡蛋被烧焦的味道。她看看垃圾桶里的煎蛋，想到以前他说自己在家手不沾水的傲气样子，现在又何苦这样呢。人总是在自己彻底失去的时候，才后知后觉曾经的拥有。

4

那天我本决定去公司辞职。

现在我身处公司，不管干什么都别别扭扭的，陈乔治完全不跟我说话，见到我都转弯走，也不回复我的邮件，看见乔安也是同一种情况。

在从齐飞车上下来的那一天，我写了最后一篇关于失恋的故事。主角是我。我的整个半年，从失去开始，到一无所有结束。可能我是个注定不配拥有的人，但至少我也在自己讲的故事里当了一次主角，悲情女一号。

所以我决定，作为一个总是被甩的人，我要先甩了公司。虽然，我也不知道辞职之后能去哪，但是当初离开魏冬的时候我也这么想，还不是凑合活到了现在。

我手里捏着辞呈，站在大楼面前，仰着脑袋，看着我上班的那层，看到脖子都酸了，特别矫情地，小声说了声，再见了。刚说完，乔安从我身边走过，挺疑惑地看了我一眼。我们还是不联系，不说话，连见面也显得尴尬诡异。

她今天也显得匆忙凌乱，现在已经是下午，她才刚刚出现在公司，这不是她的风格，以前不管是十二点回家，还是凌晨两点回家，每天的九点二十之前她总会准时出现在公司。乔安抱着一堆文件夹往大楼走。我感觉出她想说点什么，但是脚步没停下，扭头进了大楼。

我刚告别过的大楼，又塞进去了乔安，让我感觉刚才的仪式瞬间没了意义，于是我再次抬头，看着大楼，重新郑重地说了一声，再见了。

这次更加刺激，我还仰着头瞎伤感，一桶红油漆泼到我身上，顺着我的肩膀流到脚边，我像是一个被天降导弹砸中的倒霉鬼，瞬间血肉模糊，脑花四溅。

我还没反应过来，看向油漆泼来的方向，小红戴着墨镜，拎着油漆桶走过来。我特别想逃跑，但是众目睽睽下，全身油漆的我被四面八方投来的目光牢牢固定在原地。

小红走到我面前，把剩下的油漆从我脑袋上浇下来。围观的人群越来越多，发出窸窸窣窣的议论声。小红看着我，从牙缝里挤出这句话，“你把我害死了，我也不会放过你的。”

我想开口解释，可是刺鼻的油漆味道呛得我直咳嗽。

小红对着围观人群吆喝，“大家来看看啊，看看贱人长什么样，什么下场。”

本来在大楼里等电梯的人轰然而出，全围在我身边凑热闹。乔安已经踏进电梯，关上电梯门的一瞬间，想到刚才我在门口，拼命砸开门键，可是电梯已经上去了。

在十二楼的时候电梯打开，乔安要按一楼回去，电梯门外的人进来说这趟电梯是上去的。于是她扔了文件就往安全出口跑，从十二楼连滚带爬向楼下冲，我当然不知道这个过程是什么样的，但当我看到她的时候，她的高跟鞋已经不知道飞到哪去了。

乔安在大厅就看到小红和我被人群围在中间，她想也没想，拎起旁边清洁大妈涮拖把的水桶就走出去。

我从来没见过乔安这样，像是一个悍妇，完全不顾形象，光着脚，头发是乱的，拎着一桶脏水，使劲推开人群，大喊着："都他妈给我让开！"

她走到指着我骂的小红面前，猝不及防，一桶水已经浇到她身上，她对小红狠狠地说："你那些音频文件是我放出去的，以后有什么事就冲着我来，别挑软柿子捏！你要是没做过那些脏事，谁都泼不了你脏水，当时敢做，现在不敢承认了？"

乔安说完，拉着我跑到路边拦车，出租车司机看见我满身油漆、她蓬头垢面的样子都不愿意停。乔安就跑到马路中间站着拦车，几辆车都是擦着她的衣服过去的，司机吓得急刹车，开窗骂乔安疯子。她拉开车门就把我塞进去，恳求司机，说我情况很危险，让他赶快开去医院，她从钱包里抓出一把钱递给司机，问够不够，不够你送到了我再去给你取！

整个过程都是出租车司机在医院复述给我的，因为当时我完全是傻的，好像脑子里也进了油漆。

司机一踩油门我才放声大哭，乔安着急地用湿巾纸擦我的脸和粘上油漆的头发，说着对不起。几乎是把我认识她这么多年的对不起一次性还清了。

她说着对不起，我还是在哭，到后来她看用湿巾纸擦也擦不掉，特别着急，说倪好，你别哭了，我给你讲个笑话吧。想到乔安从来没讲过笑话，我来了精神，哭着说，那你讲呀，你讲呀。

乔安说，小明有一天放学回家，不小心踩到了地雷，于是灵机一动，在地雷上过了一辈子。

司机听完哈哈大笑，我还在哭，说这是什么狗屎笑话啊。

我和乔安攥着对方的手，场面特别肉麻恶心，但我们那一刻却异常真心，像两个掉进黑漆漆下水道的超级玛丽，世界上所有超级玛丽都被霸王花吃了，只剩下我们，相依为命。

乔安说，那我再给你讲一个。

于是她给我讲了一路冷笑话，我嘴角不断抽搐，司机笑得不能自已。

后来我觉得那天虽然被浇了油漆，却还是非常值得的，地球上没几个人能见女王讲无聊笑话。哭到后来，我们抱在一起哭，我拥抱她的时候，乔安还不忘抽泣着说，你抬抬别把油漆蹭我脖子上了。

5

女孩之间的感情就是如此奇怪。女生的友情基本都以共同的敌人或者共同的痛苦为基础，说“从前我们好得一起拉手上厕所”，那是给外人看的假寒暄，其实当年你先我开口骂那个特别美的臭婊子，又或者你看到我的落魄潦倒，才是我们决定日后愿为对方赴汤蹈火的时刻。

乔安带着我去皮肤科挂号，想办法清洗、处理，一路上都穿着一双外科的简易拖鞋。

等到我基本洗干净，坐在医院走廊里等缴费的时候我们才好好看了看对方，一个因为过敏全身出红疹，一个因为亡命狂奔整个造型都风中凌乱。最好笑的是乔安的精神状态已经恢复过来，配合风中凌乱的造型表情还特别严肃，皱着眉头嫌弃自己。我前仰后合笑得不行。

原来，长大还有一个好处，我们对人生的不完美，无论是自己的不完美，还是别人的不完美，变得不再介意。我们不再要求，交一个永不背叛的朋友、一个忠贞不渝的男友，哪怕是父母，我们也不再苛刻，像是乔安，也像是齐飞，他们都接受着一个事实，就算是父母，你也不能强求百分之一百的付出。我们明白了生命中没有那么多好运气，很多时候，只能逆来顺受，但是在这么残酷的现实中，还是有人愿意为你赴汤蹈火，就应该知足。

6

我被泼油漆的事儿成为我们那个大楼里的爆炸新闻，乔安打电话给陆先生，让他送双鞋过来。

陆先生看到乔安这样子，笑得比我还厉害，拿着手机三百六十度拍照，乔安扭着头，挺生气的样子，上前一把抢过他手里的鞋子。陆先生满意地拍拍我肩膀，说：“倪好，你真厉害，你比员工培训强多了，能激发出乔安同志的潜能，必须发奖金表示鼓励。”

乔安在医院接到闫涵的电话，她抬头看了看陆先生，拿着手机走到一边，接起电话。

“乔安，我听说你们公司出事了，这样，宣传方案先不用着急，昨天的事……”闫涵在电话那边说着。

“宣传方案今晚我一定整理好给您。”乔安打断她。

“昨天后来怎么样了？”

“什么后来？”乔安佯装不知，从墙后面探头看了看陆先生，他给她一个微笑。

“陈公子把你送回家了吗，昨天你硬要打电话给他，打给他之后话也说不清楚，我让他来接你的，后来把你送回家了吗？”闫涵看似关心，但是敏锐的乔安已经清楚地听出了她的口蜜腹剑。

“我还在忙，方案我会按时给到您。希望以后我们除了工作上也不要有过多其他的交际了，昨天他把我送回家就走了，抱歉，没能遂您愿。再见。”乔安看到陆先生走向她，赶快收线。

陆先生站在她面前，故意做出吃醋的样子，“谁打来的，还偷着接？”

乔安把来电号码晃给他看，“闫涵打来的，怎么，应该给你拿去叙叙旧？”

“看不出你还挺小心眼的。”

“都说物以类聚人以群分，你这么小心眼我不配合显得对您重视不够。”乔安表面开着陆先生的玩笑，心里却在打鼓，趁陆先生不注意，翻看了自己的通话记录，果然拨出过陈公子的号码，可是她真的一点点都记不得，自己都搞不清楚什么时候变得这么不胜酒力。

乔安不知道，其实闫涵早早就找人拍好陈公子出入她家的照片，而不安好心的目的也不仅仅是陆先生。

闫涵从小女孩开始就有唯我独尊的习惯，表面平和，心里却多是起伏的锋芒，大队长的三道杠就像长在她胳膊上似的，从小学三年级戴上之后到中学毕业，都没摘下来过，大学还蝉联多年的学生会主席。如果那个年代有“女神”这个词，闫涵当之无愧，成绩好，漂亮，人缘还好，总能把大家照顾好，跟着陆先生一群男生喝酒，她能把每个人都送回家，总是第一个和桌上被冷落的同学聊天，和什么人都能找到话题。陆先生曾经说她，连路上碰到一只猫也能唠上一会儿。

这种女孩的可怕在于，她的可怕只有女孩才能明白。

7

那天晚上我没回家，我去了乔安的公寓。当精神洁癖退潮，我们学会一笑泯恩仇。之前的事谁也不再提，谁的生活不是打碎一块玻璃，匆匆铺上一条红毯。

我窝在沙发上吃着垃圾食品看电视，她不停打电话联络工作的事，让谁谁赶紧去绘图，让谁谁去做一份新的市场调查。我看着她像一颗人造卫星似的绕着房间转圈，这种头晕目眩的感觉太好了。

人和人之间需要这种微妙的联系和小范围的喧嚣，像约翰·邓恩在《丧钟为谁而鸣》里说的那样：没有人是一座孤岛。

我们都需要陪伴，没有哪段感情经得起推敲。我们必须承认，交错纵横在一起的命运，才是完整的人生。

我从沙发上打着滚，在沙发上摸出一块灰色的布，拎起来扯开嗓子对乔安喊："你现在活得这么堕落啊，抹布都往沙发缝里塞。"

展现在我们面前的是，一条男士内裤。

乔安迅速挂上电话，从我手里扯过内裤。

"别紧张啊，都这么大年纪了不是高中生谈恋爱，这就是咱们老板Size吗？"

乔安迅速用剪刀把内裤剪碎，扔进垃圾桶里，像是处理一个自己错手杀掉的尸体。后来我才知道，这不是我们老板的Size，是陈公子的Size。

对于身在职场的女孩，想要好好的活，必须切记两点，一是别找女上司，二是在女人面前喝醉比在男人面前喝醉更可怕。

8

第二天早上乔安去上班，我回自己家。在楼下就看到陈乔治抱着一筐水果和一大束鲜花杵在那儿，焦虑地东张西望，用吸油面纸吸油。

看到我还挺不好意思的，我也挺不好意思的，太久没说话，一见面搞得跟网友会面似的，俩人都害羞地红了脸。

陈乔治终于恢复了他的喋喋不休，机关枪似的说上一段喝一大杯水，之后再说上一段。我只得坐着听，表情严肃，适时点头，拍手，伸出大拇指由衷赞赏。

他仔细看着我身上和脸上出的疹子，之后大呼小叫，“哎哟，这得毁容了吧宝贝，你得多用两张辣妹儿面膜补补。”

“辣妹面膜，四川出的？”

“哎哟，真不知道你怎么活这么大的，法国最好的化妆品，L-a-M-e-r，你不知道啊，等哥过两天送两张给你。”陈乔治关切地用细嫩的小手攥住我因为过敏变得红肿粗壮的胳膊，“这是我误会你了，原来这事是乔安干的，哥对不起你，让你受委屈了，还毁了容……”

我一把抽出我的胳膊，“呸呸呸，医生说过敏好了就没事了，你才毁了容呢！”

“是是是，还好你年轻底子好啊。”陈乔治从果篮里掏出一个苹果递给我，“来，吃点苹果，维C对皮肤好，哎，你这次写C小姐的失恋故事，反响很好啊！网上被转载了很多次，都上热门微博排行了，说你写出了一类人的故事。”

“哪类人？”我激动地凑上去问。

“要吗吗不行，干吗吗不会，还整天在YY的人。”

我去，是说老娘就是这样的人吗！阿西巴！我内心的弹幕瞬间又满屏了啊摔！虽然如此，表面还是悠然自得地吃着苹果，做出一副“宠辱不惊，看庭前花开花落”的沉醉架势。

“哎哟亲爱的，你这个苹果我忘了洗了。”

我嘴里还咬着半拉苹果，眼神哀怨地看向陈乔治。

当时写那篇故事，完全是怀着绝望的心情。我什么都没了，还被齐飞狠狠拒了，手指和小心脏都在淌血，于是把自己从双失少女到进化成再次双失少女的血泪史写了下来。这大概就是一种奇妙的触底反弹吧。不过这样想起来，从上次我从他车里跳出来，就再也没见过齐飞，其间也想过打电话给他，不过最后也忍住了。经常在电梯里体会上上下下的感觉，就是为了能随意睡醒地制造假装偶遇，后来都快坐吐了，也没假装偶遇成功。

陈乔治在一边特别热情，一定要亲自展示给我看我写的那个故事的转发量，还荣登了热门榜。他拉着我看，手指滑过热门榜，看到一行枣红色的标题“双失女讲述自己悲催生活掀起热议”，我看到旁边的点击量，满意地点点头，一种老子终于红了，可以披着五星红旗出去跑一圈的优越感油然而生。然后不慎瞥见我下面一个话题的点击量，比我的多了一位数，我再看标题，上面写着：

房地产大亨江振天病危遗书公布家族内讧。

我无奈摇摇头，想我们这样的小市民卯足了劲也比不过人家豪门深似海啊。但是我怎么看这个名字都有点耳熟，好像在哪儿看见过。我把手指一滑，点开这个标题，看到一个图组，各种微博爆料。

我在人群中看到了齐飞，眼睛红红的，像是迷路的无助小孩。

我怎么也不会想到，有一天会用这种方式看到齐飞。穿着黑色西装，站在病房门口，手捂住脸，但是疲惫和沮丧还是从他的手指缝里流了出来，涌出了屏幕，一滴不漏地扑到我身上。

陈乔治洗好苹果回来，一边啃着苹果，一边在旁边抱着手说，“你说这钱有时候还真不是好东西，突然肝硬化，好像是喝酒喝的，都这么大的老板了还得出去喝酒应酬，你看都病危了大家还光想着抢钱，听说江家大公子在医院几次情绪失控还砸了记者的照相机。”

我瞬间大脑空白，扔了电脑，从沙发上弹起来，跑上楼猛砸齐飞的门，没人回应，我大喊他的名字，站在他家门口一秒钟不停地拨打他无法接通的电话号码。

那时候我真希望自己有时光机，虽然我什么都不能改变，但是我可以选择不要从齐飞的车里跑下来。虽然我什么都不是，什么都不会，我是千万个无能少女之一，但是我能一直陪在他身边，在每个沮丧绝望的时候，第一时间给他一个拥抱。

做一个温馨无用的陈旧沙发，除了拥抱，什么都不会。

chapter 14
柔软梦境

原来爱情可以让一个人喜欢上所有曾经不喜欢的事，他的所有缺点都不再是缺点，只是平摊地面上一个美丽的凹陷，而我呢，是从天而降的雨水，依着他的形状填进去，不留一点空隙，变成一个个小水洼。

齐飞失踪后，有了一个很牛逼的特异功能——无论何时何地都能和我完美地擦肩而过。

不管我是在他家门口蹲点，还是去他的神奇会所、他爸的医院又或者那个装逼范儿的艺术沙龙，都找不到齐飞的踪影。我恨不得跟着狗仔队东奔西跑地寻找他。

我每次去会所，门口的保安就会跟我说，我们少东刚走，刚走。我说那他下次出现打电话给我，保安说，别了吧姑娘，我们少东甩的姑娘多了去，来这找他的不知道有多少呢，没一个能抓得住的，感情的事不能勉强，看你年纪轻轻……

我说打住吧，您别说了，这段台词齐飞也让我背过，我是他邻居，住他楼下。

保安点点头，给了我一个“同是天涯沦落人”的眼神。

我擦擦脸上的汗，顶着大太阳，快快离开。

我在齐飞家门口蹲点也到了登峰造极的水平，只要我在家，每天都在他家门口绕个十几圈，几次被邻居怀疑我是来探路的小偷，我恨不得在家门口拴条藏獒，他一靠近就冲出来咬断他腿的那种。

1

当时我知道齐飞出事之后去找乔安，让乔安和我一块找他。乔安翻了个白眼，问我怎么找。我说拿着手电出去找。她说要找你自己去找，我还得忙着对付闫涵，齐飞又不是狗，能吃能喝，用不着这样找，他想出来自然会出来的，你不明白什么叫“一个人静一静”这种东西吗？

我说，这怎么行，电影里出现“一个人静一静”这样的画面，多数是去自杀了，他要是跳楼了怎么办。

乔安无语地看着我，齐飞没你想的那么脆弱，要是跳楼早就跳了。

我第一次听乔安讲齐飞小时候的故事。之前乔安只是说她小时候帮他做作业写名字的事，其实事情没这么简单，齐飞小时候是被确诊过的读写障碍，后来去做了干预治疗才慢慢改善的。也就是说，如果没干预好，齐飞可能这辈子都写不了字。

从他记事开始他爸妈就在讨论离婚的事，但是都忙着赚钱，没时间把财产分割清楚，后来钱越来越多，财产也更难分。齐飞并没有那些家室好的小孩与生俱来的优越感，他没有光环，他是从小背着“无能”标签的小孩。因为读写障碍，所以齐飞成绩一直很差。

爸妈暴揍他许多次后，就雇了好多私人家教，围着他教。他妈每周检查一次成果，把他辛苦拼起来的变形金刚排成一排，如果他写错一个字就在他眼前摔碎一个变形金刚。别的小朋友的儿童节是唱歌跳舞做游戏逛公园，他的儿童节是爸爸在外面鬼混，妈妈回家检查他写字，结果往往是，满地断胳膊断腿的大黄蜂、威震天和擎天柱，他必须忍着眼泪，不能哭，不能捡，低着头，看它们被家里的清洁阿姨扫掉。之后一声不吭地上桌和他妈吃饭。吃完饭妈妈就又去谈生意，他一个人跑去垃圾桶里把它们捡回来，抱着大哭。大人们根本不懂，被摔碎的不是玩具，在小孩眼里，它们是有灵魂的，他们是最好的朋友。

对了，不是说过齐飞会拉小提琴的事吗，也是当初因为在医院被诊断了读写障碍。齐飞妈妈觉得简直颜面扫地，恨不得把知道这件事的人包括医生杀人灭口，不过医生说，一般读写障碍的小孩在某些和读写无关的方面，比如美术音乐或者思维逻辑上都比其他小孩强，这才算让齐飞妈妈没当即把他扔进垃圾桶里。她自作主张让他学个小提琴吧，他的确拉得不错，但是这种不错并不是天赋，而是因为严酷的训练，同样，如果拉不好，妈妈一个耳光就抽上来。所以，齐飞羡慕乔安，羡慕她无人管束，他比任何人都期待自己父母离婚，真正害怕他父母离婚的只有公司的股东。

后来他就把所有的玩具藏在乔安那里。

乔安想办法帮他对付他爸妈，帮他做作业，写名字，考试作弊。乔安对他人冷淡，但是对齐飞不一样，她能感觉到他的痛苦，虽然那个时候他们还不到十岁，她怎么也不会忘记有一次周末齐飞他妈来接他，他趴在楼上看着他妈走上旋转楼梯时的惊慌眼神，每一声高跟鞋踩到的仿佛不是地板而是踩在他身上。那是乔安第一次出手帮他，她拉起齐飞的胳膊，向楼下走。齐飞使劲想甩开她的手向后退，乔安紧紧拉着他的胳膊，始终没松开。乔安跟他说，你相信我，别害怕，一会你别说话，我帮你说，保证你妈听了之后不打你。

于是，齐飞妈妈那天看到的是乔安拉着他的胳膊笑容满面地出现在楼梯上。乔安对她说，您是江齐飞的妈妈吗？我叫乔安，是班长，江齐飞是班上最受欢迎的同学，老师今天还表扬了他实践课作业完成得好，特地让我来跟您说一声。

齐飞妈妈的脸上闪过一点点不可置信，让齐飞都意外的是，她少有地露出笑容，摸了摸他的头发，拉起他的手。

从那以后，乔安就变成了他的救世主。

不过那也是妈妈最后一次出现在学校，本来她就很少回家，之后变得更忙，离婚后齐飞跟了爸爸，判决的时候齐飞的妈妈主动提出放弃小孩，多拿了几千万，那时候她准备开时尚中餐连锁店，需要这笔钱。江齐飞从那时候就知道自己的价格，别人家的小孩都是无价宝，但他却是明码标价的。

即便齐飞的爸爸也很少管他，但在齐飞眼里和他妈比起来，他已经是大慈善家了，齐飞也不容易，熬到去英国读书才算解放了天性。

听完这段离奇的故事，我这种劳苦大众家庭幸福美满的少女拍案而起，怒问乔安，这么事儿逼的妈，到底祖上是皇亲国戚还是地主婆子啊。

乔安耸耸肩，什么都不是，可能两口子加起来还没你上过的学多吧，越是知识贫瘠才越恐惧，后来翻身把歌唱了就得把前半辈子没装的下半辈子装个够。

这段话的重点我没抓准，我听到的重点是，江氏夫妇加起来上过的学还没我多，现在他妈的竟然是亿万富豪，我呢！我呢！我呢！上了那么多学还不是吃了上顿没下顿，每月通宵写稿还挣扎在贫困线的边缘。最令我气愤的是，齐飞丫当初一读写障碍，连封情书都写不了啊。后来还成为妞神，我颠颠儿跟屁股后面追着，各种嫌弃我，我还各种热脸贴冷屁股。我从乔安桌上拿起苏打饼干塞进嘴里，咬着后槽牙说："真他妈不公平啊！"说完，我揣上苏打饼干儿和半瓶纯净水继续踏上寻找齐飞的漫漫长路。

2

在爱情方面，地球人从来没走过公平Style，都是虐心的互补Style，我和齐飞，就是一个互补的经典案例。

他喜欢吃蛋糕我喜欢和面打鸡蛋，他喜欢唱歌我喜欢坐在角落喝可乐，他喜欢看风景我喜欢考驾照，他喜欢发脾气我喜欢讲笑话，他喜欢失踪我喜欢寻人，他喜欢吃夜宵我喜欢失眠。他喜欢女神我喜欢他。在这场单恋里，咱们可谓配合得天衣无缝。

这还能证明另一件事，原来爱情可以让一个人喜欢上所有曾经不喜欢的事，他的所有缺点都不再是缺点，只是平摊地面上一个美丽的凹陷，而我呢，是从天而降的雨水，依着他的形状填进去，不留一点空隙，变成一个个小水洼。

3

乔安嘴上不说，暗中也处处托朋友打听齐飞的下落。可是齐飞家里出事的当口，正是乔安和闫涵斗智斗勇到达白热化的阶段，她已经给闫涵出了十套方案。乔安带着一组人，没日没夜在办公室里喝红牛，后来还是被否，同事就从背后嚼舌根，说明明是针对乔小姐的干吗拖累我们。乔安听到后，拿着马克杯趁大家不注意静静后退出茶水间。

乔安咬着牙又跟陆先生申请额外的项目经费，请了外面的几个挺厉害的设计师，租着高档公寓给他们住着，直接提着现金给他们送去，说谁的案子通过，钱全拿走。不过那箱钱，现在还是和堆积成山的红牛易拉罐放在一起。

好几次乔安都想把文件夹摔到她脸上，不过每次她依然微笑点头，说："您能把修改方案具体化一点吗？"闫涵挺为难地摇摇头，"感觉是具体不来的。"

乔安心中万只草泥马奔腾，难缠的客户多的是，为了能让客户开心，上半身女神头，下半身马腿这种丧尽天良的吉祥物公司也设计过。人家客户提意见的时候还挺有据可循的，客户说，"你看人家星巴克，上半身女神下半身俩鱼尾巴，生意多红火，我找风水师算过了，我五行缺土，我得弄个在地上跑的动物，我属马，正好画匹马，寓意多好。"那个设计师没忍住来了句："你这内衣公司弄个马不好吧，一马平川啊！"

客户一下把脸拉下来了，乔安立马在桌子下踩了设计师一脚，"我觉得挺好，明明是马到成功，而且《山海经》里就有个人面马身的神仙，叫英招，是专门掌管天帝的花园，是百花之神，挺适合这一系列花语内衣套装的。"

客户立马拍起手来，对乔安赞赏有加，说文化人就是不一样，点名以后所有单子都给乔安做了。

她心里其实在想，五行缺土干吗不直接弄条泥鳅上去。而且英招也不是百花之神，是百花之神的朋友，说白了就一看园子的马大爷。不过没关系，能把客户糊弄好就行。可闫涵就没这么好糊弄了，吹得再好的方案她都皱眉摇头，挑来的模特也不满意，一车车地拉姑娘来，又一车车原封不动地拉走，公司同事开乔安玩笑，问她什么时候变人口拐卖中转站了。

这些日子，陈公子跟闫涵商量好似的，一直没消停过，可能是婚前恐惧症的影响，现在时不时就出现在乔安公司楼下来个意外惊吓，对乔安忏悔一翻。乔安跟陈公子说，你别给我忏悔了，我没空听，你顺着这条路直走两个路口右转就是一教堂，你去那忏吧。

陈公子说，这不是忏悔的问题，是我发现我是真的爱你，要不是她有了我肯定娶你。

乔安冷笑，你只是害怕，如果我是她，你一定会找别的姑娘说这些话的。乔安把陈公子晾在一边，站在街边伸手拦车，抱着一大堆文件和电脑，赶着去闫涵那开会。

正赶上下班的高峰期，堵得水泄不通，整条马路像菜鸟玩家玩出的泡泡龙界面，随时都在屏满爆炸的边缘。陈公子在乔安旁边站了一会儿，看她打不着车，跟乔安说，你去哪，我送你吧。

乔安看看糟心的路况，觉得也没必要以江姐对待敌人的态度对待前男友，点点头，跟他上了车。

乔安听说陈公子要结婚后其实立马了解了一下他的未婚妻，是个美食节目的主持人，打开电视经常能看见她对着食物一脸幸福状，眯着眼睛说入口即化，好好吃哦。你说这个见着一丸子都能笑成这样的女孩多好，乔安就是吃进去颗大钻石也不过是冷冷点头吐出来叫经理来解释解释。

陈公子也好，江齐飞也好，这种家庭最喜欢的儿媳妇有两种。第一种就是门当户对，以后大家生意上多照应，有些企业联个姻就轻松上市了。第二种，是要找简单的，胸无大志的，面相旺夫的。绝对没别的意思，但是有点钱的婆婆最害怕的一件事就是儿媳妇有主意，别说人家肤浅，这绝对不是肤浅，这是老谋深算。要是找个专业人才，只要有钱，比你聪明能干的还不有的是，用得着你一儿媳妇在那儿指点江山，挥斥方遒吗？所以电视台女主播素来是豪门圈儿的最爱，五官标致，一脸正气，笑容亲切可掬，又比那些跟剧组的女明星简单很多，怎么说电视台也是有个编制吧，国家正规单位，而且还频频在电视上亮相，同样能达到明星的效果。

一路上，陈公子不停地说，乔安看着窗外走神，心里为一会儿和闫涵的恶战发愁。眼看发布会的时间就要到了，如果再做不出闫涵满意的方案都不知道到时候怎么收场。陆先生也帮不了她。闫涵这么做无非是想找个理由换掉乔安，她对奥里斯没意见，对自己“静染”更没意见，唯一有意见的是乔安而已。

乔安轻轻叹了口气，感觉一切都像是在画线，从爸爸消失的那一刻开始，从离开自己的家开始。

中学时代努力学习，学会对人冷待处之，和同龄人之间都带着深深浅浅的隔阂。大学的时候，用尽各种方法，想混入曾经本应该属于她的圈子，努力让自己看上去就是在纸醉金迷里长大的。之后工作，不择手段地上位，忍辱负重也可以，甚至来到父亲曾经失去的公司上班，为的就是能把混世的自己一点点洗白。她所做的一切，像在沙滩上画一条线，然后拼命祈祷没人去踩坏它。

“你最近是不是在忙‘静染’的事？其实，我爸和他们老板关系不错，晚上要一起参加个商会活动，要不一起来？”陈公子打着方向盘，踩刹车，车稳当地停在路边，目的地到了，他转脸看她。

“不用，谢谢你送我，我先上去了。”乔安打开车门，往外走。

陈公子一把拉住她的胳膊：“这就完了？”

“不然呢？”乔安回头看他。

“乔安你真的变了。”

“变好看了？”

“你比以前还要坚强，太坚强对女孩来说没好处的。”

“不是我更坚强了，是以前那么多我需要你的时候，你也没在我身边。”

乔安转身甩上门，朝着大楼走进去，深吸一口气。

知道今天肯定又是一场恶战，陆先生找她商量过，方案今天必须定下来，定不下来这个单子就换人。乔安没否认，心里知道凶多吉少，不过还是和陆先生保证，今天肯定把方案确定下来，如果不行，退出项目。

4

乔安如火如荼开会的时候，我正在医院对面的麦当劳啃着汉堡，目不转睛地锁定医院大门，乔安说打听到医生宣布要给齐飞爸爸做心脏手术，门口巴巴盼着齐飞爸爸归西的一群人里，谁也不能签字，就算齐飞的妈妈也不能签字，唯一能签字的只有齐飞。

于是我展开了守株待兔行动，在医院对面麦当劳的落地玻璃窗后坐着，一杯接一杯喝可乐，喝得我感觉自己像是一个气球，随时能飞到天花板上。盯着一个地方久了，容易发呆，盯到后来，我好像脑子里也进了气。

后来电话响起来，我才回过神来，乔安来短信，说找到齐飞了，他一个朋友在酒吧喝酒看到他了，把地址发给我，让我去找找，找到了别忘了让他去签字。

我在酒吧门口看到齐飞的时候，才知道原来人真的能变成一摊烂泥，吐得全身都是。几个保安把他往出租车里塞，右边门塞进去，他就从左边门爬出来，再塞进去，再爬出来。几个女孩在旁边笑着看，拿手机拍照，说等他醒了一定要拿给他好好看看。我跑过去，站在出租车边，趁着他从左边门出来时堵住他。

他抬抬头，看到我，迟缓浮现在脸上的厌倦样子证明他还是能辨认出我来的，他可能是想说话，但是为了避免他一口喷我脸上，说时迟那时快，我一把捂住他的嘴，“感谢放在心里！不用急着表达！”

我拖着他移动了两步，转了个面，他抚着车又吐了一地。我长抒口气，感慨劫后余生。

保安看到终于有人来接他，松了口气，连忙跟我说，“小姑娘就拜托你了啊！”说着一秒钟内遁了形。从万家拥戴，到现在的避之不及，我都感慨变幻太快。

我从包里拿出餐巾纸来帮他擦身上，他打开我的手，“不用你管，别跟着我，我就是个垃圾！”

“那我就是垃圾桶！”我对着齐飞喊回去。

在马路中间，一个瑟瑟发抖的垃圾，一个眼泪打转的垃圾桶，让环卫阿姨都闻风丧胆。

齐飞看着我，看了一会儿，一个字儿没说出来，我也是。

他推开我，径直往前走，当时我喝了太多可乐，看着他那小屎人样也挺想吐的，不说话也好，他在前面晃晃悠悠走着，我就在后面跟着。看他要撞到花坛什么的，就像电子狗似的喊一声，前方请注意，左转弯。后来我竟然还在这种诡异的默默追踪中找到了乐趣，玩起了真人版的植物大战僵尸，不同的是，我变成了僵尸队的选手，保护着僵尸，喂给他很多很多植物。

远离酒吧聚集区，道路也变得安静，偶尔有牵手走过的情侣，和半夜出来骑自行车的鬼佬，路两边是高耸的法国梧桐，隔一段有一盏黄色路灯，先照亮他，再照亮我，我们一个亮起来一个暗下去，分享着光芒的碎片。

我上大学的时候，就特别希望能这么跟着我喜欢的男同学在我们学校里绕一圈，在夏天刚开始的时候，从自修教室里出来，保持刚好的距离，还能闻到他身上洗衣粉和汗水交杂在一起的味道。不过大学时候从来没这么做过，因为我们学校太小了，而且没有路灯。现在这样做了，感觉所有的迟到都是为了此刻的成全。虽然现实和幻想总是有那么一丢丢的差距，我能闻到的只有香水和呕吐物交杂在一起的味道。

后来我们走着走着，不知道走到哪个小区，环境优美荒无人烟的。

我在齐飞身后说："你们大款真是处处有房产哎，让我们这种贫穷老百姓怎么过啊？"

刚说完，看他跑到中间的幼儿活动区，有简易的塑滑梯跷跷板那种，看他跑到滑梯下坐下，缩成一团，像《咒怨》里那个鬼小孩，像一只柔软的小动物，像一棵缺水的野草。我看了好一会儿才从他身后走过去，轻轻抚摸他微微抽动着的后背。他每抽一下，我就跟过电似的难受，又有那么一点欢喜，欢喜终于在这个晚上，我在大街上捡到了受伤的夜礼服假面。

我看着心里难受，但也不知道做什么好，当别人难过的时候，说什么都像火上浇油，特别是我的吐槽好搭档，平时一直标榜自己风流倜傥从妞的大奶和长腿中看遍人生百态的江齐飞。

我们就这样坐着，坐到那片儿的蚊子都派村支书写锦旗给我们了。终于，齐飞用小得我几乎听不到的声音说，有时候觉得自己从来没存在过比较好。

我坐在旁边撑着下巴，眨着眼睛看齐飞，"齐飞，其实每个人都有自己的烦恼，你往好的方向想一想，多少人羡慕你，在这种年纪就能开好多人看都不敢多看两眼的跑车，住好多在这个城市里兢兢业业奋斗一辈子也住不进的房子，泡着那些男生望而却步的姑娘。"

"我宁愿这些都没有！"

"哎哟我去，你还真是站着说话不腰疼，等你没有这些了你就都想要了。谁没压力，你想啊，像你这么笨，什么都不会，还险些不能认字，还好家里有点钱，要不你得活得多艰难啊？！"我可算逮到机会为劳苦大众拍案而起了。

"倪好，你是在安慰我吗？！有你这么安慰人的吗？！"齐飞一抬头，满脸的眼泪鼻涕。

我一脸大义凛然，“我没在安慰你，我是在激励你。”

“你说的这些东西都不是我选的，如果我能选，我希望我爸妈爱我，希望别人接近我只喜欢我这个人，你知道吗？要不是我爸病危，我都不知道自己有这么多亲戚，如果不是我开着跑车，那些女孩可能喜欢我吗？你根本不明白这种感觉，我活得一点存在感都没有，没人需要我，我他妈就是一个ATM，我他妈就是一移动的自动提款机！我活着的意义就是让我的身体里装满钱，如果哪天我空了，和大街上的臭狗屎根本没区别！”

“这点我保证是不可能的。”我深吸一口气，鼓起勇气，“我就需要你。你看，你第一次见到我没开跑车吧，跟个小流氓似的还往我身上扔炮仗，炸得我羽绒服里的羽绒都飞出来了，我还是喜欢你；我三番五次暗示你我喜欢你你都视而不见，我还是喜欢你；我从你家看到的女孩都能凑成一本《花花公子》了，我还是喜欢你。世界上像我这样的贱人可多呢，虽然我也说不出你哪里卓尔不群了，你的优点我真真是一点儿也想不出来，你还老是欺负我，但是，就算你不喜欢我，一定也能遇到一个你喜欢她她也喜欢你的好女孩，然后过上平淡无聊但是很幸福的生活。”我看着齐飞，把为他准备的认真全都用上，“相信我好吗？”这段话在我心里不知道打了多少遍草稿。

是这样的，就算你觉得自己是一坨臭狗屎，也会遇到一个心地善良的屎壳郎，不远万里找到你，然后当成宝贝，再不远万里地跟你一起滚回家，一路上悉心呵护着你，怕你被人抢了，被踩扁了，或者撞到石头，一心想着把你变成家里的镇宅之宝，别怀疑，世界有时候就是这么好，只要你相信，你就会拥有。

齐飞看着我，睫毛还湿湿的，散发着疲惫，像是一只被奥特曼打伤的小怪兽，在夜里藏在滑梯下面一个人默默吃剧组分来的盒饭，落魄伤心。他摊开手紧紧抱住我，紧得我感觉自己都快化成一滩水了，我也紧紧抱住他，这是他第一次趴在我肩膀上，我甚至能感觉到他的心跳，明明在他身体里却击打着我的胸膛。

“我累了。”齐飞在我的肩膀上说。

“那我带你回家。”我说着，还是不想松手，我怕这是我的美梦，一个不留神就会溜走。我憋着一泡尿，害怕醒来。

齐飞跟我说，其实他特别害怕，害怕他爸爸就这么死了，比害怕破产，害怕亲戚上门，害怕任何事更害怕。如果他爸死了，那么他对齐飞说的最后一句话是“滚”。

我说：“不会的，你不是说了吗，好人不长命，坏人活万年吗，你爸爸那样的肯定长命百岁，别担心，我会一直陪着你。”

齐飞跟我说这些的时候，他的脑袋靠在我的肩膀上，就像那次我们在郊外抛锚，一起坐着公交回市区时一样。天色由最深的褐色慢慢变淡，路上空无一人，连起伏的马路都变得性感。

你们会不会有这种感觉，明明是刚认识不久的人，他身上却带着属于你的熟悉感，当你看他的眼睛，感觉不是相遇，而是久别重逢。

他是小时候楼上住着的会滚铁圈儿的男孩，是小学时坐在你身后拉你辫子的皮大王，是中学时在篮球场上把白衬衫和运动裤这种乡非搭配穿得相得益彰的男同学，是大学时你愿意你选了他选的所有课，最后考试发现除了他后脑勺长什么样屁都没学会的学长。

在你的每一个时刻遇见他，你都会喜欢，这不是平白无故的感觉，这是命运的安排，吾辈胸无大志，也成不了风口浪尖上的英雄人物，等到老了回想起来，这辈子最丰功伟业的事就是喜欢了个把小男生吧。

人生平凡如此，也只有爱，能让我们与众不同。

5

与此同时，乔安还是回家换上了礼服，出现在聚会的结尾处。

她扔下闫涵和一桌人走了。她站在门口，看到穿着华服走来走去的男女。如果你没见到过，一定难以想象，黯淡的夜晚里，会有如此觥筹交错、鼎食鸣钟的场景，越是肮脏的人心，越会在表面聚拢光芒。水晶灯和珠宝在这样的夜里，吸收了这座城市的所有的光。她只觉得眼花缭乱，一阵阵泛恶心。她想不到，自己辛辛苦苦地洗白，最后还是跌入这个圈子里。

还好陈公子及时出现，自然地托起乔安的手，向最里面的房间走去。乔安抽开手，走在陈公子前面。她离开大楼后马不停蹄赶回家，从“静染”的样衣里挑出一件礼服，有点大，身后别了几根小的银色别针，陈公子看到，帮忙用手挡住她的腰。

“松开。”乔安和陈公子绕过一个个奇怪的目光走到宴会厅的VIP间门口。

“你害怕？”陈公子和乔安面对面，扬起眉毛，“乔安，你还喜欢我，所以你害怕。”

乔安不懂，为什么他们都在问自己，你是不是害怕。到底应该害怕点什么呢？为什么每个人希望的都是让她俯首称臣，但是更大的疑点是，她明白软弱的便利，为什么还是忍不住要坚强下去？

乔安站定，尚未反驳，他已经先一步推开房间的大门，容不得短暂的松懈，女王又要开始上妆表演。

她还来不及说一句，我不是害怕，我是厌倦。

6

再之前，乔安在办公室里几乎整整消耗了一夜，好几次自己在讲方案的时候都觉得要脑缺氧了，如果不强迫自己说着话，可能随时要一头栽倒在地上。闫涵所做的，只是轻轻摇头。后来闫涵说，今天的方案都不满意，剩下的明天再说吧。乔安不肯，说一共带来了十个方案，就要今天说完。当她讲出这话时，周围无论是乔安带来的人还是闫涵这边的团队，无不双眼放箭，希望射死乔安。

闫涵撑着下巴，坐在长桌的最里面，微微一笑，“好啊，你想说完，就让大家陪你听咯。”

闫涵说完，一片窸窸窣窣的议论，假装不耐烦的咳嗽，笔摔在桌上的声音。乔安胳膊撑着会议桌，可能因为连续几天的工作，让她的思维都变得迟缓，所有细碎的声音在她耳朵里无限放大拉长，她看着自己微微弯起的手指，关节异常突出明显，像是一座小型山峦。乔安低着头整理着桌上的文件，小声说着，“虽然知道大家都很疲倦了，但是希望还是能理性地做出选择，毕竟现在时间紧迫……”

闫涵和旁边的人吩咐着，“一会儿给大家订个‘俏江南’的外卖吧，现在就去，再晚一点就不送了。”

大家都纷纷高喊着自己要吃的东西，没人听乔安在说什么。她揉揉眼睛，使劲敲了一下桌子，挤出一个自己都感觉心虚的微笑，“现在可以讲下一个策划案了吗？”

“欸，乔小姐，人是铁饭是钢，你不让我们吃饱谁听得下去啊。”坐在闫涵旁边的台湾腔女职员仰起头对着PPT前的乔安喊。

“先让大家吃饭吧，乔安。”闫涵看着乔安，一副善解人意的讨厌样。幻灯机的字打在她身上，让乔安变得和策划案一样廉价，萧条，被人唾弃。闫涵问她，“想吃什么？帮你订。”

“不用了，你们吃就好，我出去走一圈，等你们吃好打电话叫我。”乔安拎起包，扔下手里的笔和文件，走出会议室，才敢放肆地喘个气。她几乎是用逃跑的速度跑进洗手间，躲进隔间里，手忙脚乱地拿出清凉油，吸毒似的狠狠闻着，之后抹出一点均匀涂抹太阳穴。心里骂了闫涵的祖宗十八代，怎么能用这么低级的手段打消磨战，问题是，还拿她一点办法都没有。

她站在隔间里，听到会议室出来的其他人在外面交谈议论。说乔安就是靠着陆先生的关系上位的，闫涵怎么可能放过她。另一个说，这个乔安就是一直靠着男人上位的，这次闫涵整她，实属大快人心。两个人说话期间恨不得配合新年时所有大卖场都会播放的喜庆音乐以表达喜悦心情。

这种话，乔安从高中开始，在各大洗手间都快听过好几卡车了。她可以不在乎，可是闫涵这次真有点让她穷途末路了。其实，就算是扔下不做，换给别人，也是轻而易举，可是当一个把所有筹码都推到台子中间的女孩，怎么可能错过任何一张好牌呢？这个机会难得，做好了，立刻能从千百个光芒背后的人中脱颖而出。

不光是广告圈、时尚圈、演艺圈、呼啦圈，全宇宙任何一个圈都是如此势利残酷。太多一夜成名的神话，也有太多人在辉煌后渐渐被淡忘，但是大多数人再没能伸手触摸过光。只有那些每一步都走到自己的极致、不断挑战极限、站在悬崖边上的人才有资格感受到太阳投射到地面上的第一束光。

乔安从洗手间走出来，给陆先生打了一个电话，响到一半，陆先生没接，她犹豫着按掉了。对着镜子洗了一把脸，看着镜子里的自己，告诉她，乔安，你一定要坚持下去，你没有选择，只有坚持。

后来乔安回到会议室，拿起一桌的文件，对着吃得热火朝天的大家说了声简短清脆的“散会”，留下一桌表情错愕的人离开会议室。

既然早知道自己是作过太多恶的坏女孩，没必要削尖脑袋上天堂。不过坏女孩不知道，当自己走出办公大楼时，她醉酒后和陈公子的全部照片已经稳妥地放在了陆先生的办公桌上。陆先生开完会回来，再次拨打乔安的电话，已是无人接听，他拿起了桌上的牛皮纸信封，两边都没封口，照片滑出来，散开一地。

明白妈妈为什么总是催促我们早点睡觉了吗？因为人生中最丑恶和艰险的事一般都在晚上发生，只有轻轻闭上眼才能逃过一劫。梦境如此柔软，它让我们也卸下了外壳，抛弃七情六欲和复杂思维，变成最无害的植株。

chapter 15
成长教育

我们长大了，行驶在路上，难免偶遇心碎，但也没办法，总要坦然接受生命中的风险和失去，不溅点儿血，怎么谈人生。

我做了一个梦，梦里的自己从课桌上醒来了。乔安皱着眉头把饭盒推给我，让我剥虾。她没化妆，穿着白衬衫配校服，马尾辫，每一寸肌肤透着一股讨人厌的清冷。

我揉揉眼睛，环顾四周，男生们讨论NBA的球赛，女生们传看言情小说，一个纸团正中我脑门，卫生委员捏着嗓子大喊：“倪好！快去拖地，检查卫生的马上来了！”

高中时候上面打满小抄的课桌，和在右下角写好值日生的黑板。什么都没改变过。

“不对啊！”我看着乔安说，“不应该是这样！”

“怎么？”她托起下巴，冷冷看我。

我狠狠捏自己的脸。难道当真还在高中吗？就算我还是当着那个“剥虾员”，也不要让我没泡到齐飞啊！泡到男神容易吗！就算让我没泡到男神，也不要让我没遇到男神啊，找到人生目标容易吗！就算没遇到男神，再退一万步，十万步，一千万步，让我没见到齐飞，也不要让我重新高考啊，这个实在不能忍！

我濒临绝望，乔安把我踩醒，确切地说，是她走进来不小心绊到我的小腿让我终于从噩梦里醒来。

1

我从地板上爬起来，全身酸痛，每个关节都咯吱咯吱响，看到乔安拖着水绿色的真丝长裙，站在我面前，显得前所未有的疲惫，她用手轻轻揉着脸，好像和我一样，在测试自己是不是在梦里。

妈的，是有人盗我的梦了吗？那么现在到底是第几层啊！我到底有没有泡到齐飞啊！这个早晨为何如此迷幻啊！

“在我出房间之前不要叫我起来。”她无精打采地说。

“江齐飞呢？！”我拉住她的裙子，仰天咆哮。

“去医院签字了。我好困，晚安。”乔安扯起裙子，走回房间，门“砰”一声关上。

下午三点半，房间里又摆上了她的唱片机等一系列装逼产品，我的鞋子全被扔了出来，我在地板上身边裹着被子。我迅速像狗一样揪起被子闻上面的味道，还残留着齐飞身上的香味臭味，好味坏味，混球味。

如果我的确醒了，那么，刚才盗我梦的人是为了告诉我，男神再重要，也比不上高考？

我赶快摸起手机拨打齐飞的电话号码，已经是空号了。是的，齐飞又失踪了，我又一次变成被掏空的垃圾桶。

乔安起床后说齐飞爸爸手术挺成功的，这道坎儿算是过去了，不过这件事对他公司影响挺大的，好几个股东撤资，现在股价缩水得厉害。我问，齐飞呢？齐飞去哪了？

她又说，出国了。

这时候他出国干什么？你不问问。

做他想做的事，我干吗要问。乔安所有装丫挺的东西都回来了，她站在客厅中央又恢复了生气，对着搬运工指点江山，让他们把鞋子全都装进我的鞋柜里。我所有鞋子又开始了在客厅里的凌乱漂泊。

我怀着前所未有的巨大失落，木木地坐在沙发上，眼前的镜头一帧帧播放。

2

乔安是和齐飞一起去医院签字的。她拿着笔挺的西装、锃亮的皮鞋和光洁如新的领带回来，他们看着对方，齐飞想说什么，乔安摇摇头，让他什么都别说，之后把齐飞推进房间让他换上。

乔安说，现在你爸需要你，你不能让别人看见你这个样子，知道吗？你现在是众矢之的，无数个弓箭手在你身后放箭，但是他们没办法伤害你的，只能让你爬得更高。乔安轻轻抚摸齐飞的头发，说齐飞你长大了。说着乔安摊开手拥抱齐飞，自己心里也一阵酸楚，我们都长大了。

我们长高了，身材有了曲线，可以买很多自己喜欢的东西，从人生的副驾驶移坐到了驾驶位。

我们长大了，行驶在路上，难免偶遇心碎，但也没办法，总要坦然接受生命中的风险和失去，不溅点儿血，怎么谈人生。

3

乔安最终还是把策划案定了下来，像她向陆先生拍着胸脯承诺的那样。当然最后签字的不是闫涵，是龚总。

乔安陪了一晚上酒，卑躬屈膝。只有经历过的人才知道这个过程有多痛苦，连续几天不眠不休还要陪着老总喝酒，听老总讲各种发家创业经历大风大浪的故事，简直都快讲出一本自传的内容。乔安好几次都在睡着的边缘，狠狠掐自己的大腿，然后举起酒杯跟龚总说："其实我在做这个案子的时候看过很多关于您的报道，但是现在听您讲，还是觉得那么震撼。"

乔安到后来都听不清他在讲什么，就是脑袋一阵阵发晕，但是一直没忘提醒自己，在签约前都要反复提醒自己装孙子的态度。后来龚总出去了一会儿，出去就发短信给乔安，让她也出去。乔安看看陈公子，没出声，趁他们没注意，跟了出去。

一个人在春风得意时，永远无法预期自己的卑微时刻，但是我敢保证，你一定会遇到，再骄傲的人都会遇到。骄傲算什么，骄傲在钱面前算什么，在生存面前算什么，在爱情面前算什么，算个屁。

龚总回来后就把合同签了，至于在外面的事，乔安不说，我也不知道都发生了些什么。拿到合同后，乔安晃晃悠悠站起来，走出会议厅，差点眼前一黑栽倒在地。她简直是用意志力移步那座小洋房，走过的人才知道，走进去的容易，和走出来的辛苦。她一点也不想哭，她只有麻木。

乔安站在门口，看见陈公子还没走，靠在门边叼着烟草等她，说，送她回去。

乔安看看陈公子，心里挺复杂的，不可能没点感动，但是实在没力气再费口舌，连声谢谢不必都说不出。摆摆手，刚一抬头，陆先生从门口大步流星走进来，和自己一样眼睛充血，这种局面乔安感觉简直是老天的蓄意报复，还好陆先生没让这个局面持续太久，一把抱起乔安，皱着眉头，绕开陈公子就往外走，之后把乔安扔到车后座，“哐”一声关上门。

乔安一路上都迷迷糊糊的，睡也睡不着，意识不清醒，她能感觉到，陆先生停车，再把她抱出来，进电梯，上楼，开门。乔安在门口时候睁开眼，拍拍陆先生的肩膀，让他放她下来，陆先生像没听见，也不看她，像是被输入了指令，在执行任务的士兵，眉宇间又带了点儿恨。

他把她扔在沙发上，乔安还没反应，陆先生已经俯身，狠狠捏着她的后脑，使劲吻上来。与其说爱，更像是一种发泄，用尽全力的发泄。乔安用力推他，越推他他越使劲，乔安感觉自己像是一坨被他玩弄于股掌的棉花。不仅此刻。

乔安一耳光打在陆先生脸上。

陆先生并没有因此停住，他抽开领带，压着乔安的肩膀，“你给别人随便睡，在我面前就别装清高了。”

乔安听完这句话整个人都傻了，耳边嗡的一声，每一寸肌肤都在被撕裂，她歇斯底里地喊：“陆远扬，你把话说清楚！”

“你为了拿这个‘静染’睡了多少人你自己知道，除了小陈是不是老陈也没错过？乔安，你能别比我还不择手段吗？！”陆先生也越过了失控的那条线。

乔安愣着，没忍住，也再也忍不住，眼泪啪嗒啪嗒掉下来，可能她自己都没意识到，“是啊，就算睡了再多的人，不都是你的意思？从一开始让Fiona和我说那些，让我去见闫涵，争取‘静染’，不都是你计划中的吗？现在就算和别人怎么样了，不也是你期待的吗？”乔安拿起桌上确认的方案，摔在陆先生脸上，“陆远扬，我今天觉得自己都快死了，我从来没这么煎熬过。我十四岁时就明白，命运喜欢和我开玩笑，我想得到什么，总比别人要艰难一点，可是再艰难我也没放弃过，走到今天每一步只有我自己知道我失去了多少，不过我在这一分钟之前从没后悔过，可是我现在特别后悔，后悔我他妈怎么就喜欢你了呢！”

乔安说完，拎着裙子转身要跑，陆先生渐渐恢复理智，从身后拉住她的胳膊，“别走。”

乔安挣扎着甩开他的手，陆先生紧紧攥着，拉过乔安从身后抱紧她，她张牙舞爪地向前，陆先生低声说：“是我太累了，对不起。”

乔安用尽力气咬上陆先生抱着自己的胳膊，他的胳膊瞬间放开，她跌跌撞撞跑走。陆先生伸手去拉他，只有冰凉柔软的丝绸划过他的手心，她像阿拉丁神灯里出现的烟雾，转瞬即逝。

4

人生总是欢乐短暂，折磨漫漫。爱情再浓烈，谁没逃过是条抛物线。乔安喜欢精确地计划，但是很难精确地执行。科学家都说，爱情的风险远超赌博，拉斯维加斯赌场黑名单上的天才也难以计划，更何况是陆先生和乔安这样押上一切筹码都渴望赢的人。

乔安不知道，陆先生在她爸爸面前跪下的那一刻，就很难再站起来了。无论多么春风得意的时候，他也是怀着巨大不安的人，这只有失去过的人才明白，所以他也怕失去，比乔安更害怕。

某种意义上，其实闫涵比乔安更了解陆先生，陈公子比陆先生更了解乔安。这是没办法取代的，那个时间段遇上的人，都会看清彼此的底牌，看清底牌有时候也不见得是件好事，连点不切实际的美妙幻想都没了。

我们享受着长大的福利，也消磨着曾经拥有的乐趣。比如说幻想，不过没了幻想，我们也都能活，活得不见得不好，看看陆先生。

好好想着怎么赚钱，好好喝水吃饭，好好使用抗皱产品，在睡前均匀涂抹眼霜，好好练好签名和微笑，好好经营身材，防止隆起的小腹，好好成为一个成功的空壳。再也不会忘带钥匙，吃饭不给钱，当街喷射性呕吐，为小事焦灼，为错的人动真情。

5

齐飞走了一个月，我们明面儿上过得都挺好的，充分享受着成人世界里物欲横流的残忍乐趣。我已经开始学会把自己的快乐建立在别人的痛苦之上，我再次遇到了喵喵。

那天我本来特别萎靡，因为齐飞的事。陈乔治帮我约了新一期的采访对方，在公司楼下的咖啡厅里，我在家磨蹭了半天，想着就算心情不愉悦也不能和钱过不去，坚持坚持还得去把人见了。我穿着大裤衩和拖鞋就去了。我几乎是行尸走肉地从家里爬起来，在地铁里被人挤来挤去，再浑浑噩噩往前走，然后一抬头，就来到了咖啡厅门口。这次采访对象挺明显的，我在咖啡店外透过玻璃窗就能看得出是哪个，不是她长得多特别，而是她坐在咖啡厅正中间嚎啕大哭，根据周围人该干吗干吗的冷漠态度来推断，她已经哭了好一会儿，邻居已经适应了这种装修工地似的环境。女孩猛一甩头，拿出餐巾纸痛快地擤了把鼻涕，虽然脸都哭变形了，但我还是一眼看出来，她是喵喵。

抢走魏冬的实习生喵喵。

认出这个小贱人之后我有如吃了士力架，精气神儿焕然一新，秒速冲回我们办公室，气喘吁吁拍着陈乔治的桌子，问他有没有品牌赞助的小样化妆品什么的全交出来。陈乔治懒懒地转着椅子，“怎么，见到梦中情人了？”

“见到前情敌了，就是咱们这次的采访对象。”

“倪好你现在做人很不地道，怎么能落井下石呢。”

“她都在井里了，还差我这么一块儿石头吗？快快快，把最好看的衣服都拿出来。”

陈乔治说，行吧，我就帮你造“气死前小三”的型。

我早就知道魏冬和喵喵会有这一天，魏冬是那种精打细算到连抽出一张双层面巾纸都小心翼翼把两层分离出来，把一层递给我的男生，我也嫌过他事儿逼，但是他说他得努力攒钱以后给我买房子，我就特别感动，再也不觉得他小气了，还主动让他把我们电脑淘宝的IP给封了。徐喵喵是很典型的没心没肺的时髦女孩，每个月家里得给她两千零花钱她才愿意出来上班，要不没钱打车，根本不愿意往公司跑，买起东西从来不手软，从来没见过她带饭来公司，每天中午都得出去大快朵颐，饮水机也是不会用的，一箱箱订好的饮料，就扔在公司一张空桌子上，跟同事说，随便喝随便拿，喝完了我再买！

得，最后我是跟着魏冬拼死拼活攒了一堆钱，他全孝敬小妖精去了，我只多了两件平时舍不得买的衣服，我们曾经感情所有的战利品就算消失殆尽了。有时候我觉得可能是上天报复我，报复我当初总是喝一瓶徐喵喵的饮料还往家里拎一瓶。

也可能是我潜意识里太期待他们一拍两散。我也觉得自己是个乐于助人、心地善良的人，明白感情是勉强不来的人，但是男朋友因为劈腿和我分手，还让我拉着这对奸夫淫妇的手，头上戴着绿色光环，身后闪着圣光祝他们幸福。我是肯定做不到的。

我能做到的最好程度就是，别再记恨，好好活着，一个人在这个世界摸爬滚打，斩妖除魔，吃点蘑菇慢慢回血，还能全心全意去爱别人。可是看到喵喵那惨样，我实在是忍不住落井下石，主要是当时我也在井里呢，要是换在以前，我大概可能会选择俩人在井底待着一起仰望夜空，但是现在不行，我必须得找点东西垫脚，从井底里艰难地爬上来。

半个小时后，我从迷惘女青年摇身一变成淘宝名媛。开始我对陈乔治的造型十分不满意，大热天给我找了一身薄荷绿色的呢裙子，还给我配了那种大檐的浅橙色帽子。我对着镜子说，这个太奇怪了，这熊样太像在海边度假了，你想整家公司穿着正装的小白领笑死我吗？一看我这行头就是闲得在家开了个淘宝，干个吗都得回眸一笑拍张照片的那种姑娘，哪里有点职场知性美？

陈乔治说，你懂个屁，就是要把自己弄成这样，你要是把自己打扮得跟个女强人似的，只能说明离开他之后你伤心欲绝，转战职场，混到现在还没着落。就得打扮得像放荡贵妇，这代表你现在过得好啊，有人养着，每天闲得智商下降，闲得放浪形骸，闲得只会自拍，哎哟，太美妙了，我都不忍心继续畅想了，行了行了，你快去吧，我还得回去排版呢。

我点点头，向陈乔治伸出了钦佩的大拇指，还是你久经沙场，果然Gay圈儿的斗争比较复杂，那我下去了，你等着瞧好吧。

我穿着那身准少奶装一路小跑回到咖啡店门口，从玻璃窗外偷瞄她，喵喵已经不哭了，眼神发直地看着前方。我藏在角落里补了个口红，然后我学着陈乔治的样子扭着腰就走过去了，把包那么往桌上摔，头一仰，伸出手到喵喵面前，“你好，我是《LUV》的写手倪好，您是本期来参加‘心碎俱乐部’口述的徐喵喵小姐吧。”

接下来所发生的每一件事，都会吻合我的期待，像事先彩排过一样。她抬头看到我，眼神惊恐，反应过来后，咬着后槽牙，挤出个惨淡笑容，忍着心痛说：“哦，原来是你。”

这所有的洋相我都在她面前出过，现在她必须把我掉在她面前没捡起来的自尊心原封不动地还给我。

可惜人算不如天算，喵喵刚抬起头，我手还横在半空中，突然一个人冲进来，莽撞得要命，像是抱着橄榄球的选手，把我狠狠撞到一边。我踩着十厘米跟的高跟鞋摇摇欲坠晃了两下险些摔倒，还好小学时候参加过武术队，拿过扎马步冠军，我扶着桌子站住气运丹田，算是没有跌成狗吃屎。我还没站稳，刚才撞我那人扑通跪下了。我吓了一跳，想这人太客气了，撞我一下也不用行此大礼。

我抬头看过去，呵呵，橄榄球队员我也认识，名叫魏冬。

他不是和我跪，西装衬衫配领带，妈的，还是我送的那条领带。他单膝跪在地上，深情地看着喵喵，喵喵果然出现了我刚才想象的惊慌失措，但是没咬着后槽牙，而是双手捂着嘴，小脸通红，对眼前的情景难以置信，刹那红了眼圈。

魏冬双手颤抖，拿出那只蓝不蓝绿不绿的小盒子，这是大都会里每一个女孩都梦想得到的盒子，自从奥黛丽·赫本以后，这个盒子就代表了所有关于大都会的爱情。

记得乔安说过的吗，她跟陆先生说，她喜欢《蒂凡尼的早餐》，物质中带点真爱。

“徐喵喵，我想过了，你那些缺点和我对你的爱比起来算不了什么，如果你喜欢一边擦头发一边在屋里乱走，我就愿意跟在你后面爬着擦地，如果喜欢乱花钱，我就愿意使劲赚钱，你想买什么我都买给你，我再也不怪你老是忘记随手关灯了，以后咱家挂一百个灯泡给你开着玩。你知不知道你走的这几天，我在家必须把每个灯都打开，骗自己你还在，要么我根本活不下去，徐喵喵！和你比起来那几度电算个锤子哟！”

忘了跟大家说，魏冬是成都人，但是他平时说话一点老干妈味儿都没有，还弥漫着一股淡淡的台湾青年味道，可见他此刻是多用真心。

“喵喵，我再也不能当龟儿子咯！”魏冬吧嗒打开盒子，虽然后来我理智地回忆了一下，那可能是一颗还不到一克拉的小钻石，但是他打开盒子那一瞬间，我真有种被晃瞎眼的感觉。别人可能不清楚，但是我清楚啊，这个盒子里，装的应该就是魏冬的全部家当。

周围喝咖啡的人早就站起来，举着手机拍照录像，店员也不做咖啡了，跟着一起起哄，大喊着，“这么好的男人，你就嫁了吧。”之后此起彼伏的，嫁了吧，嫁了吧，嫁了吧。我看看徐喵喵，早就哭成泪人，眼泪被睫毛膏染成黑色，顺着脸颊流下来，轨迹清晰可见，啪嗒啪嗒往下掉，颤抖着把左手伸到魏冬面前，轻轻点头，魏冬傻眼，手忙脚乱，拿了几次戒指都拿不出来，人群中的保安大爷焦虑地用上海话大声指挥着。

整个咖啡馆像过年似的，沉浸在一股盲目的幸福快乐气息中。只有我这只“年兽”在围观的人群中默默退去。我为自己身为爱情的死神而惭愧，这还是第一次，如果所有的爱情都能如此峰回路转，而不用变得粉碎出现在我的Word文档里，那该多好。

走出门我摸摸脸，泛着潮湿。我想不到自己会哭，还是笑着哭。可能我终于迎来了这个我从前在电影里看到都想摔了电视的时刻—— 一笑泯恩仇。我原来可以这么顺其自然地过度到，可以真心诚意地祝他们幸福快乐地生活，也许所有的成长都是不期而遇。

女孩们都太轻易把自己想象成对方人生中的大钻石，无论是否能在一起，却都刻骨铭心，其他人只是过眼云烟而已。其实呢，其实我们多数自视甚高，我们只是他们追逐真爱路上的绊脚石。

有时候爱是很明显具象的。连洗发水用完都得拿水涮几次瓶子的魏冬把全部身家变成一颗钻石亲手呈在喵喵面前，平时最爱漂亮的喵喵在咖啡厅里不顾众人目光哭得撕心裂肺，这些时候，低俗琐碎，远没有爱情电影里的百转千回和撕心裂肺，但这就是爱啊。

我一进公司门，陈乔治就兴冲冲跑来问我，是不是出了一口恶气。

我说，这期咱们要开天窗了，魏冬跑来求婚成功了。

陈乔治听我说完，立刻用战战兢兢的小眼神看，竭力维系着平静，“那……那咱们就换人采访呗，天底下伤心的人那么多，咱们不差她一个。”

“你放心，这次我不会让咱们栏目开天窗的，但是写完这次我想辞职。”我坦诚地对陈乔治说。

“你疯了吧，你们分手都多长时间了，上次你因为他辞职，现在还因为他辞职，你脑子没水吧，他们结他们的婚你瞎凑什么热闹。”

“我不是因为他。”我跟陈乔治说，“我要去做一件很重要的事。”

“那你就去做嘛！现在年轻人就是经不起打击，动不动要辞职！你去做去做去做，我等着你。”惊魂未定的陈乔治拿着咖啡杯快速闪开，生怕我再细化辞职一事。

魏冬跟喵喵求婚的确对我影响颇大，你说这样一对狗男女都能幸福得我泪流满面，我凭什么不能“值得拥有”一下。

我决定出国找齐飞，像马景涛一样捏住丫的肩膀把丫晃到吐，还要咆哮着问他三个问题：1.你到底喜不喜欢我？2.如果喜欢我，干吗不和我在一起呢？3.如果不喜欢我，如果不喜欢我……你丫凭什么不喜欢我？

6

而此时，乔安正在平步青云地升迁。

顺利完成了“静染”的项目，新品发布会后还在IFC办了个展，开幕时乔安和闫涵一起剪裁，亲如姐妹地搂着对方的腰对着镜头笑得一嘴血红。其实两个人别提多想在身后用剪刀捅死对方了。

乔安越级拿到签字后，像是拿到了一把尚方宝剑，闫涵在她眼里瞬间形同虚设，项目的进度突飞猛进。

拍宣传片的时候乔安和闫涵两个人并排站在摄影棚里盯着，冷气打得特别低，冻得俩人都起鸡皮疙瘩了，谁也不理谁，还是没停下向对方开枪，闫涵让模特搭个围巾，乔安说太复杂，让摄影助理去把围巾拿下来。后来折腾了好几回，乔安对闫涵说，龚总已经把项目全权委托给了我们公司，您请放心，我们一定尽全力完成，您那么忙，就不用在这盯着浪费时间了。

闫涵听完这话，扭过头看着她，下巴几乎快要碰到乔安的肩膀，"乔安，我可以很负责地告诉你，现在你越得意，总有一天你会越后悔。"因为和室温明显的差距，都能感觉到她这句话的温度。

"谢谢前辈提醒。"乔安眼睛还盯着模特，直到闫涵走出摄影棚，乔安始终都没看她一眼。

坏事做多了谁都会恐惧，乔安当然也会怕，可谁又没做过点坏事。但是做坏事也有做坏事的秘诀，就是千万别犹豫。

自从上次的事发生之后，陆先生和乔安维系着上下级的关系，陆先生交代的事，乔安一一去做，但是私下再无联系。就算是电梯里只有陆先生和乔安两个人，乔安也会退出电梯等下一趟。有一次加班从公司出来，乔安按开电梯，电梯门打开，陆先生站在里面，双手插袋，特别像站在学校门口等小女友放学的高中生那个熊样。乔安赶快按下关闭按键，之后陆先生再按打开，乔安再按关，反复几次，这趟电梯下不去，旁边的电梯上不来，门开开合合，两个人就这么看着彼此。

乔安绷不住，转身准备走去安全出口。陆先生突然探身把电梯门挡住了，从乔安身边走过，"你坐电梯，我去走楼梯。"说完打开安全出口的门，走了出去。

乔安怅然若失地看着安全出口。电梯门合上，离开这个楼层，没带走任何人。

随着"静染"的落幕，乔安开始在广告圈崭露头角，大老板费总特别满意，特意来上海请客庆功。乔安打开香槟，香槟顺着香槟塔溢满每个杯子。她举起香槟，站在金光闪闪的香槟塔背后，只有她知道，走到这一步有多艰难。

她的眼神不由自主地带到站在一边的陆先生，他嘴角上扬地拍手，像每个宣传画封面雇来的广告演员，和大家碰杯，感谢每个人的努力，承诺他们的美好将来。就好像她第一次见到他时的感受，距离遥远，成熟，所有的狡黠都深深藏在眼睛里，脆弱躲在眉毛后面。她在他熟睡的时候观察过他，他睡着的时候喜欢皱眉，她用手摸摸他的眉毛，很担心自己也是这个样子。但是乔安从没告诉过陆先生，一是觉得说出自己暗自观察他已经很矫情了，二是她喜欢看他皱眉，感觉这才是他强大伪装背后患得患失的真我，虽然丑陋，但是真实得让人有点感动。

乔安马上把眼神移开，学着陆先生的样子，假笑，拍手，寒暄，致谢。

她想到上次和陆先生碰杯的样子，拉着他的领带，所用的重心都交付于他，问他是不是有点爱自己。乔安紧紧握着酒杯，希望能把注意力全转移到这杯酒里，而后一饮而尽，就此打住。

那天大家玩得都很开心，费总勾着陆先生的肩膀，称兄道弟，说Fiona告诉他，乔安是陆总挖来的，实在很有眼光，知人善用，言语间难免带着暗示。乔安和陆先生在老板面前客套微笑，轻轻碰杯。乔安低低头，说，做得好的地方都是陆先生的栽培，做得不好的地方都是自己没有经验。费总直言不讳，说这个女孩我喜欢，正好缺个董秘，要不要来北京发展。

乔安没回答，第一个动作是去看陆先生，他正仰着头喝香槟，放下杯子后，没看乔安，直接对费总说，要看乔安自己的意见。

费总借着酒劲儿，不知道是真醉还是装醉，眼神里就四个字“我全都懂”，意味深长地对陆先生说，要你舍得才行啊。

陆先生大笑起来，您这话说得，我怎么可能拦着别人高升呢，特别是乔安，她自己喜欢就好。说完又补了一句，我希望自己手下的每个员工都能有更好的发展，这种事还是得她自己决定。Fiona看出对话里的些许尴尬，马上拉着陆先生走，说不能光顾着拍马屁，也得和其他同事欢庆吧。乔安留在费总身边，陆先生回了一下头，说是回头，更像是活动颈椎吧，不过，这是当晚他唯一一次和乔安真正意义的四目相对。

当董秘的事，并不是费总戏言，他曾让人事发邮件给过乔安。乔安感谢费总，不过还是希望继续现在的工作，希望能多给时间考虑。

她本来想严格遵守巴巴拉·明托的金字塔原则回复这封邮件，列出想继续现阶段工作的几点论据，最后她想来想去，除了诸如上海没北京堵车、上海便利店多、上海气候湿润对皮肤好等完全无法和她升迁抗衡的理由外，真的再也找不到其他依据。因为原本进入这个公司，她就是瞄着董秘这个位置，乔安并不是广告专业，现在所做的都是现学现卖，最重要的是，当年费总就是在董秘的位置卖了她爸，后来成为了奥里斯的新任掌门人。乔安从来没想过，一切来得这么快。

让她不想走的理由，归根结底，原因也只有陆先生吧。

乔安在这段关系里不自觉地抗拒承认动了真情，真情可是理性杀掠里的大忌。

费总和乔安说，有才华的人很多，但是并不是每个人都这么好运气，会遇到好机会的，你看陆总，用了多长时间才能走到今天，相信你也很清楚吧，所以，你一定要慎重考虑。

乔安说，费总，今天咱们能不能不谈公事，您的提议我回家一定认认真真地想，现在就让我放松放松呗。费总笑笑说，好，你最聪明了，一定会做出明智的选择。

其实是乔安的目光一直追着陆先生走，看到他接了一个电话，离开了公司。等到跑出去，想和他说点什么，电梯已经下到十楼。

这一次，是她错过了电梯。错过电梯没什么，一分钟就会等来下一班，可是有些时候就是这么几秒的距离，两个人之间的命运，就此背道而驰。

乔安这一头，身后的所有人都在狂欢，而她最想一起庆祝的人在电梯的另一个尽头。电梯门打开，陆先生走出大楼，坐上了一辆红色的凌志，开车的正是闫涵。

可是没有错过，又怎么可能在看过世界后再次相遇。没有悔恨，又哪来的回忆。没有不如意，又拿什么来谈论人生。

7

那天晚上我本来也应该在庆功现场的，可是我没有。当他们正举杯欢庆时，我的航班降落在戴高乐机场，我拎着行李拿着地图迷惘地站在一群无论什么话都以“大河马”仨字儿结尾的洋鬼子中，无助地流下了鼻涕。

口误了，身在巴黎，我才是真正的洋鬼子。

乔安当时跟我说，到了巴黎，只要坐一趟什么什么火车听到广播说什么什么站，下车就行了，到那我找了当时意大利上学时认识的同学，现在在酒庄工作，我让他去接你，就能带你到齐飞在的那个酒庄了，看就是这么简单。我把她说的地方用中文记下来，竖着耳朵一站站地听报站。

后来我根据乔安说的做了，一下车，连他妈个葡萄皮儿都没看到，到了一个全是塑像牛的地方，满大街都是五颜六色的牛和皮肤黝黑四处放电的渔夫，我不禁再次流下悔恨的鼻涕。后来我知道那是马赛，我下错站了。庆幸的是，法国不及中国地大物博，和波尔多的距离还不至于天南海北。

马赛是基督山伯爵传奇的发生地，是铁头齐达内的老家，也是法国治安最混乱的一个城市。我在车站等了半个小时没人接我，打乔安电话，一直关机，伸手拦了辆出租车，准备把拿着乔安写给我的酒庄地址递给司机，司机是个活雷锋，拍着胸脯说没问题。法国人基本不说英文的，听得懂也不说。他说什么我当然听不懂，我自己把那句YY成“没问题”，其实可能说的是“臭傻逼”。

他拿着我的地址，热情地帮我把箱子搬进了后备箱。我心中还感叹来着，看看人家，民风多淳朴，老百姓多憨厚，咱们中国就是得好好学学。我看着他麻利地搬完，想拉门上车呢，他一把推开我，啪一声把门关上，我正一头雾水，以为人家习俗是不能开这个门呢，不想司机火速钻进驾驶座，开着车跑了。

热情小伙带着我的行李绝尘而去，把我扔在路边。这次我可以很明确他刚才用法语说的一定是“臭傻逼”。

这次，伴随着我无助的鼻涕流下的还有我绝望的泪水。在国外就是好啊，哭得满地打滚儿都不用害怕碰着熟人，想着想着我就坐在地上开始哭。想我怎么这么欠呢，找个妹齐飞啊，在祖国大地闲逛不是挺好的吗，现在傻逼了吧，为爱流血流泪又流汗了吧，潇潇洒洒走一回了吧。

8

乔安拿着香槟站在陆先生房间门口，她在楼下看到闫涵的车，之后用钥匙开门，在客厅看到闫涵的高跟鞋，沙发上扔着闫涵的外套，地上是她的浅灰色丝袜。她站在房间门口，没去敲门，更无试探。她戴上蓝牙耳机，把唱片机的声音开到最大，只有她能听到整支交响乐团的波涛汹涌，中间一段尖锐的小提琴独奏，她仿佛能感受到琴弓的拉动，每一道都清晰地划在她的身体上。乔安悄无声息地从冰箱里拿出冰块填满冰桶，把香槟埋在里面，放在桌子中间，写下便条，“谢谢，再见。”

之后把蓝牙耳机扔向窗外，关好门离开房间。

再狼狈的场景，乔安也是要当先转身的那个人，她承受的抛弃太多了，虽然她不想承认，她最厉害的一项技能就是假洒脱。她再也，再也不愿意看到任何一个人转身离去。

有时候就是这么奇妙，平时你用来保护自己的东西，在关键时候往往伤害你，比如说，乔安的自尊心。那天乔安离着真相也只有一步之遥。她站在房间门口，坐在里面的其实只有闫涵，陆先生回去找乔安，但是乔安却带着香槟来到这里。闫涵准备走了，开门听到电梯门打开，又折返回去，跌跌撞撞把衣服脱了一地，还打碎了一个杯子，想也没想捏着玻璃碴就躲回房间里，乔安站在门口时，闫涵正坐在地上，气喘吁吁地靠着门，咬着被划伤的手指。

乔安走后，闫涵跑出来翻箱倒柜地寻找邦迪，贴在自己的手指上，然后坐在沙发上，一直哭，一直哭，哭到天亮，陆先生也没回来。闫涵想起在大学的时候，运动会跑一千米，她前面一个同学摔倒，绊倒闫涵，她摔得更惨，摔了个狗吃屎，下巴全擦破了。旁边的老师上来扶起闫涵，闫涵笑着摆手说没事没事，陆先生直接从看台上跳下来，跑得飞快，冲到闫涵身边，抱起来就走，闫涵趴在陆先生身上才开始哭。陆远扬怕她疼，怕她害怕，一边往医务室跑一边逗她，说这么大了还哭，丢人。

闫涵说，“摔成这样多丢人啊。”

“摔成什么样都是我女神。”

“摔到下巴了，以后毁容了，嫁不出去了怎么办？”

“正好啊，我娶你。”

“你娶了我，等到我年纪大了觉得我难看了，把我蹬了找别人怎么办？”

“那等咱们一起过到那天再说，先别哭了好不好。”

“不好，等到了那天再不哭。”

到底多少岁才算老了，我们才能不为任何事掉眼泪。这一天算不算是在这个夜晚来到了，因为陆先生对她的爱都用完了，如果到了，为什么还会哭呢？闫涵如何也想不明白。

9

陆先生上了车发现闫涵车上放着满满的行李，问她，“你真的辞职了？”

闫涵点点头。陆先生说，“你没必要辞职的，还是因为乔安所以辞职了？”

“都不是，我要回去离婚，和我丈夫。”说完丈夫，闫涵马上改口，“我前夫，有很多东西要分，雇了律师，回去打官司。”

“哦。那祝你顺利，你什么时候的飞机？”

“远扬，我要离婚了。”闫涵又重复了一遍。

“嗯，我听到了。”陆先生平静地点头，“我不认识你的丈夫，也不能给你什么建议，你还是多和律师交涉吧。”

之后闫涵没说话，踩着油门就走。到了陆先生楼下，闫涵说，“今晚睡你家，明天下午直接去机场。”陆先生说，“这样不好，我帮你开间酒店。”闫涵说，“那不住，让我上楼，咱们好好谈谈，谈完就走。”陆先生没说话，下了车，闫涵跟在后面。

闫涵看到他的开门密码，她接着说，“你还是拿我的生日当密码，你心里还有我。”

陆远扬说，“不是还有你，只是习惯，我还没改过来。”接着陆先生把门打开，又按了几个数字，回头对闫涵说，“你看现在就改了。”闫涵愣在门边。陆先生没管他，自顾自走进房间，打开衣柜，在衣柜里翻找着什么。

她也走进房间，什么也不说，从后面伸手抱住陆先生。他冷冷地说，“松开。”闫涵不听，疯了似的，用尽全身力气挤到陆先生面前，拉着他的领带吻他，他表情厌恶，扭头躲开，最后几乎是推开闫涵，对她说，“够了，我本来是以为可以喜欢你一辈子的，不管你要不要和我在一起，我都会喜欢你，直到现在，我才知道这只是习惯。”

"既然已经习惯了，那你为什么不坚持下去？我们现在能在一起了，你为什么不再坚持一下？"闫涵流着眼泪，全身颤抖地对陆先生说，"乔安为什么比我好！她和你经历的有我多吗？你忘了我们当时在一起的时候，住着筒子楼，没钱交电费，被拉水拉电，我们大夏天点着蜡烛吃西瓜，每天你骑自行车送我上班，那个时候我们什么都没有，我们还是那么开心，你都忘了吗？"

"闫涵，那你难道忘了当时你和我说过什么，在离开我的时候。"

这对闫涵来说简直是致命一击。她这才发现陆先生手上拿的是装戒指的盒子，她怔怔地看着他重新打好领带，整理衣领，擦去脸上自己的口红唇印，"闫涵，你可能不觉得乔安哪里比你好，但是我觉得她好，我觉得她值得拥有更快乐的生活，我自己也不知道从什么时候开始，我看着她打碎了牙齿往肚子里咽，满嘴是血还在逞强的时候，就特别想保护她，我现在发现，我经历过的，我希望她都不要经历，生活欠她的，我都想还给她，我希望她像所有她这个年纪的女孩一样，不求上进不思进取，就会傻乐。"

"那我算什么？"

"曾经是全部，现在什么都不算了。"陆先生毫不犹豫地回答，从闫涵身边走过，向门外走，闫涵转身拉住陆先生的胳膊，狠狠咬下去。陆先生猝不及防，拉开衬衫袖子时胳膊上已经有一个深深的牙印。闫涵眼眶里的眼泪转了一圈又一圈，始终没掉下来，她深深呼气，慢慢放开陆先生的胳膊，"我想你记得我，哪怕多记十分钟也好。"

陆先生想说点什么，最后还是一句话没说，关上门，"砰"一声。这道门从此以后，再也没有了属于闫涵的通关密码。

再长的跑道，也有终点。这是闫涵离开时陆先生时说的话，今天，他终于把它还给了闫涵。

10

可是我们的女王还是和陆先生错过了不是吗？

错过地铁，错过考试，和错过商场大酬宾，都没有错过时机可怕，错过爱的时机最可怕，我们错过了时机，流浪在异国他乡的车站，熟悉的街道，和没有求婚对象的派对现场，什么时候能再遇上这种千载难逢关于爱的机遇，比在北京摇个车牌号都难。

那天晚上乔安的手机没有再开，第二天陆先生下午去到办公室的时候，第一时间走去乔安的办公间，所有的办公用品都是新的，干净光洁，有大大的落地窗，阳光投射进来，每个角落都一览无余。门上还没挂上乔安的名牌，这是乔安搞定“静染”大单后，陆先生给她的奖励，要知道，在二十四岁时在奥里斯拥有自己的独立办公室，是多值得骄傲的事。

陆先生站在没有乔安的办公室门前问Fiona，乔安为什么没上班，请假了吗？

Fiona支支吾吾的，说那个，乔安上午来过了，简单做了下交接就走了。

“走了？”陆先生瞪大眼睛，差点呛了咖啡，“星期一不上班走哪儿去？”

“和费总去马尔代夫看我们大客户去了，咱们不是要给宝嘉酒店拍个宣传片吗……”

陆先生打断，“你别跟我说宣传片的事，我问你乔安为什么能走，我准她走了吗？”

Fiona看看周围，在陆先生耳边小声说：“陆总，您是宿醉未醒吧，不是您昨天跟我爸信誓旦旦地说，是去是留乔安自己做决定的吗？”

陆先生看着Fiona，愣了一秒，像是被隐形的锤头狠狠给了后背一下，突然有点懵，他赶快拿起咖啡喝了一口，掩饰自己的怅然若失，

“我知道了，你忙你的吧。”陆先生走回办公室，把戒指盒放在书架柜子角落里，翻开手里的文件，拿出钢笔，签下今天第一个名字。

那天的上海是个好天气，飞机竟然没有延误，乔安戴着眼罩坐在头等舱里，红色的真皮沙发包裹着她的身体。费总和新欢坐在后排，他的新妻子是个小演员，比Fiona大不了两岁，乔安客气对待，种种亲密行为，也都视而不见。等到达马尔代夫的时候，她的眼罩已经从湿变干了。她去洗手间，洗脸，重新补妆，刷上睫毛膏。

世界上所有的错过都带着迷人的魅力，你们知道为什么吗？因为未知。我们永远不可能知道，如果没有错过，所得到的结果。乔安得到戒指的日子变得遥遥无期。而陆先生永远不会知道，乔安“谢谢，再见”的便签上面带着笔迹印痕，那是乔安最开始写下的字，那张字条最后被她揉搓成小团带走了。

如果用墨水覆盖“谢谢，再见”的字条，会出现一行浅浅的凹陷，上面写着：别让我走。

chapter 16
周而复始

乔安好想再做一次那个梦，她一定会抓着梦里的自己说，你一定要使劲玩，别背英语课文，也别处心积虑讨人喜欢，什么都不要，放肆地活，爱每一个你想爱的人，吃所有你爱吃的东西，吃成胖子也无所谓，去你想去的每一个地方，没有目标，没有城府，快乐地活。这样也不枉我在平行世界里为你受的委屈。

陆先生做广告多年，一天中最憎恨的时候就是清早起床的瞬间。所有的好消息、坏消息、不好不坏的消息，在夜晚一点点聚集在头顶，一睁眼就爆出一朵硕大的蘑菇云，把关于曼妙清晨的幻想炸得片甲不留。

广告人的习惯，身上至少带两个手机一个平板电脑，一只黑莓用于商务联系，一只iPhone用于更新资讯。还有带三个四个五个六个手机的同行，都是依据女友数量递增的。

陆先生起床时必须第一时间更新所有新闻、行内信息、财经走向，每件事都与他的工作息息相关。

曾经他想过，绝对不找一个同行的女孩，甚至想找一个不工作的女孩，胸大无脑腰细肤白，每天晚上出去蹦跶，回来看着韩剧洗澡蒸脸敷面膜去角质能不说话自己玩几个小时的女孩，早上他起床她还在旁边躺着，她用所有该努力上进的时间全用来呵护自己的脸蛋，看上去吹弹可破。他亲亲她的额头，之后去上班。

他曾经也的确拥有过不少这样的小狐狸，美丽，年轻，充满活力，听所有的笑话都会笑，什么都不会，像只无知的小动物，如果和她们相处起来需要用百分之五的电力，那么和乔安相处需要五块百分百电力的电池。

他自己也没想到会喜欢乔安。乔安常常起得比他还早，偶尔睡懒觉，他醒来时会看到她戴着眼罩、抱着被子、头发随意地散开着。

他就像曾经预想的那样，轻吻她的额头，竟然还会紧张得心怦怦直跳，像吃了一顿好早餐，在阳台上看到一只美丽的蝴蝶，开车去公司的路上听了一首好歌。她安静沉睡的样子是他冷酷生活中零星温馨瞬间的总和。

1

他从冰箱里拿起果汁。手机放在厨房的餐台上，中风似的不停哆嗦，如果手机有嘴，陆先生的手机一定已经口吐白沫。

他顺手点亮屏幕。发现邮箱爆满，他皱起眉头，变得警觉，他知道一定发生了什么重大新闻，而且是糟糕的重大新闻。好事是不会有这么多人来恭喜你的，到了陆先生的位置，已经没几个人真心诚意盼着他好了。

但是这条新闻的糟糕程度，还是大大超出了他的预期。不是签错了合同，也不是被终止了项目，比这些糟上一百倍。所有的发件人，内容都是一样的——华游艇俱乐部马尔代夫出海遇风浪，两人失踪，其中一个是费总，另外一个的身份还在确认中。

陆先生感觉一只小手狠狠捏了一把他的心脏，瞬间全身的寒毛都竖了起来，感觉房间里的冷气太低，出了一身冷汗。他跌跌撞撞跑回房间换衣服，自言自语说没事没事，衬衫的扣子系了两次都没系对，指尖是麻的，没有知觉。他打电话让司机用最快的速度来接他，刚说完，想了想，说别来了，去公司接Fiona，如果她在的话，接完直接去机场。

陆先生开车去机场的路上，一遇到红灯就忍不住翻找短信、未接来电和邮箱，没有一条是来自乔安，他拨打乔安的电话，只有关机转送语音信箱的声音。

后来他感觉自己手颤得都没有办法开车了，他靠在路边，打了电话给媒体的朋友，用恳求的语气，拜托他再三确认另外一个遇难的到底是谁。

朋友说，现在知道的好像只有费永青，和他一起在船上的还有新婚的那个小明星，女的没事，男的就这么不明不白失踪了，家属意见很大，现在前妻已经放话出来了，动产不动产的一分都不会给小明星，请了一团律师，正准备告她。

陆先生问，“有没有公司一起去的那个女孩的消息，叫乔安。”

线人说，“哦，好像在那边的事都是她在处理的，哎，奇了怪了，明明是你们公司的人，你问我干吗？”

陆先生心中无数次默念，不管发生什么都无所谓，只要乔安活着就好。

陆先生在机场度过的几个小时何其黑暗漫长，他看到乔安从登机口出来的那一瞬间，眼泪差点没喷出来。他无法描述当时的心情，只有感谢老天的恩泽。可是这些，乔安都不知道。

在登机口等着的除了大批媒体，还有费总的前妻，Fiona的妈妈，后来知道Fiona从英国直接去了马尔代夫。记者们翘首期待，最后走出来的只有乔安，她让小明星等着她把记者吸引走，再从其他通道走。下了飞机必定是一场恶战，她知道小明星怀孕了，怕彼此冲动，受什么刺激再出点流血事件。

当时乔安不在船上，她正在酒店盯着拍广告，后来听说海上起风浪了，她也没在意，直到小明星被人搀着回来，都不能用搀这个词，是拖着回来，她整个人湿透，完全没办法走路，腿都迈不了步子。她看到乔安就上来握着乔安的手，说完了，完了，全完了。她不停重复这句话，什么也说不清楚，乔安感觉情况不妙，抓住她的胳膊问，费总呢？！她腿一软，跪在地上大哭。送她回来的人才说，海上遇到风浪了，费总和船上一个工作人员在甲板上，当时就被卷走了，一秒钟的事，说没就没。

乔安脑子“轰隆”一声，仿佛巨浪打在她身上，后背瞬间被汗打湿，她跟救援人员说，“还愣着干什么啊！把人送医院啊！”她扶起小明星坐在沙发上跟她说没事，没事，就当是做梦，睡一觉就过去了。说这话的时候，她的嘴唇都在打颤。她终于明白，陆先生为什么习惯一遍遍确认她害怕不害怕，因为他比她更清楚，前路艰险。

乔安第一时间预订了回国的机票，订票的时候把Fiona过来的机票也订上，但是她无论如何也不知道该如何开口对她说这件事。

没有人能比乔安更明白这种感受，但是这种感受太痛苦了，她都不记得当时别人是怎么告诉她，她爸爸失踪的。还是根本没人告诉过她，只是这个人一天不存在，两天不存在，之后一年不存在，关于他的生活印记也渐渐消失，就像从来没存在过一样，于是她也接受了这个事实。

乔安想，这个时候千万不能乱，马上安排回国，写了好几份新闻稿用来应对媒体，越是遇到大事她越事无巨细，她希望用琐碎的忙碌来消减这件大事，把它分成小块，小到每一块只是一个简单的动作，模糊眼前这件大事的面目。

她用了一晚上时间设想了好多媒体会问的问题，足足填满三页A4纸张，以备不时之需。每十分钟就打电话给搜救人员，问他们情况。他们说现在还下着大雨，根本没办法救。虽然不能直说，但是这种情况，除非在小说和电影里，现实生活中几乎没有生还的可能。

第二天早上，乔安打包好行李，把进行到一半的广告拍摄项目安排清楚，让他们继续，尽量低调，费总的事知道的人越少越好。不过这也是不可能的，第二天整个酒店的华人都知道了。

乔安临去机场前绕着小岛跑了个步，雨过天晴，海面碧蓝平静，谁都想象不到这片清澈透底像是一块大玻璃的海如此喜怒无常，瞬间可以吞噬掉一个人的一生，荣耀的部分和肮脏的细节，全部消失不见。

在沙滩跑步的感觉像是每一脚都踩在云上，乔安强迫自己调整好呼吸，可是根本做不到，她越跑越喘，最后累得寸步难行。乔安明白得很，这件事的影响会有多大。

这不是一个人的生死，而是一个广告帝国的兴衰，因为她经历过，她爸爸跑掉后，世界像是锅里的荷包蛋，被锅铲无情地翻了个面，没有了洁白柔嫩的蛋清和金灿灿的蛋黄，露出了丑陋的另一面，焦灼不堪，散发着难闻的糊味。

她本来应该是恨费总的，当时拿着锅铲反转荷包蛋的人就是他，如果没有他的背叛和出卖，乔安的爸爸也不会是现在的下场。可是当她知道他失踪的消息时，却从心底恐惧，并且这种恐惧和担忧一直如影随形。

世事太无常，谁都不知道，什么时候自己的荷包蛋就被翻转了。乔安在想，如果费总当时没做那些事，现在躺在这里的会不会是她爸爸。

虽然直到现在都没有他的消息，但是活着总比死了好。

现在费总的时代结束了，下一个登上王位的又会是谁?

会是陆先生吗？乔安坐在沙子上，看着太阳一点点从海平面升起来，天要亮了，海滩也渐渐有了人。乔安站起来，拍拍裤子上沾的沙子。

想给陆先生打个电话，拨号拨了好几次，最后还是没打。

2

乔安从出口走出来，记者蜂拥而上，纷纷询问起小明星的下落，乔安低头不做回应。陆先生顺着人群向前走，渐渐靠近乔安。陆先生和乔安还离着大概十几米，记者突然迅速闪到两边让出一条走道，拿着相机对着走过来的中年女子狂拍。费总的前妻走过来，Fiona和她长得有几分神似，总体还是更像费总，而她的脸更长些，消瘦，有高高的颧骨，平添了些被岁月摩挲出的刻薄。

乔安还没说话，她一个耳光甩在乔安脸上，问，“小狐狸精呢？”乔安也没躲，抬起头，她又一个耳光甩上来，再次问，“小狐狸精呢？”旁边闪光灯噼里啪啦晃成一片。她正要抽第三个耳光，陆先生走到乔安面前，一把把她拉到身后，挡在费总前妻面前，“我能理解您的心情，但是请您不要出手伤害我们的员工。”说完陆先生双手环住乔安，用身体护着她，冲开团团包围的媒体。

当他突然挡在她面前的时候，乔安就像看到了救世主，她没期待过他会出现，可直到他出现，她才知道自己没有一秒钟不在期待陆先生会出现，她都不敢相信，自己的奢望可以成真，看着他从天而降，变成她的至尊宝。

陆先生带着乔安向外走，她从身后对乔安说，“你不要以为你改名换姓，我就不知道你是林振业的女儿？你来奥里斯分明别有用心吧？我不觉得这次是意外，这是谋杀，你就是同谋。”乔安突然停住，转身推开陆先生，走回去，恭恭敬敬地对她说，“我没做过亏心事，您也不要无中生有，虽然你现在已经不是费太太了，我还是尊称您一声费太，我现在来面对你完全是因为对费总的尊敬和跟Fiona的交情，费总是失踪，你怎么确定他遇难了呢？你刚才说的都是你没有证据的揣测，是诽谤，但你对我造成的人身伤害已经是板上钉钉，在场的记者朋友是人证，他们相机里的照片是物证，您也懂法吧，您要是不懂法也不会在费总生死尚未确定的时候去请律师对吧？”

说完她跟着陆先生走出人群，留给记者最后一个能捕捉到的画面，是她仰着头、优雅迈步、走进陆先生车里的样子。

没办法，她是我们的女王，没人能击垮她。乔安说这些的时候，脸上还带着清晰可见的红色指印，她心里清楚，一定要把这些话说出去，她不允许这两个耳光就白白打在她脸上。乔安认为，如果别人打了你的脸，你千万别在心里想着，君子报仇十年不晚，别说十年，十分钟都晚，你以后是有可能会笑看他人落魄，但是如果你当时不打回去，这辈子都没机会再打回去了，再也不可能让别人感觉到当时当刻你切身的疼痛。

这个凌厉冷静的女孩让现场所有记者感到意外。可是除了陆先生，没人知道她在车上抖了十分钟，把车里的音响打开之后放声大哭。陆先生一直握着她冷冰冰的手，说没事了，都过去了，我在这呢。

乔安一边哭着一边疯了似的挥舞双手打在陆先生身上，大声问他，“你为什么不去找我？你为什么不留下我？你知道我多害怕吗？你为什么不……”

陆先生停下车，看着溃不成军的乔安，心里最坚硬的那一块也酥了。

她素来高傲清冷，她是那个自带背光和氟利昂的女孩，她是那个就算踩上个钉子也能面不改色跑完八百米的女孩，她是用高跟鞋踩到别人头破血流上位的女孩。这些我们都记得，你们是不是只记得前半句，忽略了她也只是个女孩。

陆先生从未感觉对一个人如此抱歉，抱歉到不敢看她质问的眼睛，他抱着她不停地说对不起，自己也红了眼圈。

不过，女王形象破碎这一幕挺好的，只有这个时候，充满阶级的世界才公平。

乔安也好、陆先生也好，一朵花也好、一只小虫子也好，超人也好、蝙蝠侠也好，一片草原也好、江河湖海也好。

只有在痛苦面前，我们才平起平坐。

3

我在马赛的警察局门口，不顾高大威猛英俊潇洒穿着高腰裤的男模警察们的口哨和笑声，抱着齐飞大哭时，也才是第一次体会到这种平等。说俗一点，在爱情里两个人很难平衡，再门当户对，灵魂伴侣，恶趣味统一也很难平衡，但是这个时候，俩人都觉得爱对方的程度大差不差了，不愿计较，暂且拥抱。

我不知道用相依为命这个词恰不恰当，但是我也只有用这个词来形容只有此刻紧紧抱在一起的两个人才能体会的这种感觉。我特别矫情地跟齐飞说，“我现在太感动了，哪怕一辆车撞过来，下一秒我就血肉横飞，也要拽着你不放手！”

齐飞说，“要是车撞的是我，我也拽着你！”

“好！”我和齐飞在停满破船的海边深情对望，“只要我被捅一刀，也绝对不会忘了让你溅出点儿血来！”

“只要我死一天，我也不能让你活着。”

我和齐飞说着说着，从温情节奏又渐渐走上了想抽对方大嘴巴子的节奏。他伸手捏着我的下巴说，“这是法国啊，那我就不跟你客气了，直接亲了啊！”

我说别客气，“来吧。”我闭上眼睛。等了大概十秒钟吧，就听到一声手机相机的咔嚓声，接着齐飞浪笑起来，举着手机给我看，说，“你看看，来到法国难道忘记咱们中国妇女的传统美德了吗，什么德行啊！”

我无语翻着白眼，特别想把他推进海里。

说到这儿，你们还记得我在马赛这回事儿吗？你们还记得我们说好了的逆袭高富帅吗？！

在严肃的气氛中先说说我高端大气上档次的法国逆袭之旅吧。

马赛是个山城，周围一圈儿山，然后靠着海，中间密密麻麻的白色老房子，站在山顶看，这个城市就像是一个个火柴盒搭成的，所有具有历史感的建筑，圣维克多修道院、协和广场、圣母加德大教堂，都是很漫不经心地扔在其他破房子中间。当地的人也很随意，海边的小哥赤裸着上身在阳光洗船。万物皆随意，我感觉整个城市就我一个特别紧张，鬼打墙似的迷路，有一个在路边咖啡馆喝咖啡的大爷都看不下去了，把我叫过去，问姑娘你去哪啊，我一下午看见你八次了。这句也是我YY的，说不定他说的也是，你这个臭傻逼别他妈在老子面前晃了行吗？！后文法语内容都是我的YY，不再做解释了。

被抢走行李后我再也不敢和热情的法国人民说话了，怕拎着我的包和手机就跑，那我只有黑在法国当某个黝黑帆船小伙的媳妇这一条活路了。我坐在码头看着黝黑小伙们上蹿下跳地收帆，还真认认真真地畅想了一下，想到我老得快死的时候，再也没能踏上祖国的故土，含恨握着我中法混血儿子的手说：“你一定要回中国找一个叫江齐飞的负心汉报仇啊！你妈混成现在这样全是因为他啊！”儿子点点头，说：“妈，你放心吧，我他妈一定帮你找到那王八犊子。”

都快天黑了乔安才打电话给我，说：“倪好你现在赶快去警察局，我刚才联系齐飞让他去马赛接你了，你保持电话畅通。”我还没说上别的话，手机就彻底没电自动关机了。我万念俱灰，在心里给自己加了个油，切记严肃团结活泼紧张。

之后我在城市里兜兜转转，世界上还是好人多，我去跟那个看到我八次的老头问路，他指了半天，看我依旧眼神迷茫，可能是因为不想看到我第九次了。他站起来扔了十欧元在桌上，压在还没喝完的咖啡下面，带着我走去警察局，一路上见到有些上了年份的古时欧洲建筑就指着跟我“哔哔”一大堆我听不懂的，但我不无配合地无不拍手赞叹，他就很得意地点点头，用英文说，马赛可是法国最古的城市，那个时候巴黎还不知道在哪呢。

走了大概快一个小时，我们才走到警察局，我连连言谢，说在中国您这样的大爷都叫活雷锋。也不知道大爷听懂没有，和我挥挥手，脸红扑扑地笑着，过了马路走到街对面还对我喊了声：“Bonne chance！”

4

我到警察局的时候警察正在教训几个打群架进来的小混混，我当时还想，原来全世界警察都有思想教育这一招。警察很艰难地和我交流，我护照也丢了，什么都没有，跟演舞台剧似的中英文交杂地跟他表演我为什么走到这里，警察叔叔看了半天拍手称赞，也给我演了一段，用手摸着鼻子说了句，哦打！这次我绝对没揣摩错意思，他说他喜欢李小龙。我哼了段儿《玫瑰人生》，就是《午后红茶》那个主题曲，说我特别喜欢玛丽昂·歌迪亚。警察连连点头，说她得了奥斯卡。我俩热血沸腾折腾了半天，搞了一台中法人民联欢晚会。

“姑娘，你哪儿人啊？学表演的吧？演得真好。”我听到这句中文，激动得一个没站稳差点跪倒在地，我循声往小混混的队伍里一扫，看到一对头发遮着半拉脸穿着紧身黑T黑牛仔裤黑头发的摇滚少年黑色的眼圈，眼上盖着黑色的乌青，然后我再一看，丫眼珠儿也是黑的！我条件反射似的冲过去抱住他，他手还被铐在身后，警察赶快拉开我们俩。

“你是中国人啊？”

摇滚青年点头，“是啊！我来留学的。”

我感动得眼泪汪汪，感觉身后千万个罗中旭站起来挥舞着国旗唱《红旗飘飘》，真没想到在马赛的警察局也能他乡遇故知。

后来我说一句他翻译一句，跟警察说清了我的情况，警察说那你等着吧，我们帮你联系朋友，让他来接你。我坐在椅子上，摇滚少年蹲在我旁边跟我扯闲篇儿。我问他怎么进来的，他说打架啊，在饭店里打工，老板和隔壁老板有矛盾，组织员工一起打群架，全被抓进来了，而且这边留学生是不准打工的，说要把我遣送回去，这边打群架的可多了，黑帮什么的警察都不敢抓，就抓抓学生意思意思。

我说那把你遣送回去了怎么办。

他说那就回去呗，你当这破渔村我愿意待啊！当时就是不想高考，说要出国，中介说去法国，还是商学院，我爸妈特别激动，见着谁跟谁嘚瑟，谁他妈知道给我忽悠到这个破渔村来了。

这是我第一次感到中国人多的好处，我感觉世界上再也没有一个国家能把人民输送到地球的各个犄角旮旯，营造出“海内存知己，天涯若比邻”的和谐景象。

摇滚少年问我为什么来，我就跟他讲了我和齐飞的故事，讲着讲着天都亮了，果然像他说的那样，“李小龙”警察过来把他的手铐解了，拿纸和笔让他签字，他一边签字一边跟我说，你真是个好姑娘！你能接受姐弟恋吗？我十九，我们那虚两岁，虚岁也二十一了，咱们差距不是特别大，你看要是他没来接你，我带你去吃个早餐……

摇滚青年正说着，齐飞冲进来一拳把摇滚青年打倒在地，对着他一阵狂踢，正好“李小龙”警察直接用从摇滚青年手上解下来的手铐铐住了齐飞。齐飞被反手铐住还不忘问我，是不是这混蛋偷你的包？

不是我不仗义，我特别龌龊地想齐飞再打他两拳，我活这么大还没哪个男的因为我揍过别人，更何况是男神。这个时候齐飞后面出来一特漂亮的洋妞，我连脸还没看清楚，先看见胸了，用齐飞的话说，就是眼前奶光一闪。

洋妞和“李小龙”警察叽里呱啦说了一堆，“李小龙”又把齐飞放开，洋妞笑起来挺甜的，用蹩脚的中文跟我说，你好，我中文名字叫李莎，是Lawrence的女朋友。我握着她手说，你好你好，我叫倪好。想着原来这朋克小伙还有这么漂亮一女朋友啊，不过越想越不对，目光转移到齐飞身上，突然想起来，Lawrence不就是齐飞他爸给他起的特贵族的英文名吗？我快速抽回手，使劲在衣服上擦了擦，嘴角抽搐着，再也无法面对眼前这个闪着奶光的外国友人。

这个故事里都数不清这是第几个姑娘和我说同样的话。她们的品种纵横四海，但是有个共同点，她们都是齐飞的姑娘，临了临了，还终结于一个洋妞。

我穿过齐飞和美丽的李莎姑娘，一个人跑出警察局。我决定还是去找个黝黑的帆船小哥，在临死前跟混血儿子讲王八犊子江齐飞的故事吧。

也都是后来我才知道，李莎是乔安介绍给齐飞的翻译，她是大学里来学中文的交流生。齐飞爸爸住院的事对他刺激还是挺大的，他爸今年曾准备买个酒庄想开展点葡萄酒的生意，刚准备签约，就住院了，齐飞知道他爸喜欢红酒，做红酒生意也是兴趣使然，他不想这件事就这么搁置了，特地替他爸来签约，顺便也看看这边酒庄的情况。混世大魔王江齐飞也开始害怕，害怕自己混着混着错过了最重要的最值得珍惜的风景。

5

齐飞跟着我走出来，在后面叫我，也不追，说李莎的意思是女的朋友，她中文不行。

我也傲娇地不回头说，“你骗别人行，我可是帮你背过台词的人，你骗我没用。”

齐飞接着喊，“倪好你再走丢了我不负责啊，老子可是开了几个小时车来找你的！”

我抹着眼泪说，“你千万别来找我，我也不找你了，你和你洋鬼子女朋友好好过吧。”

齐飞说，“我疲劳驾驶都快累死了可没空哄你，你再多走几步我就追不上了，你自己看着办吧。”我说，“走就走，地球是圆的，我早晚有一天能走回上海去。”齐飞笑起来，走到我身后拉住我胳膊，说，“这有点儿困难啊，这边是地中海，上海那边是太平洋，不通啊，倪好你怎么这都不知道，还敢一个人跑法国来，你说你除了混吃等死还会干什么啊？”

是啊，我就是只会混吃等死。我心里小声说着，还会爱你啊笨蛋。说着“走就走”的时候，其实我在小心翼翼地原地踏步，生怕真多走出一步他就不追了。

齐飞看着我说，“那你跟我混，我陪你等。”

说这肉麻的话，他自己先笑起来。我回头看着他，心里想着，齐飞真好看。他的眼睛里住着一个小男孩，每次微笑的时候，小男孩就对我做鬼脸，跟我说，倪好，你终于得逞了。

直到现在，我都坚持认为自己喜欢江齐飞更多一点。但是我并不觉得亏，我就是要喜欢他更多一点，我恨不得把自己对他的喜欢转换成一个有着无数个零的价格标签，贴在他的衣领后面，如果谁想要爱他，就要开出比我更高的价钱。

我转过身也没跟他客气，紧紧抱着他放声大哭。齐飞摸着我的后背，说，“是我不好，走的时候没跟你说，以后你需要我不需要我的时候我都在，我需要你不需要你的时候你也都在，咱们就凑合凑合过得了。”

我说，“不行，你拿我凑合的时候还少啊，你有山珍海味的时候怎么没想着我啊，饥肠辘辘知道和我凑合了，我是馒头还是火腿肠啊？”

“你还真别说，我就喜欢吃馒头配火腿肠，从幼儿园就喜欢吃，吃到现在都不觉得腻。”

齐飞看着我的眼睛，头发乱糟糟的，衣服穿得很随意，表情好潦草，像是一张匆匆完成的素描画，像我第一次见他的德性。

说来也巧，当时马赛正举办旅游节，我们身后的房子挂着一个五层楼高的海报，粉色底，白色字，写着各国的语言：“Bonjour Marseille！”、“Hello Marseille！”、“Ciao Marseille！”

以及“你好，马赛！”

尽管这和我看上去也没什么关系，但是我却觉得这就是为我准备的。法国有多少浪漫的地方，都不属于我，不是巴黎的老佛爷，不是普罗旺斯山区的薰衣草田，不是尼斯的黄金海岸，不是波尔多的葡萄酒庄。而是有着世界上最著名监狱的马赛城区的警察局门口，空气里还带有粗糙的机油味，身后是破旧的老城区，整个画面都充满了颗粒感，但是周遭所有的不完美在我眼里都变得很完美。这样的质感才足够真实，充满了倪好式的粗糙真实感。

代表了无数平凡少女的梦想。

虽然这是我和齐飞万里长征的第一步，但好歹我们走出了第一步。

6

Fiona去了马尔代夫一个礼拜，费董还是音讯全无。

Fiona说别捞了，就这样吧，没找到人还有个希望，找到了连希望都没了。可是老天就是爱捉弄人，搜救队要撤走的那一天，费总的尸体被捞上来了。据说泡得连人形都没了。火化前让Fiona去见最后一面，她在门口站了几个小时，最后还是没推开门进去。

这种心情，隔岸观火的人，很难明白。

7

我和齐飞回国后才知道这件事，但是回国一个礼拜都没见着乔安本尊，新闻栏却滚动着她在机场时的照片。我打电话给她，问她有什么需要帮忙的吗？她声音还是带着不耐烦，有些沙哑，可能是说话说得太多，她说，你现在挂掉电话就是对我最大的帮助。我接着把电话挂了，转身跟齐飞说，乔安说让我们滚远点。

她不是客气，我最清楚。她从不愿在落魄的时候见朋友，原谅她这一生放荡不羁爱虚荣。她出现在我们面前，必须完美，谁也不可能在她面前抢走半点风光，半点也不行。

如果这次奥里斯能渡过难关，不求陆先生上位成功，哪怕只要全身而退，乔安也能在广告圈如鱼得水，如果这次不成，别说不成，就是Fiona上位，前费太垂帘听政，乔安就九死一生了。乔安跟我说，你有没有觉得，我们的生命并没有自主权，我们只是头顶的人经营的一段虚拟人生，他们让我们向左我们就要向左，让我哭我们就得哭，让我们死，我们一刻也活不了。你有没有这种感觉？

我说，有，如果没人操纵，我不觉得我这么平凡可以和你并肩作战。后来乔安抱了抱我，又上楼去工作了。我并不知道，这是告别。

乔安从来没好好跟我告别过，可是现在想想，有什么告别才能算好好告别。我们是寂寞的动物，无法面对离别。大概那个时候，乔安已经有了选择。

8

出事后，陈公子找过乔安。他走马上任，接任了他爸公司的一些业务，陈总又是奥里斯的大客户。他们两个在大厦楼下的餐厅短暂碰面，乔安什么都没说，点了一堆垃圾食品，拼命狂吃。陈公子看了挺心疼的。谁也不知道，分别之后的路，两个人会走得这么痛苦，并没有预期中的快乐。

他对她说，你慢点吃。乔安摇头，还使劲把薯条往嘴里塞，不知道下一顿什么时候能吃到，不吃多点坚持不下来。

陈公子抽走乔安的盘子，心里难受，他跟她说，“你现在可以走，我养着你。”

乔安咀嚼着嘴里的食物，哑然失笑，“你养着我？金屋藏娇啊？让我当你情妇吗？”

“你有没有想过，我们才是彼此的真爱。”

乔安笑得更加夸张，“我现在忙得要死，别再跟我说笑话了。”

“你有没有想过，即便我们彼此背叛，伤害，经历不堪，但依旧是对方的真爱？”陈公子看着乔安的眼睛，穿透着她的灵魂。他放下盘子，起身离开。

乔安盯着被自己风卷残云的食物，不禁失神。她都不明白，为什么会变成现在这样，之后她只觉得恶心，跑去洗手间，吐掉刚才吃的东西。这样对身体的往复折磨，才让心里好受一些。

9

陆先生头顶的玩家也没让他好过，他在杂乱中努力理清思绪，不知道每天听多少电话，见多少记者，公司里正在进行的几个大项目都面临着搁置，他无所不尽其极地想办法留住公司的大客户，都快变回当初最早跑业务的那时候，看尽脸色，从一个公司到另一个公司吃饭，从刚抵达的飞机场再飞去另一个飞机场。

乔安买了大量的安眠药，她知道自己睡不着，但是必须睡，睡了才有精力继续打仗，只要有她能躺下的任何地方，她就吞半片安眠药，戴上眼罩，订好闹钟，在客户公司的休息室都这么干过，她等了那家公司的老板整整六个小时，算是这段时间比较完整的睡眠，做了个完整的梦，梦到小时候她爸带着她去放风筝，费永青也在，让她说英文，她看看爸爸，爸爸笑着点头让她背，她就背了一段课文，穿着白衬衣，红色裙子，和一双漂亮的白色小皮鞋，那天风和日丽，她站在两个大人面前背课文，费永青拍拍她的脑袋，说这姑娘以后一定前途无量，手心的温度是真的，爸爸的笑容也是真的，都那么真实。

乔安被电话惊醒，出了一身汗，其实她小时候根本没见过费永青。又或者那是平行世界的她，长大后面对的残忍，不过是那个会背英语课文的小女孩做的梦而已。她接起电话，听了五分钟，没说话，把电话挂了。

乔安终于觉得自己坚持不住了，彻底崩溃了，她想缴械投降，她觉得自己根本玩不过头顶那个人。她去洗手间大哭，不断洗手，希望能洗干净附着在身上的欲望、贪婪、野心、肮脏。就这么洗到手被摩擦得红肿，她才从洗手间出来。

她没有继续等，她径直走出公司，前台小姐正接着电话，手忙脚乱的，那样子特别像她第一眼看见Fiona的时候。她看乔安走出去，捂住话筒问，“您不等了？要留个口信吗？”

乔安说，“不用，就当我没来过。”

说完她踩着高跟鞋走出去，当时下午两点多，天气晴朗，云彩变成一个个大块飘浮在空中，乔安这才发现，好久没在这个时间走在马路上感受好时光了。

乔安好想再做一次那个梦，她一定会抓着梦里的自己说，你一定要使劲玩，别背英语课文，也别处心积虑讨人喜欢，什么都不要，放肆地活，爱每一个你想爱的人，吃所有你爱吃的东西，吃成胖子也无所谓，去你想去的每一个地方，没有目标，没有城府，快乐地活。这样也不枉我在平行世界里为你受的委屈。

10

乔安去楼下的商店买了一双新鞋，不是高跟鞋，是双平底鞋。她想起陆先生说的，女孩要有自己的纪念品。她现在为自己选择了第一件纪念品，不为了纪念什么特殊的成功或者心碎，就算是纪念当下的释怀吧。

11

陆先生开门到家时，连续四十八个小时没闭过眼，最后回到家里，因为神经过分亢奋而无法入眠，全身肌肉持续着紧绷的状态，感觉自己的灵魂已经悬浮在半空，肉体也不再属于自己。

他坐在沙发上一动不动，坐了一个小时，自己都不觉得。乔安当时就躺在旁边睡觉，从上次车里出来后，好多天了，这是两个人第二次单独见面。他们两个都焦头烂额，还没有这样两个人单独待着的时候，偶尔在电梯里遇到，他们点头带过，不说鼓励对方的话，也不计划，谁都知道，现在的情况就是抢险救灾，堤坝上哪里有裂缝只能冲过去用身体堵住，但你根本无法预料明天会在哪里出现新裂缝。

乔安其实一直醒着，但是她不知道能跟身边的陆先生说些什么好，只能闭着眼睛假装，等待手机闹钟响起来。她感觉到陆先生蹲在沙发边看她，轻吻她的下巴，他的每一次呼吸，她都能感觉到。

乔安想，就这样吧，时间就此停下吧。

事与愿违，乔安桌上的手机闹钟响起来，她只能睁开眼睛，看着面前的陆先生，扬起嘴角，做出心中已经预演好的微笑，“老板，早上好。”

陆先生把手机的闹钟关掉，继续趴在沙发前看着乔安，不说话。

“再给我十分钟好吗？”陆先生说。

乔安也不说话，看着陆先生的眼睛，眼角的细纹，下巴上的胡茬，从每一寸肌肤里散透出的疲倦，没有了往日的尖锐，变得柔软温暖。

“是不是觉得我现在很狼狈？”他说这些话时都不知道自己脸红了。

“嗯，不狼狈咱们怎么能狼狈为奸。”乔安坐起来，拉着陆先生的胳膊，让他坐在旁边，脑袋靠在他肩膀上。两个就这么坐着，盯着墙上的时钟，走上十分钟。之后乔安从沙发上起来，去洗了个脸，化好妆，拎起包走出房间。

后来她挺后悔没和他说再见，可能就是太想说再见了，才在离开的时候忘得一干二净。她知道陈总要终止和奥里斯合作的事情。项目是陆远扬的，所有的前期资金已经投入进来，签字的全是陆先生。

知道乔安爸爸为什么消失的吗，就是和现在一模一样的情况。

乔安想过，如果不是这个时间点遇到，如果没有其中的错过，如果费老板不出事，是不是真能和陆先生走下去？毕竟世界这么大也没几个人愿意豁出所有和你两败俱伤。

后来她觉得，这也不可能，他们两个想要的都太多，又背负了太多。

乔安记起在那个喝醉酒的晚上，闫涵跟她说，陆先生自己做公司的时候，去给客户送礼，客户喜欢打高尔夫球，让陆先生神不知鬼不觉把礼物放在高尔夫球俱乐部他的储物箱里。陆先生放进去了，刚出门开车没几步，大概也不是巧合，肯定是有竞争对手知道他的风声，打电话把那个客户给举报了，有人打电话告诉陆先生，他立马掉头回去，从箱子里把东西拿出来，刚拿出来，看到走廊里有几束手电光，他想也没想，抱着东西转身从二楼跳下去了，开车回市里，车里面全是血，还没走到急诊，在医院门口就晕倒了，医生说他这种情况，三个人里死两个。

闫涵问乔安，这样的人你还喜欢吗?

当时乔安毫不犹豫地回答她，我喜欢啊，我也是这样的人。

也是那个晚上，闫涵告诉乔安，“你来找我竞争，让我们对立，你看着好像都是无心之举，其实是远扬安排好的，他比你更希望拿下这个单子，拿下之后他马上能升任首席执行官，这样的人你也喜欢吗？”

乔安说，“喜欢，如果是我，我也会这么做。”

“可是，你有没有想过，如果他心里真的有你，他会这样利用你吗？”闫涵这样问她。她终于再也没办法回答。

乔安终于想起来那天为什么会喝醉，那瓶酒的单宁味太重，顺着味蕾蔓延到了鼻腔，又顺着鼻腔爬到了眼睛。

走之前乔安跟陆先生说，“我买了好些你平时用的那种哮喘药，放在你办公室一些，家里一些，你车里也放了一些，记得随身带着。”

陆先生沉默了一会，哦了一声，问她什么时候变得这么体贴。

“不是，我是听说那家厂快倒闭了，怕别的药你用不习惯。”说完对他笑笑，关了门，像是晚上还会回来坐在那张沙发上看报表一样。

也是在这张沙发上，他们一起看了《卡萨布兰卡》。

里克穿着那件标志性的长风衣对伊莎说：“清高我并不在行，不过要明白也不难。在这疯狂的世界，三个小人物就别太计较了。总有一天你会明白的。”

12

乔安下楼上了陈公子的车，说走吧。陈公子问她，“决定就这么走了吗？”乔安说，“那你决定不结婚了吗？”

陈公子说，“那我们就出发吧。”

13

之前在公司里，乔安接到的是陈公子的电话。他说他决定不结婚了，让她跟他出去走走，他从闫涵那里听到了她爸的消息，问乔安要不要去看看。他又想出去玩了，他需要乔安。

乔安说，“好，条件只有一个，你们家不能再狙击奥里斯，必须和我签下合作文件，我不想陆远扬难堪。”

她自己都吓了一跳，像是根本没有考虑过说出的答案。其实这个答案她一直准备着，就是等待有人问出口。她也不明白，为什么直到最后，陆先生也不问问她自己是不是爱他，她已经准备了那么久的答案。她想象过，可以为了自己，做多少，但是她从来没预期过，她为了别人，可以做这么多。

她不想再这样消耗下去，对自己和陆先生都没好处。在这疯狂的世界里，我们都是小人物，别计较那么多了。

14

费总出事之后，Fiona再也没来过公司，特别是遗嘱公布后，Fiona成为公司最大的股东，前妻和现任太太都没捞着，非常有费老板的风格，可能这世界上唯一能让他愿意无私给予的人也只有他的女儿了。Fiona发表了一份声明，签了几份文件，把费总在任期间的单子都交给了陆先生处理。开始乔安想建议陆先生请辞，最终没说出口，她不想把最后相处的时间用来和他辩论留下与否的利弊。她知道他不可能放弃自己在这里多年来的心血，如果是自己也会选择铤而走险而不会放弃。陈总新开的广告公司疯狂地抢奥里斯的单子，冯缈缈也盯准了陆先生狙击，陆先生带着公司打仗，每天股价在缩水，死伤无数，还要面临董事会的弹劾，陆先生被夹击在中间，断壁残垣。

Fiona去英国的时候乔安去了机场。在上海，乔安几次站在她家门口等，Fiona都没出来过。在机场乔安也是活生生把她拦下来的。乔安没说关于公司的事，只送了她毕业礼物，Fiona勉为其难收下。

她跟乔安说，“以前我不知道你是谁，才愿意和你做朋友，但是现在不一样了，我不知道怎么面对你。”

乔安说，“我明白你的感受，我也不想和你说什么，我在公司的时候，你对我最好，你现在要走了我就是想来送送你。”

Fiona说，“等哪天我把所有的股份卖出去还是可以和你再做朋友。”乔安送了她一支印着她名字的定制钢笔，但是她没想到，Fiona拿着它签下的第一个名字就是股权转让书。

Fiona给乔安发了一封邮件，在公司的邮箱里，乔安再次看到也是两个月后了，离开陆先生之后，她有两个月都没打开过那个邮箱。Fiona说，“我只是想让你知道，并不是谁都想要你赌上所有想要赢得的东西，至少我就不想，在这个桌子上，我一个筹码都不想扔。我宁愿把筹码分成好多小份去玩，去环游世界，去和喜欢的人结婚，生个熊孩子，这才是我的完美人生。”

乔安坐在电脑前，看完之后没有回一个字，立马点了删除。她在想，如果她像Fiona那样长大，估计也能写出这份邮件。可是乔安不能，只有拥有着的人才有资格说“我不想要”。

Fiona最后把自己的三分之一股份转让给了陆先生，三分之一给了妈妈，又三分之一让给了海外的神秘林先生。关于林先生，那又是一个新的故事了。咱们之后再讲。

15

乔安走了，奥里斯也保住了。当然，这个过程漫长艰难，我不在此赘述。陆先生的付出和努力大家有目共睹，又拥有了绝对优势的股权，成了奥里斯的新任掌门人。改朝换代的浪潮不断向前，有人被大浪吞噬，就有人走向王位。可是乔安的付出，只有陆先生知道。

陆先生一直保留着乔安的办公室，她还没坐进去的办公室，每个月照样往她的工资卡上打钱，却没有给她打一个电话。就这样维系着微妙的联系，他觉得，某一天这个在自家花园看《傲慢与偏见》的做作女孩还会突然出现，坐在办公室里，看着这座城市的心脏，笑着说，这不过是一个被我玩坏的地方。

16

我说过，我们不喜欢告别，我们认认真真爱，未曾好好说声拜拜。

我继续着自己的生活，继续写着专栏，只是我不再写失恋的故事，我写关于女王的故事，给这座城市，每一个在白天笑、夜里哭的女孩，告诉她们生猛如乔安的人一定会笑到最后，懦弱如我也会有出路。

我并不担心乔安的消失，我知道她会活得很好，她很快就会回来，她离不开这里，她只可能留恋奢侈品店，不可能在山清水秀中素面朝天，一人一命，早晚她得认。

她所有没带走的鞋，我都整齐码好，放在鞋柜里，时不时拿出来擦一擦。齐飞说我天生狗腿子命，乔安又没死，别像对待遗物似的对待这些鞋好吗？我跟他说，这是老娘朋友的鞋我愿意擦可以吗？齐飞又说，你擦到烂你那双大脚也穿不进去好吗！我说我是你女朋友你为什么要这么贬低我抬高她！我吃醋！我嫉妒！炸地球！

你是我女朋友，她是我女神，能比吗？

正在我们两个剑拔弩张，为女王吵架时，我们的手机一起响起来，收到了来自同一个号码的同一条短息：我在机场，快来接我。乔安。

你看，女王又回来了。

不过，我们之后的故事，还是留在下一季讲吧。

祝你们好运。

–本季终–

Q
♠

张晓晗 /

@ 张晓晗 Oliver
1991 年生，作家、编剧。

短篇代表作 /

2008 年《最好的年代》
2009 年《双城记》
2010 年《少年祝安》
2011 年《橡皮擦》
2012 年《少年博物馆》（连载）

“一个”APP 代表作 /

2012 年《喜喜快跑》
2013 年《女王乔安》（连载）
《刺青》
《爱他们的时候我们像条狗》

已出版长篇作品 /

2011 年《不留》
2013 年《女王乔安》

微博 /

http://weibo.com/zhangxiaohan1991

女王乔安

监制 | 韩寒　策划 | 小饭　责任编辑 | 任洁　特约编辑 | 金晓芸　袁舒舒　孙雯
装帧设计 | 何禾　何昳晨　封面摄影 | 曾无　后期制作 | 白咏明　顾利军
责任印制 | 梁拥军　营销编辑 | 李茜倩　出品 | 果麦文化　出品人 | 路金波

官方网站：http://www.guomai.cc
官方微博：http://weibo.com/gmguomai
官方淘宝店：http://gmwh.taobao.com

果麦

图书在版编目（CIP）数据

女王乔安 / 张晓晗著. -- 天津 : 天津人民出版社,
2014.1（2014.2重印）
ISBN 978-7-201-08443-5

Ⅰ. ①女… Ⅱ. ①张… Ⅲ. ①长篇小说－中国－当代
Ⅳ. ①I247.5

中国版本图书馆CIP数据核字(2013)第253400号

天津人民出版社出版
出版人：黄沛
（天津市西康路35号 邮政编码：300051）
邮购部电话：（022）23332469
网址：http://www.tjrmcbs.com.cn
电子信箱：tjrmcbs@126.com
北京中科印刷有限公司印刷 新华书店经销

2014年1月第1版 2014年2月第4次印刷
880×1230毫米 32 开本 9.75印张 2插页
字数：254千字
定价：29.00元